눈쇼

답

차례

조개가 된 남자

어패류의 비린내라고만은 할 수 없는 께느륵한 냄새가 식도를 타고 역류했다. 전날 먹은 조개구이가 결국 문제를 일으킨 것이다. 겉은 까맣게 타고 속은 익지 않은 조갯살을 소주와 함께 목구멍으로 넘기는 내내 남자는 기분이 좋지 않았다. 어패류는 선도가 생명인데, 불판에 오른 조개는 입을 게슴츠레 벌리고 있었다. 벌어진 조개의 입에서 역한 냄새가 났고 흐물흐물 풀어진 육질 사이로 물이 흥건했다.

수은주가 연일 30도를 오르내리고 있었다. 기상청의 보도가 그랬고 벽에 걸린 온도계는 33도를 넘어 34도로 치닫는 중이었다. 남자는 이마에 맺힌 땀방울을 닦아내며 김부장의 왜소한 등을 건너다보았다. 김부장은 일밖에 모르는 인간이었다. 일하느라 회식에도 참석하지 않았다. 오줌도 안 누는지 일 년 열두 달, 동쪽 벽만 바라보고 근무하는 김부장은 바지 밖으로 와이셔츠 한 쪽이 삐죽 튀어나온 것도 모른 채 기안서 작성에 푹 빠져 있었다. 움직이지 않는다는 점에서 달력에 박힌 야자수 그림과 다를 바 없었다.

김부장 말고 이 회사의 식구라야 달랑 사장과 남자 뿐인데 사장은 대부분의 시간을 외지에서 보냈고 해질녘이 되어서야 전화로 퇴근을 알려왔다. 사장은 평소 에어컨을 켜지 말라고 당부에 당부를 거듭하곤 했다. 그에게는 사원 간 인화단결이나 매출신장보다 에어컨 단속이 더 중요한 사안이었다. 가끔 사무실에 들르는 것도 직원들이 벽걸이 에어컨을 가동시키는지 어떤지 감시하기 위한 것 같았다. 아닌 게 아니라 입사한 뒤로 남자는 에어컨이 돌아가는 것을 본 적이 한 번도 없었다.

없으면 모를까, 버젓이 벽에 걸려있는 에어컨을 볼 때마다 남자는 숨이 막히는 기분이었다. 에어컨은 리모컨으로 작동되는 제품이었는데 사무실에서 리모컨을 봤다는 사람이 아무도 없었다. 남자는 문득 주머니에 들어있는 껌에 생각이 미쳤다. 돌아가지 않는 에어컨을 바라보느니 목구멍에서 올라오는 조개 냄새를 조금이라도 줄이는 게 나을 것 같았다.

남자가 껌을 산 것은 아침나절이었다. 회사 앞 횡단보도에 서 있는데 누군가 불쑥 껌을 내밀었다. 고개를 돌려보니 백발을 짧게 커트해서 머리통에 찰싹 붙인 할머니가 자신을 쳐다보고 있었다. 땟국에 까맣게 전 전대에 대비되어 작은 머리통 위에 얹힌 백발이 눈부시게 빛났다. 할머니는 '천 원'이라는 글자가 적힌 껌통을 남자가 잘 볼 수 있도록 앞으로 쑥 내밀었다. 껌 한 통에 천 원? 남자는 고개를 저으며 발길을 돌렸다. 성큼성큼 걸어가는데 어느새 노인이 다가와 섰다. 마디가 불거진 손가락에 다시 껌이 들려 있었다. 귀찮기도 해서 팔아 줄 요량으로 물었다.

"후레쉬민트 있어요?"

할머니는 대답 대신 남자의 코앞으로 껌을 바짝 들이댔다. 껌은 후레쉬민트가 아니었고 해독 불가능한 로마자가 겉 종이에 어지럽게 인쇄된, 국적 불명의 제품이었다. 남자가 머뭇거리자 노인이 더 가까이 껌을 들이댔다. 후레쉬민트라는 말과, 껌 종이에 인쇄된 글자 모두를 모르고 있는 게 분명했다. 노인은 오직 껌을 팔려는 데에만 의식을 집중하고 있었다. 남자에게 껌을 팔지 못하면 꿈속까지 따라다니며 들이밀겠다는 투였다. 그래서 사게 된 껌이었다.

껌 하나를 까서 입에 넣으려는 순간 남자의 시야에 김부장의 빈약한 등짝과, 바지에서 삐져나온 와이셔츠 자락이 들어왔다. 와이셔츠는 누렇게 변색되어 있었고 끝자락이 닳아 나달나달했다. 와이셔츠 때문은 아니었지만 남자는 껌을 나누어 먹기로 했다.

"부장님, 껌 좀 드실래요?"

김부장은 대답하지 않았다. 그런 행동이야말로 남자의 말을 무시하는 것처럼 보였는데 아무리 생각해 봐도 그와 남자 사이에는 이렇다 할 불쾌한 사건이 없었으니 그는 단지 자기 업무를 방해받고 싶어 하지 않는 게 분명했다. 저렇게 기안서만 파다가는 종이 속으로 빨려 들어가고 말지. 월급을 더 주는 것도 아닌데 저 정도로까지 할 필요가 있을까. 그런다고 사장이 알아주는 것도 아니었다. 사장에게 잘 보이려면 에어컨만 안 틀면 그만인 것을.

싫다면 할 수 없지. 남자는 껌을 까서 입속에 넣었다. 혀끝에 단맛이 닿았다. 조개 냄새가 약간 물러나는 느낌이 들었다. 내친김에 한 통을 다 까서 우적우적 씹었다. 껌은 딸기 맛이었다. 껌을 씹으니 냄새는 가셨지만 더위는 여전했다. 이마를 타고 흘러내린 땀이 눈썹을 적시고 급기야 남자의 눈 속으로 흘러들었다. 땀 속 염분이 안구를 찔러댔다. 시야가 흐려지면서 모니터의 숫자가 잘 보이지 않았다. 이윽고 입 속에 있던 껌이 흐물흐물 녹아내리기 시작했다. 그러더니 치아에 마구 들러붙었다. 껌이 아니라 본드에 가까웠다. 끔찍한 냄새도 다시 살아나고 있었다. 악취와 더불어 남자의 눈앞으로 무언가 스멀스멀 올라왔다. 사물이 좌우로 흔들리는 느낌이었다. 건너편에 있는 냉장고가 춤을 추고 있었다. 맙소사, 저것은!

아지랑이였다. 복사열의 현현인 아지랑이를 한여름 사무실에 앉아 보게 될 줄이야. 남자는 뒷목을 짚었다. 다행스러운 건 아지랑이 덕분에 남자가 냉장고를 인지하게 되었다는 사실이었다. 아지랑이가 아니었으면 냉장고가 춤을 추며 자신을 부르고 있다는 사실을 깨닫지 못했을 것이다. 자신의 미련스러움을 한탄하며 남자는 냉장고의 손잡이를 잡아당겼다. 당연히 차가운 음료수 따윈 들어 있지 않았다. 냉장실을 채우고 있는 것은 한 줌의 적막과 희미한 냉기였다. 냉기라고 할 수 없을 만큼 미지근한 기운이었지만 상황이 상황이고 보니 그것마저 달콤했다. 막혔던 숨이 뚫리는 것 같았다. 가능하다면 냉장고 속으로 책상을 옮기고 싶었다. 냉장고

문을 열어둔 채 일을 하는 건 어떨까. 하지만 냉장고는 바람을 지속적으로 생산해내는 능력을 타고 나지 못했으니 냉기 비슷한 느낌은 금세 사라지고 말았다. 남자는 플라스틱 컵에 껌을 뱉어 냉장고 안쪽에 넣어두었다. 껌이라도 굳혀서 다시 씹으리라는 생각에서였다.

차분하게 마음을 먹고 앉았지만 남자는 좀처럼 집중할 수가 없었다. 퇴근 전까지 상업송장과 패킹리스트를 마무리 지어야 하는데 자꾸 숫자가 틀렸다. 목덜미로 땀 흐르는 소리가 들렸다. 온도계의 붉은 기둥이 꾸물꾸물 움직이며 위쪽으로 솟았다. 물감을 들인 알코올 기둥이라는 것을 알면서도 그것이 마치 살아있는 털실처럼 보이는 것은 어쩔 수 없었다. 바야흐로 실내온도가 34도를 넘어 35도로 내달리는 중이었다. 조개 냄새는 그야말로 정점을 찍었으니 정신을 꽉 쥐었다 놓았다 하면서 지속적으로 남자에게 고통을 가해왔다.

“이거 깨끗하게 소독된 겁니다.”

조개구이집 사장이 알루미늄 대접을 내려놓으면서 한 말이었다. 남자는 콧방귀를 뀌었다. 수조 안쪽에 파랗게 끼어 있는 이끼 좀 보라지. 이렇게 손바닥만 한 업소에서까지 소독을 철저히 한다면 왜 해마다 전국적으로 비브리오패혈증 환자가 떼로 발생하는 건데? 소독 여부도 믿을 수 없었지만 소독한다고 해서 수조 속의 비브리오균이 전멸한다는 사실도 믿을 수 없었다.

대접 안에는 조개가 무더기로 쌓여 있었다. 자그마한 패총을 들여다보는 느낌이었다. 동전만 한 것부터 부채처럼 생긴 것까지 크기도 모양도 각양각색이었다. 사장이 불판에 조개를 얹으며 건배를 외쳤다.

조개가 조개탄 위에서 죽어가는 광경은 참혹하기 그지없었다. 신음을 뱉듯 입을 쩍 벌리더니 자글자글한 거품을 쏟아냈다. 곧 껍데기가 까맣게 타들어가기 시작했고, 희고 매캐한 연기가 뭉게뭉게 피어올랐다. 남자가 면장갑 낀 손으로 탄 것부터 하나씩 집어 불판 가외로 옮기는 동안 사장은 젓가락을 놀려 자기 입에 조갯살을 하나 집어넣고, 남자 입에도 하나를 넣어주었다.

"아, 벌리게! 괜찮아, 괜찮아! 자네를 볼 때마다 유학 간 조카가 생각난단 말이야. 회사 사장이 아니라 편하게 작은아버지라고 생각하게."

물컹한 게 꼭 생살을 씹는 느낌이었다. 살점이 이빨에 짓이겨질 때마다 비릿하고 짭조름한 육즙이 배어나와 몸서리가 쳐졌다.

다리가 아프다면서 열흘을 앓아누워 있던 작은아버지가 급작스럽게 돌아가신 게 10년 전이었다. 삼복더위에 조개를 구워 먹은 게 화근이었다. 다리 아파선 안 죽네, 이 사람아! 문병이랍시고 찾아와 핀잔만 잔뜩 늘어놓는 동네 사람들을 뒤로 하고 통증을 참다못해 찾아간 병원에서 전해들은 병명이 비브리오패혈증이었다. 여름 해산물의 몸속은 비브리오균이 살기에 최적의 공간이었고, 작은아버지의 허약한 간은 그 균을 감당할 수 없었던 것.

작은아버지는 시름시름 앓다가 허망하게 돌아가셨다. 유언은 없었다. 유언을 할 시간이 없었다기보다 죽는 순간까지 작은아버지는 자신의 죽음을 믿지 않았던 것이다. 하지만 동네 사람들은 망자로부터 패혈증을 조심하라는 유언이라도 들은 듯 조개를 먹지 않았다. 패혈증은 암, 뇌졸중을 제치고 동네에서 가장 무서운 병이 되어 있었다.

남자는 불콰해진 사장의 얼굴을 보면서 술을 좋아하던 작은아버지, 비브리오패혈증으로 돌아가신 작은아버지를 떠올리는 것이 아니라 작은어머니를 떠올렸다. 코끝이 뭉툭하고 아랫입술이 두꺼운 작은어머니는 얼굴에 맞지 않게 울긋불긋하게 염색된 나일론 블라우스를 좋아했다. 통풍과 흡습이 원활하지 않은 그 옷을, 단지 싸고 화려하다는 이유로 몇 개씩이나 사 놓고 번갈아가며 입었다. 그랬던 작은어머니도 남편 상중에는 어쩔 수 없이 소복을 꺼내 입었는데 그 모습이 어찌나 낯설던지 남자는 작은어머니 대하는 일이 어렵기까지 했다.

작은어머니만큼은 아니지만 사장도 꽃무늬 셔츠를 좋아했다. 사철 내내 슈트 안쪽으로 울긋불긋한 실크 셔츠가 들여다보였다. 본인의 표현에 의하면 가슴 부분의 '러블리한 셔링'이 포인트라는 것이다. 옷 때문에 별명이 '호모'가 된 건지, 정말 동성연애자인지는 알 수 없었지만 조갯살을 코앞에 대고 '아, 벌리게!' 할 때 남자는 등짝에 소름이 쫙 돋는 것을 느꼈다.

그렇게 두 사람은 조개구이 2인분으로 소주 세 병을 비우기에 이르렀고 남자의 뱃속에도 적지 않은 양의 조갯살이 들어차게 되었던 것이다. 하루가 지난 시점에서 그것이 뒤엉키며 미친 듯이 부패할 줄은 짐작조차 못한 일이었다.

냄새 때문에 정신이 가물거릴 무렵이었다. 책상 위의 필통이 덜덜 떨기 시작했다. 필통에 꽂혀있던 볼펜 두 자루도 달달달 소리를 내며 흔들렸다. 흡사 산통 속의 산가지 같았다. 컴퓨터와 서류, 책도 덩달아 덜덜덜 진동했다. 소리로 보건대 아지랑이와 같은 착시현상이 아닌 것은 분명했다.

환태평양 조산대 권역도 아닌 대한민국에 지진이 찾아올 때마다 지하 핵실험이 원인이라는 음모론이 들끓었다. 남자도 그런 소문에 휩쓸려, 5공 때 이미 핵실험을 시도했었다는 둥 근거 없는 말을 한 마디씩 보태던 사람이었지만 현재로선 불볕더위에 달궈질 대로 달궈진 대지가 요동치는 거라고 우기고 싶었다. 이런 더위에 아무 일도 일어나지 않는다는 게 오히려 이상한 일이었다. 진동은 쉽게 가라앉지 않았다.

건물이 폭삭 주저앉는 것은 아닐까. 남자는 두려움에 떠는 한편 고개를 갸웃거렸다. 바깥이 너무 조용하지 않은가. 남자의 사무실이 입주해 있는 건물은 지은 지 30년쯤 된 5층짜리였다. 층마다 엇비슷한 구조의 사무실이 또 다섯 개 들어차 있었다. 사무실마다 적게는 두 명, 많게는 다섯 명에 이르는 직원들이 근무 중이었다. 이 난리통에 다들 김부장처럼 기안서에만 몰두하고 있는 것인지, 기안서만 작성할 수 있다면 건물쯤 무너져도 상관없다는 것인지 도통 알 수 없는 일이었다.

그때였다. 펑, 하는 소리가 들렸다. 남자는 잽싸게 책상 밑으로 몸을 숨겼다. 어디선가 폭발 사고가 난 듯했다. 그 사이 진동은 멈추어 사방이 컵 속의 침전물처럼 고요해졌다. 남자는 갑작스러운 적요가 더 불안했다.

조심스럽게 고개를 내밀어 보니 사무실은 대체로 멀쩡했다. 책상의 위치도 변한 게 없고 김부장 역시 같은 자세로 앉아 있었다. 달라진 점이라면 냉장고 문이 활짝 열려 있다는 사실 뿐이었다. 몸체가 불그레한 것이 과열로 인해 무슨 문제가 생긴 것 같았다. 냉장고는 바싹 오그라들어 있었는데 여진을 털어내듯 한 번씩 몸을 떨었다. 그러고 보니 그것은 꽤나 낯익은 모습이었다.

벌겋게 달아오른 몸체하며 쩍 벌어진 문짝이 꼭 불판 위의 '조개'를 재현해 놓은 것 같았다. 익어가는 조개처럼 저것도 뜨거움을 참지 못하고 입을 벌린 것이다. 얼마나 뜨거웠으면 냉장고가 다 폭발할까. 다시 한 번 남자는 에어컨을 켜지 못하는 현실이 견딜 수 없게 느껴졌다. 문제는 거기서 끝나지 않았다.

냉장고에서 허연 덩어리가 뭉게뭉게 밀려나오기 시작했다. 구름 같기도 하고 거대한 젤리 같기도 했다. 정체를 알 수 없는 물체였다. 그것에서 희미한 과일 향이 맡아졌다. 남자는 그 향이 딸기 냄새라는 것을 알아차렸다. 그것은 껌이었다. 더위를 이기지 못한 냉장고가 활동을 중단하자, 밀폐된 내부의 온도가 급작스럽게 상승했고, 그 안에 있던 껌이 몸을 불린 것이었다.

껌덩이는 자꾸만 커졌고 바닥에까지 흘러내렸으며 살아있는 생물처럼 남자 쪽으로 기어왔다. 우물쭈물하다가는 껌을 뒤집어쓸 것 같았다. 남자는 다시금 책상 밑으로 기어들었다. 숨바꼭질을 하는 것도 아니고, 일진이 사나운 날이었다. 남자는 김부장에게 생각이 미쳤다. 피신이나 제대로 했을까. 슬며시 고개를 내밀어 보니 예상대로 사무실은 껌에게 완전히 장악당한 상태였다. 놀라운 것은 그런 상황에서도 김부장은 기안서를 손에서 놓지 않고 있다는 사실이었다.

이 모든 게 더위 때문에 벌어진 일이고 보면 이 시점에서 에어컨을 트는 것은 매우 적절해 보였다. 에어컨 작동 여부를 사장에게 물어봐야 하는 게 아닌가 싶었지만 이깟 일로 전화를 하는 것도 우습고, 남자가 사장이었다고 해도 자기 부하 직원이 껌 때문에 압사하는 걸 그대로 두고 볼 것 같지 않았다. 문제는, 리모컨을 본 사람이 아무도 없다는 사실이었다. 가장 유력한 장소는 사장의 책상 서랍이었다.

당분이 빠지지 않은 탓에 껌은 매우 끈적거렸고 그 양이 어마어마하게 많았다. 헤쳐도 헤쳐도 제자리였다. 태산이 높다 하되 하늘 아래 뫼이라는 격언을 떠올리며 조금씩 껌덩이를 벌린 결과 남자는 간신히 사장 자리에 닿을 수 있었다. 예상대로 리모컨은 서랍 안에 있었다. 전원 버튼을 누르자 윙, 하는 소음이 들렸다.

시원한 바람이 머리 위로 쏟아졌다. 목구멍이 트였다. 숨 쉬기가 편해졌다. 땀도 서서히 말라갔다. 더 이상 조개 냄새도 올라오지 않았다. 남자는 감격에 겨운 나머지 에어컨 앞에서 오랫동안 두 손을 마주잡고 서 있었다. 에어컨은 결코 장식용이 아니었던 것이다. 온도계의 눈금이 서서히 하강했다. 껌도 부피를 줄이고 있었다. 냉장고에서 흘러내릴 때와 비슷한 속도로, 마치 살아있는 생물체처럼 스멀거리며 원래 위치로 돌아가는 중이었다. 흡사 비디오테이프를 거꾸로 돌려보는 것 같았다. 이윽고 껌덩이가 완전히 냉장고 속으로 사라졌고 기다렸다는 듯 냉장고 문이 저절로 닫혔다. 모든 게 정상으로 돌아와 있었다. 남자가 안도의 숨을 내쉬는 찰나였다. 벌컥, 문이 열렸다.

사장이었다. 사장이 문 앞에 서 있었다. 콧구멍을 실룩거리는 게 단단히 화가 난 듯했다. 도저히 참을 수 없다는 듯 그가 소리를 질렀다.

"누구야, 누가 에어컨 켰어?"

다음 날은 온도계의 눈금이 한 칸 더 상승했다. 인터넷 톱뉴스로 '삼십 년만의 무더위'가 떠 있었다. 기사 때문에 남자는 정신이 더 혼미했다. 사장은 일찌감치 자리를 비운 상태였지만 남자는 에어컨 쪽으로는 고개도 돌리지 않았다. 보스의 여자를 넘봤다가 목이 달아날 뻔한 사람은 안다. 다시는 그녀 쪽으로 눈길을 주어서는 안 된다는 것을. 에어컨을 틀었다가 목이 달아날 뻔한 사람은 안다. 그 불온한 물건에 함부로 눈길을 주어서는 안 된다는 것을.

남자는 댕경, 댕경 주문을 외우며 모니터를 들여다보았다. '댕경'은 목이 달아날 때 나는 소리였다. 졸음이 쏟아졌다. 더위 때문에 반쯤 정신이 나간 건지도 몰랐다. 비몽사몽간에 네모난 모니터가 고추밭처럼 보였다. 작은아버지가 세상을 떠난 뒤 남자는 밥벌이에 나서야 했다. 그게 다 학비에 대한 어떤 유언도 남기지 않고 돌아가신 작은아버지 탓이었다. '이웃'은 언제나 손이 모자랐고 젊은 일꾼을 쓰기 위해서라면 없는 일도 만들어 냈다.

남자는 고추밭에 투입되었다. 고추나무가 똑바로 자라도록 곁가지를 쳐주는 초보적인 일이었다. 태양은 이글거렸고 밭에서는 지열이 올라왔다. 고추나무는 끝도 없이 도열해 있었다. 하늘에는 구름 한 점 없었다. 목덜미로 땀이 흘러내렸다. 급기야 티셔츠가

흠뻑 젖었다. 목이 말랐다. 가지와 가지 사이에 맺힌 작은 고추 하나가 시야에 들어왔다. 먹음직했다. 이것도 야채니까 90퍼센트의 수분은 함유하고 있겠지. 남자는 고추 하나를 따서 입에 넣었다.

첫입에는 잘 몰랐다. 시간이 지나자 혓바닥이 타기 시작했고 속이 부글부글 끓어올랐다. 맵다고만 하기에는 도를 넘어서는 고통이었다. 머리통이 땀으로 푹 젖었다. 남자는 물, 물, 물을 외치며 밭고랑을 헤치고 나왔다. 물은 어디에도 없었다. 한참을 달렸다.

마을 어귀 우물가에서 아낙 하나가 물을 퍼 올리고 있었다. 남자가 두레박을 빼앗으려 하자 아낙이 그것을 꼭 움켜쥐고 놓지 않았다. 그렇게 실랑이를 벌리다가 남자는 눈을 떴다. 책상에 엎드린 채로 깜빡 잠이 든 모양이었다. 머리가 땀으로 푹 젖어 있었다. 김부장은 여전히 기안서 작성에 여념이 없었다.

에어컨을 켤 수 없는 현실이 비참한 것은, 세상 어딘가에 에어컨을 마음대로 켜는 사람들이 있기 때문이었다. 에어컨을 켜면서도 그게 행복인 줄 모르는 사람들을 생각하자 남자는 화가 치밀었다. 이게 다 작은아버지 때문이었다. 패혈증으로 돌아가시지만 않았어도 조카의 학비 정도는 떠맡았을 어른이었다. 대학을 나왔더라면 괜찮은 직장에 취직할 수 있었을 것이다. 아니, 괜찮은 건 관두고 적어도 에어컨을 틀어주는 직장 정도는 들어갈 수 있었을 것이다.

그러고 보니 진짜 원인은 아버지에게 있었다. 아버지가 그렇게 일찍 돌아가시지만 않았어도 어머니는 재가하지 않았을 것이고 자신을 작은댁에 맡기지도 않았을 것이다.

남자는 어머니에게서 맡아지던 달콤하고 향긋한 냄새를 떠올렸다. 딸기 냄새 같기도 하고 분 냄새 같기도 한 그 향이 미친 듯이 그리워졌다. 그 냄새를 떠올리자 아주 잠깐 조개 냄새가 물러가는 것도 같았다. 핵실험까지는 아니더라도 무슨 거대한 음모가 자신을 얽어맨 느낌이었다. 그렇지 않고서야 자신에게 다가온 삶이 이렇게 번번이 최악일 수가 없었다. 최악의 상황이라는 것을 증명이라도 하듯 다시금 필통이 몸을 떨어댔다.

책상이 흔들렸고 책이 우수수 바닥으로 떨어졌다. 건물이 흔들렸고 금세라도 쩍 갈라질 것처럼 바닥이 진동했다. 전날과 비슷한 상황이었다. 남자는 침착한 태도로 서랍을 열었다. 남자의 손에는 다홍색 끈이 쥐어져 있었다. 고시원에서 걷어온 물건이었다. 시답잖은 빨래나 매달고 있던 처지에, 갑자기 사무실을 구하는 일에 쓰이게 될 줄은 나일론 끈도 예상하지 못했을 것이다.

남자는 냉장고를 꽁꽁 묶기 시작했다. 덩치가 커서 포획이 쉽지 않았다. 냉장고는 금방이라도 터질 것 같았고 격렬하게 몸을 떨어댔다. 나일론 끈으로는 역부족이었다. 냉장고 문짝이 차츰 벌어지고 있었다. 포승을 끊으려는 헐크, 혹은 팔레스타인 군졸의 손아귀에서 벗어나려는 삼손을 연상시키는 움직임이었다. 벌어진 틈으로 조개의 연한 살 같은 껌딩이가 보였다. 껌딩이는 금방이라도 밀려나올 것처럼 부풀어 있었다.

남자는 재빨리 연장을 가져다가 냉장고 문짝에 대고 쾅쾅 못을 박기 시작했다. 못은 잘 들어가지 않았고 몇 개는 남자 쪽으로 튕겨 올랐다. 고통스러운 듯 냉장고가 몸을 뒤틀었다. 간신히 일을 마친 남자가 쓰러지다시피 자기 자리로 돌아왔다.

눈 밑으로 땀인지 눈물인지 알 수 없는 액체가 뚝뚝 흘러내렸다. 잊고 있던 조개 냄새도 서서히 올라오고 있었다. 입을 틀어막았지만 악취는 여전했고 구토마저 올라왔다. 화장실로 뛰어가 토악질을 했다. 뱃속에서는 아무 것도 나오지 않았다. 조개가 아니라, 몸이 썩고 있는 것 같았다. 억지로 침을 삼키는 순간이었다.

의자가 덜덜 떨기 시작했다. 이번 진동은 느낌이 달랐다. 말 못하는 기계지만 냉장고는 그런 대로 포박을 잘 견디고 있었다. 냉장고가 아니었다. 엉덩이가 부들부들 떨렸고 발목과 팔목과 목이 흔들렸다. 턱이 흔들렸고 머리가 흔들렸다.

진동은 곧 사무실 전체로 퍼져나갔다. 남자는 불길한 느낌에 휩싸였다. 진앙지는 다른 곳이 아닌, 자신의 왜소한 몸이라는 사실을 눈치 챘기 때문이었다. 썩은 조개 냄새가, 미친개처럼 몸 밖으로 밀려 나오고 있었다.

어디선가 쩍, 하는 소리가 들렸다. 턱이 빠질 듯이 아팠다. 입가로 침이 뚜욱, 뚝 흘러내리고 있었다. 너무 놀라 입을 다물 수 없었다. 아니, 다물래야 다물 수 없었다. 턱관절이 빠진 것이다.

턱이 아니라 심장을 놓친 기분이었다. 남자는 정신을 수습하기로 했다. 침착해야 한다. 모든 것이 분명했다. 자신이 조개로 변한 것이다. 정확히 말하면 조개구이가 되어버렸다. 불판에 올라간 조개처럼, 뜨거움에 지쳐 입이 벌어지고 만 것이다. 이렇게 벌리고 있다간 파리란 놈이 달려들어 기도를 막을 수도 있는 일이었다. 남자는 조용히 창문을 닫았다. 창문을 닫으니 실내가 더욱 후텁지근했다.

남자는 구워진 조개의 심정을 알 것 같았다. 살아 있는 조개를 불에 올리고 구워 먹었던 일에 대해, 단순한 후회가 아닌 참회의 마음이 들었다. 김부장은 이 사태를 알고도 모른 척하는 것인지 정말 모르는 것인지 기안서 작성에 여념이 없었다. 남자가 연신 신음을 뱉어내는데도 뒤돌아보지 않았다.

남자는 바보처럼 입을 벌린 채 사장 자리로 걸어갔고 맹인처럼 책상을 더듬었다. 입이 부자연스러우니 몸의 동작까지 어색해지는 느낌이었다. 서랍은 굳게 잠겨 있었다. 상하좌우로 흔들어 보았지만 꿈쩍도 하지 않았다. 그렇게 쉽게 열릴 것 같았으면 잠그지도 않았을 것이다. 그러는 동안 침은 부단히 흘렀다. 입안에 수도꼭지를 단 것 같았다. 넘치는 침과 상관없이 공기에 노출된 혓바닥과 목구멍 안쪽이 딱딱하게 말라갔다. 물기가 마른 곳은, 감각마저 말라붙어서 몸이 그대로 석회화 되는 느낌이었다. 그때였다. 벌어진 입에서 욕이 튀어나오기 시작했다.

온갖 추잡한 욕설이 다 튀어나왔다. 남자 스스로도 깜짝 놀랄 지경이었다. 듣기만 들었지 한 번도 입 밖으로 뱉어본 적이 없는, 손이 떨려 문자로는 표현할 수 없는, 전문용어에 가까운 욕설이었다. 욕설의 대부분은 사장을 향하고 있었는데 간략하게 말해 그가 잡놈, 악질, 호모, 성병환자, 정신병자라는 내용이었다. 욕설은 남자의 의도에 관계없이 줄줄 쏟아져 나왔고 그럴 때, 벌컥 문이 열렸다.

문간에 모습을 드러낸 사람은 사장이었다. 사장의 얼굴은, 뜨거운 돌멩이를 삼킨 두꺼비처럼 벌겋게 달아올라 있었다. 그가 남자를 향해 천천히 걸음을 옮겼다. 남자는 심장이 조여드는 공포를 느꼈다. 사장이 남자의 귀에 대고 작게 속삭였다.

"다 들었어."

도저히 똑바로 누워 있을 수가 없었다. 집에 온도계가 없어서 그렇지 가히 36도를 넘어설 만한 폭염이었다. 남자는 방바닥을 엉금엉금 기다시피 했다. 회식이 사흘 전의 일이니만큼 조개의 조그만 살점이라도 몸속에 남아 있을 리 없었다. 하지만 악취는 남자의 위장에서 부단히 올라왔고 심지어 공기에서도 맡아졌다. 남자는 주머니를 뒤졌다. 껌의 딱딱한 감촉이 손에 닿았다.

그날 남자는 '댕겅' 소리와 함께 잘렸다. 즉결심판이었다. 오너에게 그런 원색적인 욕설을 퍼붓고 살아남을 수는 없었다. 터덜터덜 회사를 걸어 나오는데 누군가 껌을 내밀었다. 고개를 들어보니 껌할머니였다. 껌할머니가 그를 향해 웃고 있었다. 자애롭고 따뜻한 미소였다. 그런 미소는 아무나 짓는 게 아니었다.

할머니가 껌 한 통을 남긴 채 골목 안으로 사라지자 남자는 머리를 쥐어뜯었다. 껌 할머니가 누군지 알았어. 딸기 냄새. 아, 바로 어머니였어! 나는 그토록 그리운 얼굴을 왜 기억해내지 못한 걸까. 홀몸으로 온갖 일을 전전하며 자식 뒷바라지를 하던 어머니, 삶에 지치고 남자들의 구애에 지친 나머지 재가를 결정한 어머니.

남자는 골목으로 부리나케 달려 들어갔다. 온 동네를 샅샅이 뒤졌지만 어머니를 다시 만날 수는 없었다. 스무 해도 더 지난 이 시점에서 왜 내 앞에 나타난 것일까. 그것도 껌통을 들고서. 오랫동안 자식의 성장을 주시해오기라도 한 것처럼, 갑자기. 더위에 지

치고 직장마저 잃은 그에게 줄 수 있는 게 그것밖에는 없다는 듯 껌을 내민 어머니. 여전히 한 통에 천 원이었고 국적불명의 딸기 맛 껌이었지만 말이다.

남자는 껌을 통째로 까서 입 안에 넣었다. 껌을 우적거리며 네 활개를 펴고 누웠다. 선풍기가 윙윙 돌아가고 있었다. 차라리 잘된 일이다. 월급이라고 해봤자 입에 풀칠할 정도인데다 꾹 참고 붙어 있어봤자 김부장의 전철을 밟을 게 분명했다.

휴식은 실로 오랜만이었다. 얼마나 좋아? 선풍기도 맘껏 쐴 수 있고. 맘껏 쐬는 정도가 아니라 선풍기 바람을 하도 먹어 머리가 어지러울 지경이었다. 미적지근한 바람이 폐를 공격하면서 오히려 산소가 들어오는 것을 막았다. 가슴이 답답한 것이 꼭 질식해 죽을 것 같았다. 남자는 엉금엉금 기어가 선풍기를 껐다. 그냥 덥다고 말하는 건 너무 인간적이었다. 집 전체가 푹푹 삶아지는 느낌. 입속의 껌도 거의 액체가 되어 있었다.

남자는 컵에 껌을 뱉어 냉장실 깊숙이 넣어두었다. 굳혀서 다시 씹을 생각이었다. 얼마쯤 시간이 흐른 뒤였다. 남자는 방바닥에서 올라오는 미세한 진동을 느꼈다. 진동의 폭은 점점 넓어졌고 남자의 몸을 흔들었다. 익숙한 진동이었음에도 불구하고 남자는 두려움에 휩싸였다. 그리고 기다렸다는 듯 펑, 하는 소리가 들렸다. 정신을 차려보니 방구석에 있던 냉장고 문짝이 활짝 젖혀져 있고 껌이 뭉게뭉게 흘러나오고 있었다.

남자의 몸은 껌에 실려 어디론가 흘러갔다. 고시원 관리인이 빨래를 걷다가 남자를 보고 뒤로 자빠졌다. 지붕이 따개비처럼 따닥따닥 이어진 고시촌이 점점 멀어지고 있었다. 지나가던 자전거가 껌을 피하다가 옆으로 쓰러졌다. 남자는 그 모습을 보고 히히 웃었다. 껌덩이는 남자를 태우고 점점 앞으로 나아갔다.

이상한 일이었다. 이 돌발적인 상황이 재미있게 느껴졌다. 껌덩이가 푹신한 쿠션 같았다. 몇 개의 모퉁이를 지나자 낯익은 건물이 나타났다. 남자가 다니던 회사였다. 회사를 보자 가슴이 뛰었다. 3층 어디쯤에 자신이 다니던 사무실이 있을 거라는 생각을 하니 낡디낡은 5층 건물이 더 이상 영세업자들로 우글우글한, 인력 착취의 온상으로 보이지 않았다. 그것은 잔소리를 퍼붓고 매일 술을 퍼마셨지만 부모 대신 남자를 키워준 작은어머니, 작은아버지 같은 느낌. 한없이 다정하고 너그럽게 느껴지는 무엇이었다. 혹시 내가 회사에 다니고 싶었던 것은 아닐까. 남자는 자신의 마음이 낯설었다.

껌덩이는 남자를 회사 계단까지 밀어붙였다. 그러니까 자신의 의지와 관계없이 사무실 입구에 다다랐을 때였다. 사무실의 출입문이 부푸는 게 보였다. 곧 터질 것처럼 문짝은 한껏 발기해 있었다. 사무실 안에서도 무슨 일이 일어난 게 틀림없었다. 반사적으로 남자는 두 손으로 문을 막았다. 있는 힘껏 문을 밀어붙였지만 곧 우지끈, 하는 소리가 들렸다.

남자는 계단 밑으로 굴러 떨어졌다. 정신을 차려보니 문짝이 부서져 있고 그 너른 구멍으로 또 다른 껌덩이가 뭉게뭉게 밀려나오고 있었다. 사무실 냉장고가 포승줄을 끊고 껌을 게워낸 것이 틀림없었다. 밀려나오는 껌 속에 김부장이 박혀 있는 게 보였다. 다행이라면 김부장이 죽지 않고 살아 여전히 기안서를 작성하고 있다는 사실이었다. 껌덩이에 파묻힌 상태에서 그가 그런 집중력을 발휘할 수 있다는 사실이 놀라웠다.

남자는 헤엄치듯 껌을 비집고 사무실 안으로 들어갔다. 다행히 사장의 책상서랍은 잠겨 있지 않았다. 남자는 에어컨 리모콘을 찾아 힘껏 버튼을 눌렀다.

사태가 진정된 후에도 남자는 사무실을 떠나지 못했다. 발밑에 접착제라도 붙어 있는 것 같았다. 빨리 이곳을 벗어나야 한다는 생각은 마음뿐이었다. 다시 한 번 남자는 자신이 회사를 다니고 싶었던 게 아닐까, 의심하지 않을 수 없었다.

책상 위는 여전했다. 몇 개의 서류철, 누런 파일, 자기계발서 한 권, 포스트잇, 서류집게들 그리고 볼펜 두 자루가 산가지처럼 꽂혀 있는 원형 필통. 출근 때마다 자신을 맞아주던 익숙한 풍경이었다.

남자는 홀린 사람처럼 자리에 가서 앉았다. 익숙한 신에 발을 담근 듯 몸이 편안했다. 이렇게 앉아 다시 일을 하고 싶다는 생각이 들었다. 영원히 이 자리에 남고 싶었다. 더워도 악취도 참을 수 있을 것 같았다. 뜨거운 눈물이 남자의 두 뺨을 타고 흘러내렸다.

그때, 남자의 시야에 무지막지하게 부서진 출입문이 들어왔다. 언제 저게 저렇게 됐지? 가슴이 철렁 내려앉았다. 사장의 노발대발하는 영상이 떠오르면서 목덜미가 서늘해졌다. 그것은 에어컨을 켜고 마는 정도의 문제가 아니었다. 형사 사건이었다. 남자의 소행이라고 의심할 게 분명했다. 모가지가 잘린 것에 앙심을 품고 문을 부순 거라고. 행여 문짝 값을 물어내라고 요구하거나 경찰에 신고하면 방법이 없었다. 생각이 그에 미치자 다리가 후들거렸다.

일어나 달아나려는 순간이었다. 뚫린 문 저편에 검은 그림자가 서 있었다.

사장이었다. 사장 얼굴이 거의 흙빛이었다. 그 얼굴을 보는 순간, 남자에게 공포가 엄습했다. '나를 죽일 것이다. 이번에는 진짜 모가지를 자를 것이다.' 바닥을 구르는 검은 머리통의 영상이 남자의 발목을 붙잡았다. 남자는 그 자리에 얼어붙은 듯 서 있었다. 콧김만 뿜던 사장이 천천히 입을 벌렸다.

"누가 에어컨 켰어?"

사장이 남자 쪽으로 천천히 다가왔고 남자의 코앞에 얼굴을 바짝 갖다 댔다. 남자로선 사장 얼굴을 똑바로 쳐다보는 것이 처음이었다. 넙데데한 인상의 소유자라는 사실은 어렴풋 알고 있었지만 치켜뜬 눈썹에 이토록 숱이 많은 줄은 몰랐다. 자상처럼 길게 찢어진 눈 속으로 눈동자는 전혀 들여다보이지 않았고, 속눈썹은 아예 없는 듯했다. 벌름거리는 콧구멍 속으로 코털 몇 개가 비죽비죽 솟아 있었다. 머리카락은 몹시 빠글거렸는데 새로 펌을 한 것 같았다. 남자는 사장을 밀칠 엄두가 나지 않았다.

남자는 조용히 자리에 가서 앉았다. 김부장은 이렇다 저렇다 말이 없었다. 기안서를 작성하는 일에 온 신경을 집중할 뿐이었다. 사장도 자기 자리에 가서 앉았다. 잠시 사무실에 정적이 흘렀다. 무언가 생각났다는 듯 사장이 수화기를 들었다. 남자는 심장이 멎는 것 같았다. '나를 기물파손죄로 신고하려는 게 분명해.'

그러나 사장의 입에서 흘러나오는 것은, 16촌 여동생 어쩌구 하는 식의, 말도 안 되는 촌수 따지기로 시작해서 차나 한잔 하자는 제의로 끝나는 소위 '작업용 멘트'였다. 수화기 너머의 인물은 경찰이 아니라 여자이며, 그것도 업소에 근무하는 40대 중반의 여성인 게 거의 확실했다. 믿을 수 없는 일이었다. 사장이 여자를 꼬시다니. 사장이 호모라는 소문은 사실이 아닌 모양이었다. 꽃무늬 셔츠를 즐겨 입고, 가족 없이 혼자 산다고 해서 다 동성연애자는 아닐 텐데 왜 아무런 의심 없이 그 말을 믿었던 걸까. 타인의 삶을 매도하면서 자신의 초라함을 잊는 사람들 속에 나도 끼어 있었던 걸까.

남자는 통렬히 회의했지만 곧 자책만 하고 있을 때가 아니라는 생각이 들었다. 당면한 현안은 사장의 성 정체성이나 성적 지향이 아니었다. 문짝에 대해 물을 경우, 핑계를 생각해 놓아야 했다. 하지만 한 시간이 넘어가도록 사장은 아무런 말이 없었다. 남자가 사무실에 있다는 사실조차 잊은 모양이었다. 남자를 해고한 사실도 잊은 게 분명했다. 남자는 모르는 척 가만히 있어보기로 했다. 어디 가서 나만한 직원을 구해? 이 월급에, 이 열악한 환경에 누가 붙어 있겠어? 나니까 그래도 참고 있는 거지. 남자는 더운 침을 삼켰다.

문밖으로 사람들이 지나다녔다. 문을 열어둘 때는 거들떠보지도 않더니만 뚫린 문으로 힐끗거리는 치들이 꽤 있었다. 뚫린 문 속의 풍경은 좀 다를 거라고 생각하는 모양이었다. 그들은 아무 문제도 없어 보였다. 자기들끼리 잡담을 했고, 자판기 커피를 뽑아 마셨다. 엘리베이터도 없는 건물에 저토록 멀쩡한 사람들이 거주한다는 사실이 믿기지 않았다.

마침내 사장이 자리에서 일어섰다. 사람 하나가 통과해도 될 만큼 커다란 구멍을 놔두고 문고리를 잡아당겼다. 문을 열고 나가면서 남자 쪽으로 얼굴을 돌렸다.

"저녁 때 회식이나 하지. 조개구이 어때?"

저녁 때 먹을 조개구이를 생각하니 벌써부터 속이 울렁거리는 것 같았다. '사시사철 긴 소매를 입고 묵묵히 일하는 김부장, 오늘은 회식에 참석하려나.'

"김부장님!"

남자가 나직이 불렀다. 김부장은 대답이 없었다. 저 자는 장식용으로 영입한 인간이 틀림없어. 아니면 귀머거리던가. 남자는 혼자 중얼거렸다. 생각해 보니 남자가 입사한 후에 김부장과 말을 섞어본 적이 한 번도 없다는 생각이 들었다. 말은커녕 얼굴을 본 적도 없었다. 그에 대해 아는 게 전혀 없었다. 언제 입사했는지, 몇 년을 근무했는지, 어떻게 생겼는지, 목소리는 어떤지. 그는 남자보다 먼저 출근했고 남자보다 늦게 퇴근했으며 늘 기안서 작성에만 매달려 있었다. 남자는 처음으로 그가 단순히 과묵한 사람이 아니라 남모르는 사정을 갖고 있을 거라는 의심이 들었다.

그때였다. 기안서에 매달려 있던 김부장이 갑자기 체머리를 흔들기 시작했다. 얼마 남지 않은 머리털도 마구 쥐어뜯었다. 으으, 신음소리까지 뱉는 게 아무래도 이상했다. 그런 행동은 말없이 일에 매달릴 때보다 더 무서웠다.

"왜 그러세요, 무슨 일입니까?"

남자가 물었지만 김부장은 대답하지 않았다. 머리카락만 쥐어뜯었다. 깨알 같은 글자 속에 파묻혀 살더니 혹시 미친 게 아닐까. 김부장은 오래오래 신음을 뱉고 마음껏 머리를 쥐어뜯었다. 그런 뒤였다. 탁탁 문서의 네 귀를 맞추더니 가만히 책상에 올려두었다. 기도라도 하는 걸까. 움직임 없이 시간이 흘렀다. 갑자기 자리에서 벌떡 일어서는 김부장. 화장실도 안 가는 사람이 무슨 일일까.

"이런, 개 같은 세상!"

짤막한 발언이었다. 처음 듣게 된 그의 음성이 어찌나 단호하고도 부드러운지 남자는 한 번만 더 들려달라고 부탁하고 싶었다.

김부장이 한쪽 손을 번쩍 쳐들었다. 게임의 종료를 알리는 심판처럼 보이기도 했고, 화장실에 가기 위해 손을 번쩍 쳐드는 어린 학생 같기도 했다. 이건 또 무슨 상황이지? 남자는 그의 행동을 주시했다. 김부장은 그 자세에서 손을 흔들더니만 풀리지 않는 의혹을 안고 기안서 속으로 쑥 빨려 들어갔다. 흡사 다이빙이라도 하는 것 같았다.

더듬어 생각해보니 그가 뱉은 말은, 그냥 '개 같은 세상'이 아니라 '조개 같은 세상'인 것 같았다. 그래도 이건 너무 심했다. 작별 인사치고는 지나치게 담백하지 않은가. 일 년을 같은 사무실에 머물렀던 사이인데. 남자는 혀를 찼다.

그가 남긴 것은, 한 번도 돌려 본 적 없는 낡은 회전의자와 서류 뭉치가 전부였다. 남자는 그가 사라진 자리로 천천히 다가갔다. 기안서가 책상 위에 놓여 있었다. 기안서는 말끔하게 정리되어 있었는데 다만 가운데 비어있는 한 줄, 그 비좁고 하얀 여백 밖으로 와이셔츠 자락이 삐져나와 있었다. 옷자락은, 조개의 발을 닮은 듯했다. 남자는 살며시 기안서 속으로 옷자락을 집어 넣어주었다.

사무실이 점점 뜨거워지고 있었다. 사장은 뚫린 구멍을 놔둔 채, 예의 수고롭게도 문을 열고 들어왔다. 그도 별 수 없이 더위를 느끼는지 이례적으로 셔츠 단추 두 개를 풀었다. 하지만 에어컨을 틀라는 말은 입 밖으로 꺼내지 않았다. 사장은 서 있는 자세에서 묵묵히 사무실 내부를 훑어보았다.

남자는 자리에서 일어서려 했지만 곧 주저앉고 말았다. 몸이 말을 듣지 않았다. 아니, 의자가 몸에서 떨어지지 않았다. 몸의 일부가 녹아서 의자에 붙어버린 듯했다. 서 있는 사장 앞에 버젓이 앉아 있는 직원이라니. 관자놀이로 땀이 흘러내렸고 가슴이 따끔거렸다. 속이 타들어가는 것 같았다. 무슨 이야기라도 해야 할 것 같았다.

"조금 전에 김부장님이……."

"이따 저녁에……."

두 사람이 동시에 입을 열었다.

"먼저 말씀하십시오."

"아닐세, 먼저 말하게."

"아닙니다. 먼저 말씀하십시오."

"미안한 말이지만, 오늘 하기로 한 회식을 미루었으면 하네. 네 고에 문제가 생겨서 말이야."

미안하다니, 천만다행이었다. 그런데 사장은 김부장이 사라진 걸 모르고 있는 걸까. 사람이 사라진 걸 어떻게 모를 수 있을까. 일부러 모르는 척하는 것 같기도 했다. 사장이 저렇게 나오는데 굳이 말단인 내가 김부장 이야기를 할 필요가 있을까. 남자는 혼란스러웠다.

“사실은 저도 조개를 좋아하지 않는다는 말씀을 드리려고.”

“음, 그렇군. 나도 그다지 좋아하는 음식은 아닐세. 그럼 퇴근하게. 그리고…….”

사장이 뒤를 돌아보았다.

“왜 매일 그 자리에 앉지? 출입문 앞이라 어수선할 텐데, 저기 안쪽 자리로 옮기게나.”

“그곳은 김부장님이…….”

사장이 말을 잘랐다.

“다음 주에는 꼭 회식을 하세. 메뉴는 자네가 고르도록.”

모르는 척하는 게 아니라 정말 김부장의 존재를 정말 모르고 있었다. 그동안 김부장을 달력 속의 야자수 그림으로 생각했는지도. 그나저나 김부장은 기안서 속에서 잘 살고 있을까. 그곳 더위는 좀 견딜만하신가. 다음 회식 때는 뭘 먹지? 조개구이만 아니라면 무엇이든 먹을 것 같은데. 그런데 속이 왜 이렇게 타는 걸까.

김부장이 있던 자리로 물건을 옮겨야 하는데. 몸이 말을 듣지 않았다. 거대한 폐각근이 자신과 의자를 꽁꽁 묶어버린 것 같았다. 남자는 의자를 밀면서 김부장이 있던 자리로 갔다. 김부장이 앉아 있던 의자를 밀쳐낸 뒤 그 자리에 몸을 밀어 넣었다. 뭔가 이상하다고 느낀 건 그 순간이었다. 아무리 애를 써도 고개가 돌아가지 않았다. 제 맘대로 벌어지던 입처럼, 고개도 스스로 고정되기로 결정한 걸까. 그런 상태에서 남자가 할 수 있는 일은 한 가지밖에 없었다. 남자는 묵묵히 기안서를 작성하기 시작했다.

눈쇼

문 두드리는 소리가 점점 커졌다. 쿵쿵쿵 나무 문짝에 가해지는 낮고 묵직한 진동이 낡은 건물의 구조물을 타고 방 전체에 퍼졌다. 벽과 천정에 붙어있던 먼지가 들고일어나면서 C의 눈을 찔렀다.

"이봐, 어서 나오라고! 차근차근 얘기를 해보자고."

사람들이 소리를 질렀다. C는 두어 번 눈을 깜빡였다. 먼지는 쉽게 빠지지 않아 안구에 거북살스러운 이물감을 남겼다.

"불이라도 지르면 어떻게 하죠?"

"그렇게 서 있지 말고 빨리 열쇠를 찾아!"

다급한 대화소리가 들렸다. 우왕좌왕 뛰어다니는 기척도 들렸다. 그들의 움직임이 남긴 진동이 신체 안쪽으로 흘러들면서 C는 전신을 부르르 떨었다.

집기라고는 두 개의 책상 외에 키 작은 장식장이 전부인 보잘것없고 비좁은 방이었다. 사면이 유리로 된 장 안에는 각종 공구들이 예술품처럼 전시되어 있었다.

드라이버, 멍키스패너, 리머, 망치, 송곳……. 가지런히 놓인 철물은 단단함이란 바로 이런 것이라고 말해주는 듯했다. 기획실로 명명된 이 방을 배정받았을 때만 해도 C는 한껏 고무된 상태였다. 이곳에 뼈를 묻으리라.

손작업용 공구에 주력하는 소규모업체일 뿐이었지만 취업준비 이태 만에 어렵게 얻은 직장이었다. 4대 보험이 적용됐고, 24인치 모니터가 딸려있는 최신형 PC와, 서랍마다 오피스 용품으로 가득 찬 책상이 그의 몫으로 주어졌다. '보쉬' 부럽지 않은 일터였다.

"당장 나오지 않으면 문을 부술 거야!"

조용해졌나 싶더니 다시 조팀장의 격앙된 목소리가 들렸다. 골이 단단히 난 듯했다.

"어이, 드라이버 가져와!"

다시들 우왕좌왕 뛰어다니기 시작했다.

C는 벽에 붙은 작은 거울 앞에 섰다. 군데군데 더러운 물얼룩이 져 있었지만 C의 모습을 반사해내는 데는 부족함이 없었다.

오렌지빛 석양이 좌에서 우로 비스듬하게 핥고 지나간 C의 얼굴은 우스운 듯 슬퍼보였다. 비정상적일 만큼 커다란 눈이었다. 아버지를 닮은 눈이었고 할아버지를 닮은 눈이었다.

큰 것으로는 모자랐는지 앞으로 툭 튀어나온 것이 도무지 세상살이에 적당해 보이지 않았다. 그래서 그랬던 걸까. 두 분 모두 살아생전 제대로 기를 펴지 못했다. 아버지의 경우, 악단의 밴드마스터를 할 정도로 음악에 조예가 깊었는데 생계를 위해 야마하 스테이지 커스텀 같은 드럼을 수입해다 팔았다. 소리가 깊고 울림이 풍부한 일제 드럼은 그러나 주 소비층의 주머니 사정과 내내 불협화음을 이루다가 창고 신세를 면하지 못했다.

눈은 그렇다 치고 주름이 자잘하게 잡힌 눈꺼풀만큼은 도저히 용서가 되지 않았다. 그런 큰 눈을 감싸려면 주름 말고는 방법이 없었던 걸까. 눈을 감았다 뜰 때마다 표정이 어눌하고 어리하게 변하는 것 역시 그 자바라처럼 생긴 눈꺼풀 때문이었다. 아무리 빨리 깜빡여도 많은 주름이 일제히 펴지면서 눈이 닫히는 데는 시간이 걸렸다.

눈 때문에 C는 학창시절 내내 별종 취급을 받아야 했다. 눈이 이상하게 생긴 사람은 생각이나 행동까지 이상할 거라고 믿는 것 같았다. 그런 자의식이 순조로운 연애를 방해했으며 사회생활에까지 불운을 몰고 온 게 틀림없었다. 이태나 사귀어 온 여자는 결혼을 코앞에 두고 이별을 통고해왔고 어렵게 구한 일자리는 곧 날아갈 준비를 하고 있었다. 한때 C에게 있어 삶의 전부라고까지 여겨지던 것들이었다. 그런 만큼 그것들을 지켜내기 위해 C는 눈쇼를 하지 않을 수 없었던 것이다.

늘 그렇듯 회식의 2차 순서는 노래방이었다. 그날은 특별히 전 전무도 동행했다. 회사의 실질적인 보스라고 할 수 있는 그는 100킬로그램에 이르는 비대한 몸집의 소유자였다. 덩치에 대비되어 유난히 작은 눈에서 뿜어져 나오는 날카로운 광채가 왠지 특별한 사람이라는 느낌을 주었다.

회사의 진짜 주인은 따로 있었는데 창립자인 전 사장이 세상을 뜨면서 외아들에게 자리를 물려주었다고 했다. 어린놈이 노는 것만 좋아하지 통 회사 일에는 관심이 없는 모양이었다. 출근도 제대로 하지 않아 그때까지 C도 사장이라는 사람의 얼굴을 본 적이 없었다.

자리가 정돈되자 전전무가 손을 들어 C를 지명했다. 살찐 성대에서 울려 나오는 목소리 톤이 유난히 낮았다.

"신입이 먼저 하지."

C는 건너건너 넘어오는 마이크를 받았다. 마이크는 달궈질 대로 달궈져 있었다. 그들이 오기 전, 벌써 누군가들이 신들린 열창으로 한껏 데워 놓은 것이다. 마이크를 들고 있으려니 뜨거운 쇠의 감촉이 이상하리만치 섬뜩하게 느껴졌다. 차라리 폭발이라도 했으면 좋겠군. 노래를 하느니 끔찍한 사고가 일어나 모든 것을 끝장내 주었으면 좋겠다는 생각이 들었다. C가 되지도 않는 폭발사고를 꿈꾸는 동안, 조팀장이 다가와 옆구리를 쿡 찔렀다.

"이봐, 자는 거야?"

"노래를, 못합니다."

노래를 못해? 노래를 못하다니? 여기저기서 웅성거리는 소리가 들렸다. 어떻게 노래를 못할 수가 있지? 말도 안 돼, 요즘 세상에 노래를 못하는 사람이 어딨어? 사람들은 노래를 못한다는 C의 고백을 쉽게 받아들이지 못했는데 나중에 알고 보니 그들 대부분이 사회경력만큼 두터운 노래방 이력을 자랑하는 아마추어급 가수들이었던 것이다.

그들뿐 아니라 요즘 사회생활 좀 한다하는 사람들 대개가 'K팝스타' 같은 오디션 프로그램 1차 예선쯤 가뿐하게 통과할만한 실력을 갖추고 있었다. 노래실력을 무슨 토익성적마냥 기본으로 깔고들 가는 모양이었다.

위기즉발의 순간에서 눈쇼가 떠오른 것은 정말이지 돌아가신 아버지의 보살핌이라고밖에 할 수 없었다. 눈쇼라니……. 자신이 생각해도 어이없는 명칭이었지만 그렇게 이름 붙이고 나니 마치 그런 쇼가 원래부터 존재했던 것 같은 느낌이었다.

쇼라기보다 그저 아버지가 심심풀이 삼아 보여주던 개인기였다. 눈동자를 가운데로 모으고, 좌우로 빠르게 진동시키고, 둥글게 굴리는 것이 전부였지만 돈 들이지 않고 어린 자식을 즐겁게 해주기에 그만한 게 없었다.

아버지는 아들에게 외식을 시켜주는 대신 눈쇼를 보여주었고, 동물원에 데려가는 대신 눈쇼를 보여주었고, 용돈을 주는 대신 눈쇼를 보여주었다.

"노래 대신 눈쇼를 하겠습니다."

눈쇼? 눈쇼가 뭐야? 그런 쇼도 있나? 다시 장내가 소란스러워졌다. C는 큰기침을 한 뒤, 눈을 꾹 감았다가 떴다. 이목이 집중되는 틈을 타서 C는 재빨리 눈동자를 가운데로 모았다.

"여기를 보세요, 띠용!"

살던 집을 내주고 지하방으로 이사했을 때, 쌀이 떨어져 라면으로 끼니를 이어야 했을 때, 공과금 납부를 미루다 기어이 전기와 수도가 끊겼을 때 아버지는 여기를 보세요, 띠용! 눈쇼를 했다.

눈이 큰 것은 조물주의 실수도, 개인의 운 없음도 아닌 다만 눈쇼를 하기 위한 장치라는 듯. 세상이 흰 눈에 덮이듯 온갖 걱정과 두려움이 눈쇼에 묻혔다. 아버지 잘못이 아니었다. 눈쇼를 이어가게 한 것은 아들의 열렬한 호응이었다.

아빠, 되게 웃겨, 또 해봐! 아버지의 눈쇼는 오래도록 계속되었다. 어린 아들 앞에서 눈동자를 모으던 아버지처럼 C는 눈쇼를 하고 있었다. 스멀거리며 기어 나오는 불안을 잠재우기 위해, 발버둥 치며 올라오는 두려움을 억누르기 위해 눈쇼가 필요했다.

눈쇼는 특별한 준비물이 필요 없는 대신 자신이 가지고 있는 것을 다 써야 한다는 단점이 있었다. 눈쇼의 기본이라 할 수 있는 '눈동자 모으기'의 경우, 콧등에 앉은 딱정벌레를 바라보는 기분으로 눈알을 중앙에 고정시키는 것이 방법인데 신경이 두뇌를 조이면서 혼이 달아나는 느낌이 들었다. 맨 정신으로 기절한 기분이랄까. 온몸의 힘이 죽 빠지면서 그 자리에 주저앉을 것만 같았다.

두 번째 눈쇼는 처음 것보다 난이도를 요구했다. 일명 눈알 굴리기 묘기! 눈동자를 좌우로 빠르게 진동시키는 기술이 필요했다. 탁구를 치듯 눈알을 좌로, 우로 연달아 주고받으면 그만이지만 이게 쉬운 게 아니었다. 똑딱똑딱, 속도가 빨라지면서 세상의 색깔이 한 데 섞이고 사물의 형체가 뭉뚱그려졌다.

"재밌지, 재밌지?"

아버지는 쉴 새 없이 눈동자를 굴렸다.

"재밌죠. 재밌죠?"

C는 쉴 새 없이 눈동자를 굴렸다. C는 정신을 이탈하려는 몸을 간신히 붙잡아 앉힌 후 천천히 주변을 둘러보았다. 세상이 흐릿하게 보였지만 분위기가 영 아니라는 사실만큼은 또렷이 인지할 수

있었다. 음소거 버튼이라도 누른 듯 세상이 고요했다. 의례적인 박수소리조차 없었다. 안구운동이 남긴 둔중한 통증이 아니었더라면 C 자신이 무언가를 했다는 게 믿어지지 않을 지경이었다.

전전무는 의자 깊숙이 몸을 묻고 사태를 관망하는 태도를 취하고 있었다. 등줄기로 땀이 흘러내렸다. 역시 이런 것은 집에서나 먹히는 묘기란 말인가.

"그럴 리가 없어. 아버지의 눈쇼는 아주 재미있었다구. 그럼 이번에는!"

C는 입술을 앙 다문 뒤, 비장의 카드를 꺼내들었다. 일명 쥐불놀이 묘기! 눈가를 샅샅이 핥듯 안구를 회전시키는 것이 팁이었다. 눈쇼의 정점이라고 할만했다.

"재밌지, 재밌지?"

아버지는 눈알을 마구 회전시켰다. 어린 C는 깔깔 웃었다. 제자리에서 팔짝팔짝 뛰었다.

"그런데, 아빠, 안 어지러워?"

눈쇼가 끝났지만 박수소리가 없는 것은 여전했고 모든 사태가 자기들 책임이라도 되는 양 몇몇은 고개를 숙이기까지 했다. 약간의 반응이라도 보여주기를 바랐던 C의 간절한 소망이 무너져 내리는 순간이었다. 고요를 깨뜨리는 소리가 들렸다.

짝짝짝. C가 기억하건대 정확히 세 번, 끊어내듯 치는 박수였다.

"하하, 재밌군, 재밌어."

전전무였다. 전전무가 박수를 치며 웃음을 터트리자 사람들이 따라 웃기 시작했다. 덕분에 분위기는 회복되었고 사람들은 열띤 노래경연을 이어갈 수 있었다. 더듬더듬 자리를 찾아 앉으며 C는 안도의 숨을 내쉬었다.

고교동창 박상구가 회사를 그만둔 것이 작년 말이었다. 상구로 말하자면 학창시절 내내 상위의 성적을 유지했으며, 번듯한 대학을 나왔고, 높은 토익점수에, 용모까지 준수한, 어디 내놔도 부끄럽지 않은 친구였다.

C와 전혀 다른 길을 걸어온, 그리고 앞으로도 다른 길을 걸어갈 확률이 높은, 슬쩍 상류층에 끼워 넣는다고 해도 그럴듯한 그림이 나오는 그런 아이였다. 흠이라면 남들과 어울리는 데 소질이 없다고나 할까, 집안에 틀어박혀 웹툰을 보거나 인터넷 플래시 게임을 하는 것이 삶의 즐거움인 친구였다.

하지만 놀지 못한다는 것은 사회생활을 해나감에 있어 매우 치명적이었으니 그로 인해 상구는 자신이 몸담고 있는 부서장의 눈밖에 났으며 회사를 그만 둘 수밖에 없었다는 것이다.

"그게 말이 돼?"

"세상이 그렇더라구. 노래방 가서 분위기 못 맞추는 인간이 어떻게 바이어 기분은 맞추겠냐는 거지."

C는 그의 불운이 남의 일 같지 않았다.

"그럼 어떻게 하지? 나도 못 노는데."

"그러니 너도 위험하다는 거야."

상구는 자기 일처럼 C를 걱정해주었다. 한동안 실의에 빠져 지내던 상구는 숲속 정신병원에 일자리를 구함으로써 재기에 성공했다. 말이 재기지 시급 5천 원의 저렴한 알바자리였다.

그는 주로 입원환자들에게 볶음밥을 배식하는 일을 했는데 하루 세 번 C병동에 가는 게 큰 문제였다. 숲속에서도 가장 깊은 곳에 처박힌 C병동에는 중증환자들이 수용되어 있었다. 처음 배식구를 열고 그들에게 밥을 들이밀었을 때, 상구는 내심 충격을 받았다고 했다.

포악한 짐승들이 으르렁거리며 밥을 빼앗아갈 줄 알았는데 의외로 호기심에 가득 찬 눈빛이 밖을 두리번대더라는 것이다. 정말이지 말썽 따위는 모를 것처럼 생긴 눈이었다. 그러나 치료시간이 되어 그들을 풀어주었을 때, 상구는 한 마리 토끼가 야수로 돌변하는 모습을 지켜봐야 했다.

길길이 날뛰는 것도 모자라 닥치는 대로 아무 팔이나 물어뜯고 매달렸다. 그런 그들의 눈에는 두려움이 가득 담겨 있었는데 행동만은 너무 난폭해 도저히 통제할 수가 없었다는 것이다. 두툼한 토시를 끼지 않고는 누구도 그들에게 접근할 수 없었다.

그런 일이 다반사로 일어나기 때문에 오래 붙어 있는 직원이 없으며 병원에서는 늘 사람을 구한다고 했다. 꼭 자신에게 오라는 말 같아 C는 기분이 나빴다.

'이봐, 친구! 그런 곳에서 일할 수는 없어.'

세면대 거울 앞에 설 때마다 C는 다짐에 다짐을 거듭했다. 나는 남들처럼 살 거야. 격리환자들에게 볶음밥 따위를 배식하며 살지는 않을 거라고.

C에게는 3년째 사귀어 온 여자가 있었다. 갈수록 변덕이 심해지고 짜증이 느는 것이 더 이상 청혼을 미룰 수가 없게 된 것이다. C의 소망은 매우 소박했는데 그저 남들처럼 결혼해서, 남들처럼

아들딸 적당히 섞어 낳고, 남들처럼 평범하게 사는 것이었다.

말이 쉬워 평범이지, 신이나 괴물처럼 극항의 존재들만 희귀한 세상이 아니었다. 유사 이래 계층 간 격차가 가장 극심하다는 후기자본주의 시대를 살아가는 소시민들로선 평범함이라는 단어마저 이상이 되어버린 형편이었다. 이런 마당에 평범함은 관두고 그저 사람 흉내나 내면서 사는 게 수였다.

그러려면 고정된 일터가 필요했다. 터무니없이 월급이 적다고 해도, 직원이 여남은 명에 지나지 않는다고 해도 직장만큼은 가지고 있어야 결혼도 하고 자식도 낳을 자격이 되는 것이다. 그것으로 충분했다.

전전무는 전 직원의 생사여탈권을 쥔 존재로서 C가 첫 단추를 잘 꿰기 위해 꼭 필요한 사람이었다. 다행히 전전무는 C를 마음에 들어 하고 있었다. 그게 다 눈쇼 덕이었다. 어떤 재주도 없는 그로선 눈쇼만이 희망이었다.

눈쇼를 생각하니 평소 이상하게만 보이던 커다란 눈이 조금은 매력적으로 비쳐졌다. 억지로 우기면, 선한 호기심으로 가득한 어린아이의 눈이라고 해도 될 것 같았다. C는 워밍업 삼아 눈동자를 이리저리 굴려보았다. 가벼운 통증이 시신경을 타고 뇌로 흘러들었다. 통증이 이토록 기분 좋게 느껴지기는 처음이었다.

관건은 아이템이었다. 기존의 묘기로는 버티는 데 한계가 있었다. 못을 박는 데 쓰는 둔중한 철물도 급변하는 시장의 요구에 발맞추지 않고는 도태를 피할 수 없지 않은가.

C가 회사에 들어와서 처음으로 세운 공로가 송곳의 손잡이를

바꾸도록 건의한 것이었다. 그때까지 누구도 송곳의 디자인에 대해 이견을 제시하는 사람이 없었다. 송곳이 뭐 다 그렇지, 하는 태도랄까.

하지만 송곳이라는 공구는 구멍이 뚫릴 때까지 들입다 파야 한다는 특징이 있어 다른 공구에 비해 오래 잡고 있을 수밖에 없는데 손에 착 붙는 손잡이야말로 필수라는 것이 C의 생각이었다.

그립감이 좋으면 좋을수록 흔들림이 방지되어 기능이 향상되는 것이다. 다만 그립감에 신경을 쓰다 보면 제품이 두꺼워지고 튀어나오는 부분이 생겨 휴대성이 떨어진다는 것이 단점인데 송곳이 휴대폰도 아니고 손에 들고 다니거나 허리에 차고 다닐 일이 있을 리 없으니, 회사 측에서는 C의 의견을 적극 수용하기에 이르렀다. 그 결과 송곳의 판매량은 급신장했으며 C의 입지도 그만큼 올라가게 되었다.

일개 송곳이 그러할진대 회식의 흥을 돋우는 눈쇼의 경우 기술력에 따른 반응도가 훨씬 직접적일 수밖에 없었다. 결론적으로 새로운 아이템을 개발하는 일이 관건이었다. C는 눈쇼에 일정한 시간을 투자하기로 하고 효율적인 시간관리에 들어갔다.

먼저 회비나 가져다 바칠 뿐 섞이지 못하고 겉돌던 동창회부터 발길을 끊었다. 동창회라는 게 그렇다. 처음에는 멋모르고 얼굴을 내밀지만 근무지의 지명도라던가 연봉 액수가 거론되면서 슬며시 하나 둘 자취를 감추는 것이다.

직업이나 연봉의 보잘것없음에 관계없이 꿋꿋이 참석하는 부류는 둘이었다. 잘 나가는 친구를 상대로 보험이나 펀드, 차 외판이 목적인 친구, 그게 아니라면 동창회 말고는 갈 데가 없는 외로운 인생들. C는 후자에 속했다.

하지만 곧 회사조직에 확고하게 자리를 잡게 될 터이니 허전함을 메우기 위해 여기저기 기웃거릴 필요가 없었다. 눈쇼를 생각하면 하늘에서 구원의 로프가 내려온 기분이었다.

사람들을 즐겁게 해주는 쇼 대부분이 그렇듯 눈쇼도 한 사람의 인생을 축소해서 보여주고 있었다. 기본묘기라 할 수 있는 '눈동자 모으기'의 경우, 삶을 살아가는 데 있어 발휘해야 할 집중력과 연관이 있는 것이다.

C 역시 대학을 졸업할 즈음 남들처럼 취업준비를 시작했다. 외국어능력시험에 도전하는 등 나름 열심을 냈다. 기세를 몰아쳐 계속 취업에 몰두했으면 좋았을 것을, 지금 와서는 기억도 나지 않는 어떤 계기로 인해 소설을 쓴답시고 모든 것을 접고 절간에 들어갔던 것이다. 한 겨울 내내 절간에 처박혀 있는 것도 모자라 속세로 내려와서는 여기저기 손을 벌려 대학원을 또 몇 학기 다녔다.

이러저러한 모색 끝에 C가 얻은 결론은, 소설은 아무나 쓰는 것이 아니라는 사실이었다. 막심한 후회 속에서 C는 다시금 취업에 도전했고 셀 수 없는 낙방 끝에 지금의 직장에 이른 것이다. 어째서 올곧게 취업에만 집중하지 않았는지 자기 발등이라도 내리찍고 싶은 심정이었다. 그때 집중력을 발휘했다면 지금쯤 '보쉬'의 일원이 되어 있을지도 모를 일이다.

두 번째 묘기인 '눈알 굴리기'의 경우, 직장생활에 있어 민첩성이 얼마나 중요한지를 보여주는 듯했다. 조팀장이 무엇을 원하는지, 전전무가 무엇을 바라는지, 회사가 나에게 무엇을 요구하는지 파악한 뒤 즉각 실행에 옮기는 일이 필요했다.

조팀장은 일을 빨리 처리하는 것을 좋아했고, 전전무도 일을 빨리 처리하는 것을 좋아했고, 그러므로 회사는 그에게 고도의 민첩성을 요구하고 있었다.

마지막 묘기인 '쥐불놀이'의 경우, 다재다능한 인간형을 대우하는 사회 분위기에 대한 은유였다. 업무에 충실한 것만 갖고는 부족했다. 노래방에 가면 노래를 잘해야 하고, 사내 체육대회가 열리면 체육을 잘해야 하고, 사내 등산대회에서는 등산에 재능을 보여야 했다.

그뿐인가. 풍요로운 대화를 위해 시사상식에 정통해야 하고, 정치, 경제, 영화 심지어 TV드라마와 개그 오락 프로그램까지 꿰고 있어야 했다. 잘 나가는 아이돌 그룹의 이름과 자주 언급되는 유행어는 반드시 알아야 대화에 낄 수 있다.

물색 모르고 그게 누구냐, 그게 무슨 말이냐고 되물을 경우, 트렌드를 따라 가지 못하는 구시대 인물로 낙인찍히기 십상인 것이다. 전문성은 깊게, 교양은 다방면으로! 이것이 시대가 변해도 변하지 않는 최고의 인물상이었다.

C가 그날 선보인 눈쇼는 두 개의 안구를 각기 바깥으로 잡아당기는 묘기로 그때까지 C 자신도 시원하게 성공시켜보지 못한 고난이도 아이템이었다.

인간에게 달려있는 두 개의 눈동자는 같은 곳을 동시에 바라보려는 경향이 있는데 이런 현상은 사물의 형체를 분명하게 파악함과 동시에 거리를 정확하게 가늠함으로써 닥쳐올 위험에 효과적으로 대처하는 데 소용된다. 이런 본능을 해체시킨다는 것은 자연의 섭리를 거스르는 행위니만큼 이번 눈쇼는 성공시키기가 보통 어려운 것이 아니었다. 하지만 외부의 위험에 대비하고자 설계된 인간의 신체는 자손번식의 본능 앞에서 여지없이 무너지기도 하는데 그것을 이용한 것이 '눈동자 벌리기' 묘기였다. 그러니까 우열을 가리기 힘들 정도로 아름다운 두 여자가, 옷을 거의 안 입은 상태로 양 옆에 서 있다고 상상하면서 눈동자를 서서히 벌리면, 비교적 수월하게 눈쇼가 완성되는 것이다.

C가 새로운 눈쇼를 끝냈을 때, 장내는 막 하늘로 비상하려는 어린 새의 날숨처럼 조심스럽고 미세하게 들썩이고 있었다. C가 고개를 숙여 인사하자, 기다렸다는 듯 박수갈채가 쏟아졌다. 사람들은 탁자를 두드리며 환호했고 휘파람 소리가 날아다녔으며 귀가 먹먹할 만큼의 함성도 터졌다. 조금 과장해서 야마하 스테이지 커스텀 백 대가 동시에 울리는 것과 맞먹는 수준의 데시벨이었다. 쇼를 관람하던 전전무는 급기야 의자에서 굴러 떨어졌고, 몸을 뒤집으며 눈물을 흘렸다.

"자네, 자네, 정말……."

호의 가득한 관중을 마주하는 C의 가슴속으로도 따스한 물기가 차올랐다.

"정말, 정말, 고마워요……."

이런 시시한 장기로도 저를 주목해주는군요. 세상이 한없이 너그럽게 느껴졌다. 이런 기분 처음이었다.

삶이 쇼가 되게 하라! 19세기 아방가르드의 강령이 C의 삶을 점령하게 된 것도 다 그날 눈쇼가 불러일으킨 뜨거운 반응 때문이었다.

C는 잠자는 시간을 줄이고 밥 먹는 시간을 쪼개 연습에 몰두했다. 더불어 여자친구 만나는 횟수도 줄였다. 이렇게 뜸하게 만나도 되는 걸까, 걱정이 됐지만 이게 다 결혼을 위한 것이고 보면 그녀 쪽에서도 이해해주는 것이 마땅하게 여겨졌다.

연습이 거듭될수록 C의 몸은 말라갔고 눈은 점점 튀어나오게 되었다. 고된 나날이었지만 희망을 가지니 하루하루가 박진감 넘치게 흘러갔다. 가슴 저 깊은 곳에 7기통짜리 야마하 스테이지 커스텀이 들어 있어, 옮기는 걸음걸음 박자를 울려주는 것 같았다.

그렇게 C는 연습에 매진했고 매일 아침 세면대 거울 앞에 섰다. 사실 연습 도중에 거울을 볼 필요는 없었다. 아니 볼 수가 없었다. C가 눈동자를 굴리는 순간 거울도 세상과 함께 빙글빙글 돌기 때문이었다. 거울이 빙글빙글 돌아서가 아니라 실제로 C는 연습 내내 심한 어지럼증을 겪었다. 어지럼이 지나쳐 나중에는 속까지 울렁거렸다.

맹연습이 이어지던 어느 날 아침, C는 거울에 비친 자신의 모습을 발견하고는 까무러칠 듯한 충격에 빠졌다. 그렇게 끔찍한 모습은 처음이었다. 눈이 피에 푹 절어 있었다. 부어오른 것으로도 모자라 새빨갛게 충혈되어 있었던 것이다.

'피나는 연습'이라는 말을 듣기는 했지만 정말 실핏줄이 터질 줄은 생각도 못한 일이었다. 안 그래도 외계생물 같은 외모가 아닌가. 피 칠갑이 된 데다 튀어나올 듯 부어오른 눈으로는 도무지 인간사회에 섞일 수가 없는 것이다. C는 눈병을 핑계로 병가를 냈다.

정말 회사에 안 가도 되는 걸까. 결근 첫날에는, 학교를 처음 결석하는 아이처럼 마음이 불안했지만 이게 다 회사에 잘 다니기 위한 휴식이라고 생각하니 이튿날에는 집에 있는 것도 견딜만하게 여겨졌다. 그렇게 사흘을 쉰 뒤 C는 회사에 출근했다.

그날 C는 사장이라는 사람의 얼굴을 처음으로 봤다. 정확한 나이를 알 수는 없었지만 외모로 판단하건대 C보다 열 살은 밑으로 보였다. 피부가 희고 윤곽이 고운 것이 태생적으로 귀족이었다.

다만 흰자위에 털실오라기 같은 핏발이 드문드문 보이고 턱 주변으로 수염이 까칠하게 돋아, 밤새워 놀다 그냥 회사로 출근한 게 아닌가 하는 의심이 들었다. 갈 데가 없었을 리는 만무하고, 너무 취해 방향을 잘못 잡았는지도. 어쩌면 소설을 포기하고 고시원으로 돌아오던 C처럼 사장도 이제 그만 정신을 차리고 싶은 건지도 몰랐다.

무슨 바람이 불어 회사에 나온 거야?

수군거리는 소리에 아랑곳없이 사장은 하루 종일 자기 방에 틀어박혀 서류를 검토했다. 무슨 꿍꿍이속인지는 모르지만 전전무는 아들 뻘 되는 사장에게 깍듯했고 퇴근 무렵에는 사장의 출근을 환영하는 의미로 회식을 주선했다. 사장은 쾌히 승낙했고 2차 노래방까지 동행하게 되었다.

지하 노래방에 자리를 잡고 앉았을 때, 전전무가 C를 불러 세웠다.

"사장님, 이 친구 하는 것 좀 보겠습니까? 되게 신기합니다. 이럴 게 아니라 자네 저것 좀 써보지."

전전무가 벽에 걸린 모자를 가리켰다. 소품으로 가발이나 모자 따위를 준비해두는 노래방이 있다더니 그런 곳인 모양이었다. C는 그때까지 피에로 모자를 써본 적이 한 번도 없었다. 3류는 쇼를 창조하고, 1류는 쇼를 구경한다던가.

C는 자신이 저잣거리의 광대가 됐다는 사실을 깨달았다. 평생 이런 짓이나 하면서 살 것 같은 예감이 아프게 가슴을 찔렀다. 욕설 몇 마디를 던지고 뛰쳐나갈까도 생각했다. 하지만 긍정적인 눈으로 바라보면 눈쇼를 하는 동안은 떨려날 걱정을 하지 않아도 된다는 이야기였다.

말이 이상하기는 하지만 정상적으로 살기 위해서는 비정상적인 짓도 불사해야 하는 것이다. 그렇게 자위하면서 C는 우스꽝스러운 모자를 썼고 조팀장이 집어주는 반짝이 양복을 걸쳤다. 사장이 호기심 가득한 눈으로 C를 쳐다보고 있었다.

"그럼 시작하겠습니다."

C는 정중하게 인사를 한 뒤

"여기를 보세요, 띠용!"

눈동자를 가운데로 모았다. 모은 뒤에는 벌렸고, 벌렸다가는 굴렸다. 굴려도 아주 빠르게 굴렸다. 평소보다 훨씬 빠른 속도였다. 사장은 열렬하게 환호했다. 박수 치는 것으로 모자라 제자리에서 팔짝팔짝 뛰었다.

"아빠, 되게 재밌어, 또 해봐. 또 해봐!"

아버지에게 조르던 C처럼 사장은 앙코르를 외쳤다.

"또 해봐, 또 해봐!"

"아아, 아빠는 어지럽단다."

아빠는 얼굴을 일그러뜨렸지만 눈쇼를 멈추지 않았다.

"여러분들, 저 너무 어지러워요."

C는 어지러웠지만 눈쇼를 멈추지 않았다. 어린 아들에게 눈쇼를 보여주던 아버지처럼 C는 최선을 다해 눈알을 굴렸다.

"얘야, 네게 줄 것이 이것밖에 없구나. 그런데 얘야, 너무나 어지럽구나."

벽을 짚던 아버지. C는 허공을 휘저으며 몇 걸음 발을 뗐다. 벽이라도 짚고 싶었다.

"어지러워요, 여러분들. 저 어지러워요."

눈알이 구르면서 세상이 빙글거리며 돌았다. 사람들의 깔깔대는 웃음소리가 나선형으로 날아왔다.

이윽고 C는 바람 빠진 풍선인형처럼 제자리에 풀썩 주저앉았다. 자기 코를 잡고 백 바퀴 맴이라도 돈 느낌이었다. 사장은 쓰러지는 것까지 계획된 쇼인 줄 알고 좋아했다.

"하하, 재밌어, 재밌어."

'너는 재밌냐? 나는 죽을 것 같다. 아들아, 이 새끼야, 나 죽을 것 같다고!'

아버지는 일어서지 못했다. C도 일어서지 못했다. 그때였다. 갑자기 탕, 하고 판이 절단나는 소리가 들렸다. 전전무였다. 탁자 위에 그의 커다란 주먹이 놓여 있었다.

"눈쇼 재미없다."

전전무가 정색을 하자 사장도 뻘쭘해서 웃음을 그쳤다. 순식간에 사람들의 표정이 냉담하게 굳었다.

여느 날처럼 C는 기획실로 명명된 작은 방으로 출근했다. 양복저고리를 벽에 걸고, 서류가방을 책상서랍에 넣고, 구두 대신 슬리퍼로 갈아 신고, 자리에 앉으려고 하는 순간 의자가 사라지고 없다는 것을 알게 되었다.

"어, 의자가 어디 갔지?"

"오늘 아침, 부서 이동이 있었어."

조팀장이 문을 열고 들어오면서 일러주었다.

"자네 의자는 창고에 가져다 놨어."

창고라니. C는 어리둥절한 표정으로 조팀장을 바라보았다. 조팀장은 눈을 맞추지 않은 채 혀를 찼다. 쯧, 그러기에 적당히 했어야지, 사람이 그렇게 눈치가 없어서야.

"뭐해? 어서 내려가지 않고."

조팀장이 종용했다.

'창고라고 하면 지하주차장 구석에 처박혀 있는 그 창고를 말하는 건가? 그 창고가 언제부터 정식 부서였지? 이건 아예 회사를 그만두라는 말이잖아.'

어지럼증이 밀려왔지만 의자가 없어 C는 어디 주저앉지도 못했다. 결국 어디에도 자신이 앉을 자리가 없다는 사실을 깨닫게 된 C는 조금 전의 순서를 되짚어나갔다. 슬리퍼 대신 구두로 갈아 신고, 서랍에서 가방을 꺼내고, 양복저고리를 집어 들고 천천히 방을 걸어 나왔다.

무엇이 잘못 되었단 말인가. 이대로 창고로 내려가야 하는 건가, 아니면 집으로 돌아가야 하는 건가. 시원하게 결정을 내리지 못한 채 C는 창고가 있는 지하주차장까지 걸어 내려왔다. 아무리 생각해도 자신은 잘못한 것이 없으니 무슨 착오가 있는 게 틀림없었다.

"자네, 눈알 튀어나오는 묘기도 부릴 수 있나?"

익숙한 목소리였다. 돌아보니 전전무가 곁에 서 있었다. 언제나처럼 고급 양복에 실크 넥타이를 단정하게 맨 모습이었다. 몸에서 남성용 향수 냄새가 은은하게 배어나오고 있었다. C는 깊이 허리를 숙였다.

"나오셨습니까?"

"사람 뒤통수를 때리면 눈알이 튀어나오지. 등 뒤에서 몰래 다가가 뒤통수를 세게 후려치면 누구라도 눈알이 튀어나오게 되어 있단 말이야. 나는 자네가 내 편인 줄 알았네. 내 뒤통수를 때릴 거라고 생각하지 못했어."

전전무는 점점 알 수 없는 말을 늘어놓았다.

"이봐. 사장 직위가 높다고 해서 이 회사가 사장 거라고 생각하면 오산이야. 내가 생각하기에 자네는 줄을 잘못 선 것 같군. 놈에게 그렇게 잘 보이고 싶다면 여기서 이럴 게 아니라 밤새워 룸살롱이라도 쫓아다니는 게 낫지 않겠어?"

그러고 보니 전전무는 전날 있었던 눈쇼를 타박하고 있었다. 하지만 그 눈쇼로 말하자면 전전무가 시킨 일이 아니던가. 사장이 눈쇼를 재밌어 하기는 했어도 결코 그 쇼가 사장 한 사람만을 위한 쇼는 아니었다.

C는 억울한 나머지 말이 나오지 않았다. 하지만 전전무는 도리

어 자기가 억울한 일을 당한 사람처럼 굴었다.

"이봐!"

그는 화가 날수록 목소리가 낮게 깔리는 타입이었다.

"내가 세상에서 가장 어려운 눈쇼를 가르쳐줄까?"

"……?"

"눈알을 꼼짝하지 않고 딱 한 군데만 고정시키는 거야. 딱 한 사람만 바라보는 거지. 누가 뭐라고 해도 오로지 한 사람만 바라보는 거란 말이야. 가장 어렵지만 해내지 않으면 안 되는 쇼지."

"네, 저는 오로지 전무님만……."

변명일랑 듣지 않겠다는 듯 전전무는 멈춰 선 엘리베이터를 타고 올라가버렸다. 굳게 닫힌 엘리베이터 문이 C의 진입을 완강히 부인하고 있었다.

C는 계단을 통해 천천히 밖으로 걸어 나왔다. 지하에 있다가 와서 그런지 세상이 지나치게 환한 느낌이었다. 눈이 부시다 못해 바늘로 찌르듯 햇살이 아프게 느껴졌다. C는 잠시 그대로 서 있다가 걸음을 옮겼다. 그녀가 근무하는 개인박물관이 C의 회사에서 멀지 않았다. 며칠 전부터 전화를 받지 않는 게 이상했다. 한번 찾아가봐야겠다고 생각하던 참이었다.

"근무시간에 웬일이야?"

안내데스크에 앉아 있던 그녀가 C를 발견하고는 밖으로 나왔다.

"전화를 안 받기에."

"자기 얼굴이 왜 그래?"

내 얼굴이 어떤데? C는 건물 출입구에 붙어 있는 스테인리스

기둥에 얼굴을 비추어 보았다. 쑥 꺼진 눈자위하며 불룩 튀어나온 눈이 도저히 지구인 같지 않았다. 어어, 그러게.

"우리 그만 만나."

뒤통수에 대고 내뱉은 그녀의 목소리가 어찌나 차갑던지 얼음 덩어리 같은 것으로 세게 얻어맞은 느낌이었다. 그 충격에 눈이 튀어나올 것 같았다. C는 천천히 뒤돌아섰다.

"그만 만나자니, 지금 농담하는 거야?"

그녀의 표정으로 보건대 농담 같지가 않았다.

'다들 내게 왜 그러는 거야?'

그녀가 또박또박 반복했다.

"이제 그만 만나자고. 진즉 말하려고 했는데 자기가 너무 바빴잖아."

"어어, 미안해, 내가 그동안 너무 소홀했지?"

"그게 아니야. 벌써부터 헤어지려고 했어."

여자가 이렇게 나오는데 무슨 방법이 있겠는가. C는 잘못했다고 빌었다.

"한 번만 봐 줘. 이제부터 잘할게."

그러나 어떻게 해야 잘하는 건지는 알 수 없었다. 자신으로 말하면 알량한 직장마저 놓친 주제가 아니던가.

'하지만 이렇게 된 게 다 누구 때문인데? 너만 아니었으면 그깟 눈쇼니 뭐니 광대짓도 안 했어!'

마음 같아선 그 자리에서 잘잘못을 따지고 싶었지만.

"내가 잘할게. 죽으라면 죽는 시늉도 할게."

"쇼 하지 마! 나는, 네 눈만 봐도 소름 끼쳐."

문 두드리는 소리가 잦아들고 문짝이 들썩거리는 것을 보니 드라이버로 문틈을 후벼 파기 시작한 모양이었다. 빠각빠각 나무합판 긁는 소리가 신경을 자극했다. 저런 기세라면 나무문짝이 아니라 철문이라고 해도 금세 뚫릴 것 같았다. 자기만 빼고 모든 게 너무 쉽게 돌아가는 느낌이었다.

왜 이곳으로 다시 발길을 돌렸던 걸까. 무엇이 아쉬워서. 사람 마음이 변하는데 무슨 이유가 있겠는가. 그런 것이 사람 마음인 것을. 그것을 몰랐단 말인가. C는 비로소 아주 오래 전, 왜 취업을 포기하고 소설을 쓰려고 했는지 기억해냈다.

외국어학원에서 만난 여학생과 사랑 비슷한 것을 시작하려던 참이었다. 그러나 사랑이 익기도 전, 그녀로부터 이별통고를 받았다. 이유는 듣지 못했다. 무슨 이유가 필요하겠는가. 마음이 변했다는데. 사람 마음은 왜 그렇게 쉽게 변하는 걸까? 도대체 마음이란 게 어떻게 생겼기에. C는 알고 싶었던 것이다.

'그래서 소설을 쓰려고 했었지. 사람 마음에 대해 알고 싶어서.'

거울 속, 부끄러움 가득한 눈동자가 자신을 들여다보고 있었다. 멍청한 눈이군. 큰 것도 모자라 앞으로 툭 튀어나오기까지 하다니. 아침에 출근하자마자 부서이동을 통고 받고, 몇 시간 후 그녀에게 이별통고를 당했을 뿐인데 하루 사이 튀어나온 정도가 두드러져 있었다.

C는 진열장을 열고 천천히 송곳을 집어 들었다. 손에 착 붙는 것이, 그립감이 끝내줬다. 송곳의 끝부분은 너무나 뾰족하게 갈려 있어 생김새만으로도 찬바람이 감도는 느낌이었다. 그 응축된 차가움으로 인해 송곳이 마치 사람의 마음처럼 보였다.

'이런 거였는지도 몰라, 이런 게 사람 마음인지도.'

C는 송곳의 날을 세워 천천히 눈알에 갖다 댔다. 문짝 부서지는 소리가 희미하게, 눈 안쪽에서 들려왔다.

이윽고 온몸이 깨지는 듯한 고통이 시신경을 타고 뇌로 전해졌다. 한쪽 뺨 위로 끈적한 액체가 흘러내렸다. 아프다는 생각이 들었지만 하루아침에 의자가 사라졌을 때만큼은 아니었다. 그녀에게 갑작스럽게 이별 통고를 들었을 때만큼은 아니었다. 심지어 사람들 앞에서 눈쇼를 할 때보다도 아니었다.

얼마나 시간이 흘렀을까. 정신을 차리고 보니 두 명의 남자가 좌우 양쪽에서 그를 붙들고 있었다.

"꽉 잡아!"

C는 발버둥을 쳤다.

"당신들 누구야, 뭣들 하는 거야?"

그는 들것에 묶인 채 승합차에 던져졌고 그대로 한참을 달렸다. C는 까무룩 정신을 잃었지만, 정신이 돌아왔을 때는 공포에 짓눌려 일부러 잠을 청하기도 했다.

엔진소리가 멈추고 들것이 내려진 곳은 어두컴컴한 숲이었다. 숲과 하늘이 구분이 안 될 만큼 사방이 캄캄했는데 C는 두 남자의 완력에 떠밀려 내팽개쳐지다시피 걸었다. 앞을 더듬고 싶었지만 두 손이 묶여 있어 C는 밀려드는 두려움과 공포를 고스란히 떠안아야 했다.

건물의 출입구를 통과하자 기다란 복도가 나타났다. 작은 방에 던져지고 나서야 비로소 손을 움직일 자유가 주어졌다. 달랑 침대

하나가 놓여 있을 뿐 이렇다 할 집기조차 없는 방이었다.

네 벽이 흰색 페인트로 칠해져 있었는데 철제 침대틀과 침대보까지 하얀색 일색이었다. 언어가 사라진 세상을 상상할 수 없듯 색깔이 사라진 세상 역시 현실적으로 와 닿지 않았다. 천사를 그릴 때, 흰옷을 입히고 흰 날개를 달아주는 것도 현실감의 소멸이 목적이 아닌가. 온통 하얀 데다 어떤 소리도 들리지 않으니 C는 자신의 존재조차 믿을 수 없게 되어버렸다.

덜컹, 철문 닫히는 소리가 들리고 나서야 비로소 C는 발이 땅에 닿은 느낌이었다.

잠시 후 다시 덜컹, 문 열리는 소리가 들렸다. 문이 열린 것은 아니었다. 문에 난 작은 창이 열렸을 뿐이었다. 필통 크기만 한 창이었다. 그곳으로 플라스틱 접시 하나가 쑥 들어왔다.

접시에는 볶음밥이 담겨 있었다. 온기 없이 기름기만 번질거리는 음식이었다. 멀쩡한 사람이라면 도저히 입에 댈 수 없는. 이어 수저가 들어왔다. 이게 배식이라고 하는 것이구나. C는 밥이 들어온 그곳을 통해 밖을 내다보았다. 세상은 사각의 틀 안에 질린 듯 잘려 있었는데 누군가 수저의 끝을 잡고 있었다. C는 키를 낮춰 수저를 잡고 있는 사람을 올려다보았다. 아는 얼굴이었다.

"어, 너 상구 아냐?"

상구 역시 네모난 틀 속의 C를 내려다보고 있었는데 어쩌면 C보다 더 많이 놀랐는지도 모르겠다.

"어, 너야말로 여기 웬일이야? 눈이 왜 그래?"

C는 자기 눈을 더듬었다. 한쪽 눈에 붕대가 감겨 있었다. 붕대

의 투박한 질감이 수용소의 벽처럼 섬뜩하게 느껴졌다. 비로소 일이 어떻게 돌아간 건지 알 것 같았다. 그날 C는 자기 눈을 찌르고 구급차에 실려 정신병원으로 이송된 것이다. 출입구에 배식구가 달려있는 것으로 봐서 중증환자들만 간다는 C병동에 감금된 것이 틀림없었다.

"도대체 어떻게 된 거야?"

재촉하듯 상구가 물었다. C는 바닥에 털썩 주저앉았다. 그리고 고개를 저었다.

"몰라, 모르겠어. 그냥 나는, 남들처럼 살고 싶었어."

딸기의 밤

그녀는 탁 소리가 나게 책장을 덮었다. 덮었다기보다 던져둔 것에 가까웠다. 스탠드 불빛 아래 한여름의 음영이 사각 형상으로 도드라졌다. 어스름이 내리는 창밖에는 검붉게 착색된 다가구 주택의 지붕들이 축축한 구름장을 배경으로 들쭉날쭉 솟아 있었다.

'역시 하드고어는 내 체질이 아냐.'

공실장으로부터《스트로베리 나이트》를 받아온 게 엊그제였다. 공실장은 경영 악화로 존망이 불투명해진 T출판사의 실질적인 소유주로서 그녀의 십년지기였다. 한번 읽어나 봐. 달콤한 제목답지 않게 스트로베리 나이트는 피 웅덩이에 발을 담그지 않고는 다음 행으로 이동이 불가능한 하드고어류 소설이었다.

장르문학이 유행이라고는 하지만 좀 세다 싶었다. 사람 몸을 난도질하다 못해 잼처럼 으깨는 살인 쇼가 습한 지하무대를 배경으로 펼쳐졌다. 살인자의 철퇴에 희생자의 눈과 귀가, 코와 입이, 가슴이 뭉텅뭉텅 사라졌다. 선량한 시민이자 평범한 생활인인 관객

들은 살 떨리는 공포와 아찔한 쾌락의 양극단을 오가며 숨죽이고 쇼를 지켜보았다.

"사람을 이렇게까지 으깨놓고 싶을까?"

"그래도 그 소설로 혼다 데쓰야가 완전히 떴어. 작년 여름, 일본에서 가장 많이 팔린 소설 가운데 하나야. 윤작가도 맨날 어설픈 소설만 붙잡고 있지 말고 그런 걸 쓰는 거야."

그래도 내 소설은 읽다 보면 배시시 웃음이 나오잖아. 웃음이 나오게 하는 소설이 좋은 소설이지, 토 나오게 하는 소설이 뭐가 좋아? 이딴 거 나 못써! 라고 자신만만하게 대답했지만 '윤작가'는 도대체 왜 이런 소설이 인기인데 하며 스트로베리 나이트를 분석 중이었다.

그녀가 고개를 든 것은 드르륵드르륵, 금속성 물질과 콘크리트의 마찰음이 집중력을 흐려놓았기 때문이었다. 창 너머로 1층 여자의 통통한 다리와 보라색 플라스틱 슬리퍼, 건조대의 은빛 몸체가 지나가고 있었다.

'또 시작이군.'

탁탁 빨래 터는 소리와 함께 섬유유연제 뒤섞인 역한 세제 냄새가 밀려들어 왔다.

"해질녘에 빨래를 너는 이유가 뭐야. 가뜩이나 습한데."

1층 여자는 얄밉게도 창가를 살짝 벗어난 자리에 빨래건조대를 폈을 터였다. 그나마 개선된 게 이 정도였다. 며칠 전만 해도 여자는 떡 하니 그녀의 창 앞에 빨래를 널었다.

반지하생활자의 가장 큰 고충이라면 일조량의 부족도, 먼지의 과다유입도 아니었다. 습기였다. 해질녘이면 낮 동안 열과 습기를 머금었던 대지가 반지하 그녀의 처소를 향해 더운 숨을 뿜어냈다. 습기는 형체 없는 유령처럼 스멀스멀 기어 들어와 그녀의 숨통을 무지막지하게 죄었다.

"아래층 사람인데요."

참다 못해 쫓아 올라갔다. 문을 열어 준 여자는 가무잡잡한 피부에 동글동글한 눈을 가지고 있었다. 여자가 무슨 일이냐는 듯 바라보았다.

"부탁인데, 빨래건조대 위치를 조금만 옮겨 주시면 안 될까요? 가뜩이나 반지하라 통풍도 안 되는데 빨래가 창을 떡 가로 막고 있으니 습기가 다 저희 집으로 들어와요. 세제 냄새도 심하고요."

동글동글한 눈이 가로로 길게 찢어지는 것이, 여자의 표정에 노기가 서렸다.

"깨끗이 헹구었다구요."

아무리 잘 헹구어도 젖은 빨래에서는 기본적으로 세제 냄새가 난다는 것과 한 시간만 코앞에서 그 냄새를 맡게 되면 머리가 지끈거린다는 것을 설명했지만 소용없었다.

"댁이 이 골목 전세 낸 것도 아니잖아요. 이쪽이 저쪽보다 햇빛이 잘 든다구요."

"어차피 이쪽으로도 그늘이 져요. 그래 봤자 몇 분 더 쬐는 것이니 빨래 너는 곳을 조금만 옮겨 주세요."

공방이 이어졌지만 여자는 끝내 빨래건조대 옮기겠다는 말을 하지 않았다. 베란다를 만들 수 없는 집 구조 때문에 바깥에 빨래를 너는 것은 이해한다지만 남에게 피해를 줘 가며 자기 욕심을 차리는 것까지 봐줄 수는 없었다. 할 수 없이 3층에 사는 주인여자에게 도움을 청하기로 했다. 주인여자는 난감한 표정을 지었다.

"안 그래도 내가 음식쓰레기를 버릴 때는 잔반통에 버려달라고 했는데, 부득부득 일반 쓰레기에 섞어 내놓는 통에 못살겠어."

자신이 원하는 것은 쓰레기 버리는 방식이 아닌 빨래 건조대의 위치를 바꾸는 것이라고 강조하고 싶었지만 주인여자도 쌓인 게 많은 것 같았다. 노년에 접어든 주인여자는 물 만난 고기처럼 신나게 떠들어댔다.

"지들도 그렇게 오래 반지하에 살았으면 그 고충을 알만도 한데 왜 그렇게 매너가 없을까?"

'그렇지, 내가 원하는 게 바로 그거야. 개구리, 올챙이 적을 생각해서라도 빨래 너는 위치를 바꾸게 하라고.' 그녀는 주인여자의 모든 말에 수긍한다는 표시로 고개를 끄덕였다.

주인여자의 말에 의하면 1층 여자는 건너편 반지하에 5년 가까이 세 들어 살다가 작년에야 이쪽 1층으로 주거지를 옮겼다고 했다. 말하자면 이 동네 터줏대감이었다. 여자의 심술은 텃세라고 할 수 있었다.

아파트 9층에 살던 그녀가 반지하로 거처를 옮긴 것이 지난 해 겨울이었다. 직장을 그만 두고 사업 준비를 하던 남편이 어느 날 할 말이 있다고 했다. 얼굴이 파리한 게 한눈에도 특대사이즈의 사고를 친 것으로 보였다. 아니나 다를까, 그 동안 생활비로 가져다 준 돈이 그들이 살고 있는 아파트를 담보로 야금야금 빼낸 대출금이라는 것이다. 이제 대출도 더 이상 불가능하고 이자 갚을 방법마저 없으니 생활비를 끊겠다고 했다.

"그런 말을 왜 이제 해?"

"말해야 알아? 사업 준비하는 사람이 돈이 어디서 났겠어? 그 정도 눈치는 있을 줄 알았는데. 나는 내가 이러고 있는 동안 당신이 뭐라도 해서 생활에 보탬을 줄줄 알았어."

남편의 말투에는 절박함과 면목 없음, 원망이 골고루 묻어있었다.

"나는 소설 쓰잖아."

"맨날 그놈의 소설. 대체 돈도 안 되는 소설을 뭐 하러 써?"

"나도 이제껏 놀지 않고 일했어. 일할 만큼 했으니 이제 나 하고 싶은 거 하면서 살아도 되는 거 아냐?"

"나는? 나는, 하고 싶은 거 없는 줄 알아?"

"당신은 가장이잖아."

"그토록 혐오하는 가부장제를 왜 이럴 때는 들먹거리고 나오실까."

"당신이 그 잘난 바에 다니는 동안 나 알뜰하게 살림했어."

남편의 취향 정도는 신용카드 명세서에 다 나와 있었다. 룸살롱보다 저렴하고 호프집보다는 주대가 센 바(bar)에는 남자들의 하소연을 잘 들어주고, 허벅지와 손목 정도는 쉽게 빌려주는 젊은 아가씨가 상주할 터였다.

허를 찔렸는지 남편의 심기가 확연하게 불편해졌다. 창백했던 얼굴에 피가 돌면서 안색이 검붉게 변했다.

"이게 어따 대고 큰소리야?"

"당신이야말로 내가 가만히 있으니까, 사람을 물건으로 아는 거야? 이거라니!"

모든 언쟁이 그렇듯 그들의 싸움도 본질에서 벗어나 말투가 어떠니 저떠니 하는 문제로 넘어가버렸다. 그렇게 매일 싸워대는 가운데 드디어 대출 이자를 갚아야 하는 날이 닥쳤다. 그 다음 순서는 경매였다. 용케 집을 판다고 해도 결과는 다르지 않았다. 부동산 시세는 최악이었고 어떤 방법을 경유해도 그들의 손에는 아무것도 남지 않았다. 고생해서 산 집이니만큼 그녀는 세상을 헛 산 느낌마저 들었다. 방법이 없는 것은 아니었다. 아파트를 전세로 돌린 뒤 집값이 오르기를 기다리는 것이다. 그러나 그건 더 깊은 나락으로 달려가는 길이 될 수도 있었다. 부동산 시세는 바닥을 모르고 곤두박질 중이었다. 그 중 아파트의 하락세가 두드러졌다. 집값이 더 떨어진다면 그들의 인생은 마이너스가 되는 것이다. 어떤 선택도 악수였지만 그들은 확률이 가장 적은 쪽에 내기를 걸었다. 집값이 오르기를 기다리기로 한 것이다. 아파트를 전세 준 뒤 일부 대출금을 갚고 나니 각자의 손에 남겨진 돈이 6천이었다.

많은 사람들이 경제적인 문제로 이혼을 한다. 그러나 헤어지고 나면 변변치 않은 재산마저 반쪽이 나기 때문에 대개가 바닥인생으로 전락한다. 그러므로 경제적인 문제 때문에 이혼한다는 것은 핑계다. 경제적인 문제에도 불구하고 이혼하는 것이다. 이혼하지 않으면 안 될 만큼 남편에게 정나미가 떨어진 그녀로선 온당한 선택이었고 그렇게 해서 하루아침에 극빈자가 되었다.

부동산에서 소개해 준 집이 지금 사는 17평짜리 반지하였다. 인간의 주거지라면 아파트밖에 없는 줄 알던 그녀였지만 동네가 조용하고 주택 외관이 세련된 것이 그럭저럭 마음에 들었다. 택지조성이 이루어진 지 칠팔 년쯤 된 다세대주택지였고 마을 어귀에 동네여자들이 모여앉아 담소를 나누고 있었다.

이웃끼리 정담을 나눈다는 사실 만으로도 왠지 정서적 충만함이 느껴지는 그런 곳이었다. 반의 반 토막이 나기는 했지만 집 자체도 생활에 큰 불편함은 없었다. 어두컴컴하고, 통풍이 안 되고, 습하고, 곰팡이 냄새가 나고, 집 내부가 환히 내려다보여 사생활 보호가 안 된다는 점만 빼고 말이다.

"혼자 사는 주제에."

현관에선가 스치는데 1층 여자 입에서 튀어나온 말이 그랬다. 온갖 경멸이 담긴 말투였다. 그녀로선 어이없는 봉변이었다. 요즘이 어떤 세상인데, 혼자 사는 게 왜 문제가 되지?

그게 왜 문제가 되는지는 곧 알게 되었다. 그러니까 혼자 사는 게 문제가 아니라 주거지가 문제였다. 그전에 살던 곳에도 더러 혼자 사는 여자들이 있었다. 하지만 그에 대해 왈가왈부하는 사람은 없었다. 대놓고 경멸하는 것은 상상도 못할 일이었다. 아파트 특유의 구조적인 폐쇄성과 익명성도 있겠지만 구성원의 자의식이 문제인 것 같았다. 대형 아파트의 경우, 관리비 등 유지비가 만만치 않기 때문에 아파트 거주자에게는 고정적인 수입이 있어야 했다. 즉 여자가 혼자 산다는 것은 여자에게 경제적 능력이 있다는 증거였다. 안정된 경제력은 그들 사이에 중산층 특유의 연대감을 형성했다. 그녀가 살던 곳에서 독신은 개개인이 자신의 삶을 행복하게 꾸려가기 위한 방편일 뿐 그 이상도 이하도 아니었다.

하지만 이곳은 아파트가 아니라 다세대주택지였다. 자기 집을 소유한 중산층에서부터 반지하 세입자에 이르기까지 다양한 계층이 두루 거주하고 있었다. 집주인이 제각각인 연립주택과 달리 다세대주택의 집주인은 보통 꼭대기 층인 3층을 오롯 차지하고, 그 아래층을 남에게 빌려 주는데 보통 한 개 층에 두 가구 이상 들어가 살았다. 아래층으로 내려갈수록 임대료가 낮아지면서 삶의 등급까지 낮아지는 경향이 있었다.

반지하생활자는 정식 세입자라기보다 건물의 잉여분을 메우는 존재였다. 더 이상 내려갈 데가 없는 최하층민인 셈이었다. 그런 반지하에 더구나 여자가 혼자 산다고 하면, 누가 봐도 그 여자는 정상적인 삶을 향유할 능력조차 없는 낙오자로 인식되는 것이다.

부자는 가난한 사람을 멸시하지 않는다. 무시할 뿐이다. 그러나 가난한 사람은 자기보다 가난한 사람을 그냥 두지 않는다. 틈만 나면 멸시하려 든다. 뭐라도 밟고 있지 않으면 자기가 바닥이라는 느낌을 떨칠 수 없어서일까. 그녀는 1층 여자가 자신을 깔보려 안달이 났다는 것을 알았다.

세상의 모든 소리는 공중을 떠돌다가 지하로 스며든다. 아이들 뛰노는 소리, 오토바이 소리, 자동차 시동 거는 소리에서부터 생선장수, 생선 사라고 외치는 소리까지 반지하는 도시의 소음을 흡수 처리할 사명을 띠고 그곳에 존재했다. 오후나절이면 든든하게 간식을 챙겨먹은 아이들이, 있는 힘껏 축구공을 텅텅 튀겼고 그 진동은 바닥에 깔린 반지하 창문을 통해 그녀의 신체로 흘러들었다. 공이 한 번 튕길 때마다 그녀의 심장도 덩달아 텅텅 울렸다.

차의 엔진소리 역시 그녀에게는 견디기 힘든 소음이었다. 차체의 크기가 클수록 엔진소리도 심했다. 대형트럭이 시동을 거는 소리는 드릴로 귀를 파는 것처럼 아프게 느껴지기까지 했다. 소리는 물처럼 낮은 곳으로, 낮은 곳으로 임하고 있었다. 그녀의 귀를 괴롭히는 것이 그나마 아이들의 공 차는 소리나 기계 소음이 전부였더라면 그래도 나았을 것이다. 조심성 없는 여자들의 말소리도 그녀의 창가로 고스란히 흘러들었다.

반지하에 사는 가장 큰 고통은 일조권의 박탈도, 먼지의 과다유입도, 공기유통의 어려움도, 습기도 아니었다. 여자들의 입을 견뎌야 한다는 사실, 바로 그것이었다. 다세대주택지는 원시시대의 부족공동체를 떠올리게 했다. 여자들은 마늘을 깐다, 나물을 다듬는다 하면서 틈만 나면 건물 출입구 앞에 삼삼오오 자리를 펴고 앉았다.

멀리서 보면 이웃끼리 정담을 나누는 장면이지만 가까이서 보면 그들이, 그들의 이웃을 시기하고 질투하고 미워하고 증오하고 짓밟는 대학살의 장이라는 것을 알 수 있었다. 그런 살인 쇼의 무대가 하필 그녀의 창가 부근이라는 게 문제였다.

일자리를 구했다며 한 여자가 빠지면, 다른 여자가 들어와 그 자리를 채웠다. 일 나갔던 여자도 한 달이 못 돼 자기 자리로 돌아왔다. 소설가인 그녀를 포함해서 돈 버는 일에 심각하게 매달리는 여자는 이 동네에 없는 것 같았다.

그렇게 사람들이 들고나면서 악의 어린 소문은 확대 재생산되었고 동네 전체로 퍼져나갔으며, 사람 하나가 곤죽이 되도록 으깨지는 데 채 한 달이 걸리지 않았다. 도마에 오르는 사람이 정해져 있는 것도 아니었다. 그 자리에만 없다면 누구라도 좋았다. 당장 다음 날 얼굴을 마주치게 될 사람이라고 해도 그들은 서슴없이 칼을 빼들었다.

매일 만 원씩 반찬값을 빌리러 다니는 골목 끝집 여자, 애가 말썽을 부려도 눈 하나 깜짝하지 않는 뒷집 여자, 쓰레기 처리를 잘못하는 어떤 세입자, 새벽마다 샤워 물줄기 소리를 창밖으로 내보내는 건너 집 남자가 차례차례 먹잇감이 되었다.

그녀의 경우, 적어도 하루 한 번은 도마에 오르고 있었다. 그날도 여자들은 빙 둘러앉아 햇마늘인지를 품앗이로 까는 중이었다.

"마늘 한번 잘 샀네."

"이런 걸 어디서 샀대? 알이 실하네."

이런 대화는 본 게임에 들어가기 전 워밍업이라고 할 수 있다.

"지가 잘났음 얼마나 잘났기에 사람을 무시해?"

게임 스타트! 그녀는 자신도 모르게 고개를 쳐들었다. 보지 않아도 목소리의 임자가 1층 여자라는 것을 알 수 있었다. 평소 같으면 무심히 책에 집중했겠지만 일련의 사건을 겪은 뒤라 자신을 향한 험담에 의연하기가 쉽지 않았다. 그런데, 잘났다는 건 뭐고 또 무시당했다는 건 또 뭔가. 그녀는 빨래 사건 외에 1층 여자와 말을 섞은 적이 없었다. 그러나 그런 것, 말을 섞지 않는 일부터 1층 여자는 무시의 몸짓으로 받아들이고 있는 것이다.

"어디 술집에 나가나? 옷을 입어도 꼭."

그들에게는 별 게 눈엣가시인 모양이었다. 옷이 야한 게 아니라 몸매가 잘 빠진 거라고. 트레이너가 '빌딩'해 준 '바디'를 너희 같은 모태 빈민들이 어떻게 이해하겠니. 돈 생기면 배달음식 시켜 먹을 궁리만 하는 너희들이.

1층 여자의 시기와 질투 때문에 그녀는 혼자가 되었다는 슬픔마저 제대로 만끽하지 못했다. 그들은 감상의 욕망으로부터 그녀를 끌어올렸다. 분노가 크면 잔잔한 슬픔 따위는 자리 잡을 곳이 없는 것이다. 그들이 그녀를 멸시한 만큼 그녀도 마음 속 깊이 상대를 멸시했다. 마르크스가 실패한 원인이 바로 거기에 있었다. 못사는 사람들은 결코 단결할 수가 없는 것이다.

"그래도 배운 사람이여. 여기 오기 전에는 큰 평수 아파트에 살았대. 일전에 들여다봤더니 벽 두 개가 전부 책이더라고. 매일 공부한다고 책상 앞에 앉아 있는 거 안 보여? 그래서 그런가, 말하는 것도 얼마나 교양 있는지 몰라."

주인여자였다. 집주인으로서 교양인을 세입자로 거느리는 것도 나쁜 일은 아닐 테지. 고마운 평가이기는 했지만 그로 인해 그녀는 몇 가지 사실을 아프게 깨달아야 했다. 자신이 몰락한 중산층으로 인식되고 있다는 것, 그리고 자신의 사생활이 만천하에 노출되고 있다는 것. 그런 점에서 반지하생활자는 '지하생활자'보다 불리한 삶을 사는 셈이었다. 통풍과 채광의 통로가 되어야 할 창이 사생활의 공개 창구가 되어버렸으니. 안타까운 것은 그런 주인여자의 두둔조차 그녀에게 별로 도움이 되지 않았다는 사실이었다. 오히려 주인여자의 발언은 1층 여자를 도발시켰다.

"교양이 있으면 뭐해? 이혼한 주제에."

말 많기는 과부집 종년이라더니 1층 여자에게는 이혼이 참 대단한 문제인 모양이었다. 이혼은 선도 악도 아닌데 말이다. 굳이 분류하자면 '최선'이었다.

"그러나저러나 쌍둥네는 빨래 좀 잘 널어. 가뜩이나 지하로는 바람도 안 드는데 왜 남의 집 창문을 꽉 가로막고 그래? 저기 땅 많잖어."

주인여자가 이번에는 제대로 나섰다. 1층 여자의 반발을 주인에 대한 도전으로 받아들인 것인지도 몰랐다.

"그 자리가 볕이 잘 든다고요. 전에 살던 사람은 암말 안 했는데 왜 저 여자만 야단인지 몰라."

반성이라고는 모르는 여자였다. 반성하지 않는 자에게 주위 사람은 다 괴팍한 성격의 소유자일 뿐이었다. 아무려나 주인여자의 잔소리 덕분에 빨래 건조대의 위치가 1미터 옆으로 이동하기는 했다. 그러나 그것은 중단 없는 전진을 위한 1보 후퇴에 불과했다.

며칠 후, 그녀는 묘한 불쾌감에 절로 눈이 떠졌다. 설핏 잠이 든 모양이었다. 나쁜 냄새가 집을 에워싸고 있었다. 익숙하면서도 낯선 냄새, 알고는 있지만 말로 설명할 수 없는 냄새, 이유 없이 기분이 나빠지는 냄새. 지린내였다. 열어둔 창으로 소변 지린내가 타넘어 오는 중이었다.

지나가던 개가 창에 대고 오줌이라도 눈 거야? 그녀의 눈앞으로 개 목줄을 잡은 무수한 개 주인들이 지나갔다. 자기 애견이 보도 한가운데 용변을 보건 화단에 용변을 보건 남의 집 창턱에 보건 개의치 않는 사람들이 많았다. 그때까지만 해도 그녀는 불특정 다수의 개와 개 주인에게만 혐의를 두었다.

"이봐요, 아저씨! 차 다른 데다 대요. 여기는 여기 사는 사람들 대는 자리에요."

성난 목소리가 들렸다. 주인여자였다. 주인여자가 열을 낸 이유는 갑자기 출현한 차 때문이었다. 이곳 집주인들이 가장 예민하게 생각하는 문제가 바로 주차문제였다.

그들이 주장하는 바에 의하면 다세대주택지는 다 좋은데 주차 공간이 부족한 게 흠이었다. 주택 하나에 일고여덟 가구가 들어가 사는 형편임에도 석 대의 주차공간만 확보하면 아무 소리 않고 당국에서 건축승인을 내주는 게 문제라는 것이다.

사정이 그러하니 상대적으로 퇴근이 늦은 운전자들은 주차할 공간을 찾아 온 동네를 빙글빙글 돌아야 했고 주인집들은 주인된 도리로서 자기 세입자들을 위한 주차공간 확보에 열을 올렸다. 물을 가득 채운 말통을 집 주변에 빙 둘러 배치하거나 의자 따위를 내놓아 영역표시를 하는 일이 다반사였다. 그런 한편, 부득불 그걸 치우고 남의 구역에 주차하는 소신족들이 또 있었다.

"이 골목 아줌마가 세냈어요?"

젊은 사내의 목소리는 억울함과 흥분으로 고요히 떨고 있었다. 사내가 그렇게 나온다고 해서 물러설 주인여자가 아니었다. 다세대주택 한 채를 차지하기 위해 빌딩 청소부에서부터 도배 보조까지 안 해본 일이 없다고 했다. 셔틀콕을 받아치듯 야무진 목소리가 튀어나왔다.

"세냈지, 세냈고말고. 아저씨는 자기집 앞 우선주차 원칙도 몰라요?"

주인여자의 드센 공격을 받아넘기지 못한 사내, 결국 차를 빼고야 말았다. 그렇게 지켜낸 자리에는 사다리차가 들어왔다.

사다리차의 주인은 1층 집 남자였다. 그가 단골로 주차하는 자리는 그녀의 창가이기도 했다. 저녁나절이면 사다리차의 검은 바퀴와 기다란 차체 일부가 창의 프레임 안으로 스며들었다. 척 보면 그렇게 안 보이지만 사다리를 펼치면 10층까지 닿을 만큼의 아찔한 높이로 변신한다는 것을 그녀도 알고 있었다. 아파트에서 이사 나올 때도 그런 사다리차가 왔었다. 어쩌면 같은 차였는지도 모른다고 그녀는 생각했다.

남자는 유독 차를 사랑했다. 휴일이면 자기 차를 쓸고 닦고 광내는 일로 시간을 보냈다. 보통의 운전자가 창만 닦는 것에 비해 남자는 차체 전체를 손걸레로 박박 문댔다. 커다란 차를 꼼꼼히 관리하는 그의 모습은 코끼리를 정성껏 목욕시키는 사육사처럼 보였다. 사다리차 닦는 데만 무려 반나절이 넘게 걸린 적도 있었다. 대단한 직업은 아니라고 해도 1층 남자는 성실한 생활인임에 틀림없었다.

시내에 나갔던 그녀가 막차를 타고 귀가하던 날이었다. 집 앞으로 검은 그림자가 어른거리는 게 보였다. 등을 잔뜩 웅크린 것이 소변을 보는 것 같았다. 오줌 줄기가 떨어지는 자리가 다른 곳도 아닌 그녀의 창가였다. 그녀는 심호흡을 한 뒤 핸드백 끈을 손에 감았다.

"뭐하는 거예요?"

그림자가 천천히 뒤돌아섰다. 가로등 때문에, 바지춤 사이로 축 늘어져 있던 물건이 훤히 드러났다. 그 끝으로 더러운 오줌방울이 뚝뚝 듣고 있었다. 물건의 주인은 뜻밖으로 아는 얼굴이었다. 술이 좀 됐는지 몸을 제대로 가누지 못했지만 눈길만은 흔들림 없이 정면을 향했다. 겁을 주기보다 모욕이 목적인 것이다. 어때, 갖고 싶지? 가끔 생각나지? 그런 눈빛.

"집 안에다 눈 것도 아닌데 뭘 그래?"

남자는 아무렇지도 않게 물건을 털어 바지 안에 집어넣었다. 그런 뒤 비틀비틀, 1층 자기 집으로 걸어 올라갔다.

"개 싸이코 새끼! 부부가 똑같잖아."

창가 옆 담장이 검게 젖어 있었다. 알코올 섞인 오줌냄새가 코끝으로 날아왔다. 그녀는 쫓아 올라가지 않았다. 1층 사람 누구와도 시비를 하지 않을 생각이었다.

그녀는 얼마 전 동네에서 있었던 싸움판을 기억하고 있었다. 싸움에서 맹활약을 펼친 사람은 단연 1층 여자였다. 1층 여자는 작은 체구에도 불구하고 키가 크고 어깨가 넓은 상대편 여자에게 죽기 살기로 대들었다. 이 동네 여자들은 심심치 않게 고성을 지르며 싸움판을 벌이곤 하는데 그날은 좀 심했다. 삿대질로 시작된 손짓이 어깨를 미는 것으로 확대되었고 급기야 머리채까지 잡아당기게 된 것이다. 머리채 잡는 일은 단순히 교양 없는 짓이 아니다. 무교양을 넘어 인격을 포기하는 일이다. 더불어 상대방의 인격을 살인하는 일이다. 잡는 쪽도 잡히는 쪽도 제3자가 보기에는 똑같이 인간 이하인 것이다.

그녀는 조용히 집안으로 들어왔다. 생오줌 냄새가 생크림처럼 풍성하게 얹힌 뜨거운 실내. 펌프라도 있다면 오줌냄새를 퍼 올리고 싶었다. 오줌냄새는 시간이 지나면서 견딜 수 없는 지린내로 발효될 것이고 그녀의 삶을 오염시킬 것이다. 그녀는 옷을 벗어 세탁기에 던져 넣은 후, 거품을 많이 내서 샤워를 마쳤다. 수건으로 대충 몸을 닦고 침대에 엎어졌다. 누군가 오줌을 누운 자리처럼 잠자리가 축축하고 뜨뜻했다. 창 너머로 바람이라도 불어오기를 기대했지만 체로 걸러낸 것처럼 신기하게 오줌냄새만 밀려들었다. 냄새는 후각을 마비시킬 만큼 독했다. 누군가 코 있는 자리를 뭉텅 베어간 것 같았다. 즙이 흐르는 빨간 생살 위로 고통이 날아와 앉았다. 고통이 그렇게 생생할 수가 없었다.

방법은 다양해도 일반적으로 살인자는 상대방의 삶을 빼앗기 위해 살인을 한다. 그러나 스트로베리 나이트의 연쇄 살인범은 자신의 존재를 확인하기 위해 살인을 저질렀다. 피가 흐르는 희생자의 몸을 보지 않으면 도무지 자신이 살아있는 존재라는 것을 믿지 못하는 것이다.

그녀는 반만 살아있는 느낌이었다. 육신과 영혼의 절반은 땅속에 파묻힌 채 꼼짝없이 굳어버린 것 같았다. 온전히 살아있다는 느낌을 갖기 위해서는 땅 위로 올라가야 했다. 땅 위에 있는 집을 얻기 위해서는 돈이 필요했고, 돈을 구하기 위해서는 집을 팔아야 했지만 부동산 경기 악재로 지금 집을 팔면 반지하 전세금마저 토해내야 할 판이었다. 결론적으로 반지하를 벗어날 방법이 없으니 반만 살아 있다는 느낌을 견뎌야 했다. 초가삼간에 살아도 마음만 떳떳하면 그만이라는 말은 초가삼간이 반지하가 아니기 때문일 것이다.

그녀는 천천히 스트로베리 나이트를 펼쳤다. 장르소설이 뭐 어때서? 이곳만 벗어날 수 있다면 이 따위 자극쯤 얼마든 만들어낼 수 있어. 그러나 그녀는 읽던 곳을 찾아내기도 전에 도로 접을 수밖에 없었다. 사다리차가 30분 넘게 공회전 중이었다. 엔진소음이

고막을 찢을 것처럼 덤벼들었다.

남자는 차 밖에 나와 담배를 피우고 있었다. 자기 차에 냄새 배는 건 싫은 모양이지.

"지금, 뭐하시는 거에요?"

그녀가 나타나기를 기다렸다는 듯 남자는 얼굴도 안 돌리고 대답했다.

"쌍둥이들 기다려요. 놀이공원에 데려다주려고요."

"애들 나올 때 시동을 켜시면 되잖아요. 소음 때문에 힘들다고요."

그제야 남자는 그녀의 눈을 정면으로 바라봤다. 자기 물건을 드러내놓고 여유를 부리던 그날 밤과 똑같은 눈빛이었다.

"아줌마, 아줌마가 이 골목 세냈어요? 내 차, 내가 워밍업 시킨다는데 무슨 간섭질?"

이 골목 세냈어요? 이 말, 이 동네 사람들이 너무나 좋아하는 말이었다. 집주인이건 세입자건 하루 한 번씩 꼭 하고 넘어 갔다. 비타민을 챙겨 먹듯, 조깅을 하듯 그 말을 하지 않으면 하루가 가지 않는다고 생각하는지도 몰랐다.

당신이야말로 이 골목 세냈어요? 그 말이 치밀어 오르는 것을 삼키려니 그녀는 커다란 복숭아씨 하나를 강제로 넘긴 기분이었다. 목구멍이 얼얼했다. 성실한 생활인이자 좋은 아빠, 자기 차를 사랑하는 섬세한 성격의 1층 남자는 이웃을 대하는 태도에 있어서만큼은 자기 여자보다 더 하면 더 했지 결코 덜 한 사람이 아니었다.

무엇이 그토록 그들을 흥분시키는 걸까. 혹시 반지하생활자란 가난한 사람들이 끊임없이 찾아 헤매는, 결코 자신들이 최악이 아니라는 증거라도 되는 걸까. 최악이라고 생각했던 상대가 표면적인 삶 이외의 삶, 이를테면 정신세계에서 영원히 자신의 위층을 차지하고 있다는 생각이 든다면 그보다 최악인 사태는 없을 터, 어떻게 해서든 그런 세계를 부정하고 상대를 끌어내려야 한다. 그렇게 하지 않으면 자신들의 이루고자 하는 것이 아무 소용이 없다는 것을 깨달아야 하는 순간이 찾아올지도 모른다. 그러니까 모든 문제는 보이는 것과 보이지 않는 어떤 것과의 괴리 때문에 발생하는 것이다.

지난 번 오줌 사건도 일부러 그런 게 틀림없었다. 아니, 그전부터 풍기던 지린내의 범인이 모두 동일인물인 것이다. 사정이 이쯤 되고 보니 그녀는 주인여자를 찾아가지 않을 수 없었다. 누가 때릴 때마다 엄마에게 도움을 청하는 어린아이가 된 기분이었지만 다른 방법은 떠오르지 않았다. 처음으로 그녀는, 곁에 남편이라도 있었으면 이렇게까지 무시를 당했을까 하는 생각을 했다.

"이웃끼리 배려하고 살아야 하는데, 몰상식하게 왜들 그러는지 쯧쯧."

주인여자가 혀를 찼다. 주인여자는 아이의 엄마가 아닌, 공평하려고 애쓰는 교사 역을 자청하고 있었다. 왜들 그러니? 비슷한 것들끼리 사이좋게 놀아야지, 뭐 그런. 그녀는 붉어진 얼굴로 말없이 뒤돌아섰다. 주인여자는 그녀까지 '몰상식 군'에 포함시킨 것이 틀림없었다. 그녀가 다시 나타나 노려보자 1층 남자는 그제야 시동을 껐다. 남자의 입가에 슬몃, 미소가 떠올랐다.

엔진소음이 부활한 것은 그녀가 실내로 들어온 지 얼마 되지 않아서였다. 이번에는 빠작빠작 잔 돌맹이 눌리는 소리까지 같이 들렸다. 바퀴가 움직이기 시작한 것이다. 드디어 아이들이 내려온 모양이군 하는데 부우웅, 하는 굉음이 집안을 흔들었다. 작은 집 정도는 충분히 두 동강 낼 만큼 굉장한 소음이었다. 아이들이 내려온 게 아니었다. 남자는 차를 출발시키지 않았다. 위치만 약간 이동시켰을 뿐이었다. 사이드 기어를 풀지 않은 상태에서 그는 액셀러레이터를 있는 힘껏 밟고 있는 것이다. 배기관이 그녀의 창을 향하고 있었다. 매캐한 배기가스가 집안으로 밀려들었다. 차가 뱉어내는 뜨거운 숨으로 실내가 후끈 달아올랐다. 그녀는 눈을 뜰 수 없었다. 숨을 쉴 수 없었다. 남자는 차를 출발시키지 않았고, 액셀러레이터에서 발도 떼지 않았다. 그녀는 미닫이창을 닫기 위해 손에 힘을 주었다. 창은 닫히지 않았다. 창과 창틀 사이에 작은 돌멩이 하나가 박혀 있었다. 단단히 박힌 돌멩이는 그녀 힘으로 빠지지 않았다. 부웅부웅, 맛 좀 봐라! 차가 말을 하는 것 같았다. 차가 미친 것 같았다. 부웅부웅부우웅, 죽어라! 차가 허공에서 철퇴를 휘둘렀다. 뭉텅 그녀의 귀가 떨어져 나갔다. 뭉텅 눈이, 뭉텅 코가, 뭉텅 입이 떨어져 나갔다.

1층 사람들이 바라는 것은 그녀를 싸움판에 끌어들이는 것이다. 처절한 육체의 대결장에서 세게 맞붙고 싶은 것이다. 기어이 그녀의 머리끄뎅이를 잡고 싶은 것이다. 자신들이 그녀의 머리채를 잡고 흔드는 모습을 온 동네 사람들에게, 주인여자에게 보여주고 싶은 것이다. 똑똑히 봐둬. 교양 있는 여자의 실체란 이런 거야.

"일자리 좀 부탁하려고요."

전화기를 쥐고 있었지만 그녀는 스스로에게 묻고 있었다. 소설 쓰는 일이 과연 생존보다 중요한 걸까? 살아남으려면 여기 살아선 안 되는 거지? 초가를 얹은 집이라고 해도 지상으로 올라가 살려면 적지 않은 사용료를 지불해야 했다. 집을 팔아 돈을 구하기는 틀렸으니 고정적인 직장이 필요했다.

몇 가지 자격사항을 검토한 끝에 고용노동센터 직원이 입을 열었다.

"어떻게 하죠? 의료보험료 납부액이 월 십사만 원을 초과하는 분께는 혜택을 드릴 수가 없습니다."

그녀는 조용히 통화를 종료했다. 집 때문에 의료보험 수가가 높게 책정되어 있었다. 정부는 주택보유자인 그녀까지 보호할 의사가 없었다. 껍데기만 남은 집 때문에 생존마저 불투명해진 것이다. 배기가스는 쉬지 않고 밀려들어왔다. 숨이 쉬어지지 않았다. 이사하는 것은 관두고 살아남으려면 당장 그곳을 벗어나야 했다.

사다리차는 그녀가 집밖을 벗어난 것도 모르고 독가스 살포에 여념이 없었다. 그녀는 저만치 떨어져 차를 바라보았다. 차 안에서 액셀러레이터를 밟고 있을 1층 남자와, 살인가스로 가득 찬 그녀의 반지하 집을 떠올렸다. 그녀는 거대한 차체에 대고 물었다.

'꼭 이렇게까지 으깨놔야 해?'

1킬로미터쯤 걸으니 새로 조성된 주택단지가 나왔다. 아파트 값이 폭락한 뒤로 다세대주택이 인기였다. 그곳에도 어김없이 반지하 집이 건물을 떠받치고 있었다. 저런 건 법으로 짓지 말도록 해야 해. 땅에 허리가 박힌 채 생매장당한 인간의 주거지라니.

주먹이 부르르 떨렸다. 울분 때문이 아니라 휴대전화가 진동 중이었다.

“어때? 쓸 수 있을 것 같아?”

공실장이었다. 하루가 멀다 하고 독촉 아닌 독촉이 이어졌다. 그로선 똥줄이 타지 않을 수 없는 것이, 당장 큰 거 하나 못 터뜨리면 출판사 문을 닫아야 할 판이었다. 공실장에게는 그녀가 유일한 희망이었다. 지독히도 좁은 인맥이라고 하지 않을 수 없었다. 어떤 류가 팔릴지 감은 잡았으니 주문대로 써 주기만 하면 대박은 따 놓은 당상이라고 그는 순진하게도 믿고 있는 것이다. 그의 말을 들으니 그녀는 이상하게도 마음이 차분해졌다.

“나를 바라보느니 로또를 사는 게 나을 거야. 나는 사람 으깨는 소설 못 써.”

“윤작가, 잘 생각해야 해. 우리가 사람을 못 으깨면 사람들이 우리를 으깰 거야.”

공실장의 태도는 진지하다 못해 절박했다. 자기를 으깨려는 절굿공이를 온 힘을 다해 붙잡고 있는 사람 같았다.

몇 킬로미터를 걸었을까, 눈앞으로 낯익은 집 한 채가 나타났다. 자신이 사는 집과 똑같이 생긴 주택이었다. 같은 건설사에서 시공한 것 같았다. 반지하, 똑같이 생긴 창 너머로 여자가 보였다. 여자는 책상에 앉아 책을 읽고 있었다. 낯익은 모습인 걸. 동네 사람들이 구경했을 자신의 모습이 그 위로 겹쳐졌다. 그녀는 여자가 조금 측은해졌다. 여자가 고개를 들었다. 눈이 없었다. 코가 없었다. 입이 없었다. 눈코입이 있던 자리에는 딸기 속처럼 붉고 축축한 생살이 드러나 있었다. 믿을 수 없는 광경이었다. 그녀는 떨리는 다리를 진정시키며 그 자리를 벗어났다.

정신없이 걷다 보니 공원이었다. 공원에는 어느새 그윽한 어둠이 내려와 앉아 있었다. 그녀는 숨을 골랐다. 깨끗한 밤공기를 흡입하니 가슴이 맑아지는 기분이었다. 그런데 아니었다. 맑아진 게 아니었다. 뭔가 이상했다. 가슴께를 만져보니 그 자리가 축축했다. 내려다보니 가슴에 구멍이 나 있었다. 옷과 피부가 사라진 자리에 벌건 생살이 드러나 있었다. 벌건 살 속으로 갈빗대가 보였다. 갈빗대 사이로 벌렁거리는 허파와 조용히 박동하는 심장이 보였다.

주위를 둘러보니 다시 다세대주택지 한가운데였다. 어딜 가나 그런 주택지 천지였다. 3층짜리 건물, 건물에 박혀 있는 수많은 창, 불빛, 그리고 맨 밑에 깔린 수많은 반지하 세대. 그곳 반지하에도 낮고 작은 창이 달려 있었다. 통풍과 채광이 목적인 창 너머로 반지하생활자의 사생활이 들여다보였다. 창마다 여자들이 있었고, 여자들은 쌀을 씻고, 청소기를 밀고, 설거지를 하고, 하얀 유방을 드러낸 채 파트너와 사랑을 나누었다.

여자들이 일제히 그녀 쪽으로 고개를 돌렸다. 눈이 없었다. 코가 없었다. 입이 없었다. 딸기 속처럼 빨간 생살이 얼굴을 뒤덮고 있었다. 그녀는 두 손으로 눈을 가렸다. 이런 현실이라니. 믿고 싶지 않았다. 눈에서 끈적한 액체가 배어나왔다. 그녀는 손이 떨리도록 눈가를 압박했다. 손가락 사이로 붉은 핏물이 뚝뚝 흘러내렸다.

집에 가기 싫어

수업이 끝나기가 무섭게 다들 야구장으로 몰려 간 터였다. 청아한 하늘에 포물선을 그리며 쭉쭉 뻗어나가는 야구공의 궤적을 감상하고 싶지 않은 것은 아니었지만 내 수중에는 캔맥주, 떡볶이, 땅콩은 관두고 입장권을 구입할 기초 자금조차 없었다.

각각의 사정은 알 수 없었지만 윤정 언니와 수아도 다른 곳으로 새지 않고 나와 함께 4호선 전철에 몸을 실었다. 그래서 또 뭉치게 된 미녀삼총사. 미녀삼총사 운운은 우리 주장이고, 사는 지역이 겹쳤기에 몰려다닐 뿐이었다. 우리들의 목적지, 산본역에 다다랐을 때였다. 윤정 언니가 밥을 먹자는 제안을 했다.

"해물탕 어때? 내가 살게."

"해물탕이라고? 좀 노회한 메뉴 아냐?"

기업체 부서 회식이나 엄마들 계모임, 동창회에 어울리는 음식이잖아. 그보다는 스파게티, 월남국수가 낫지 않아? 한참을 왈가왈부했지만 돈을 낼 사람은 윤정 언니였기에 해물탕으로 결정이

났다. 가슴까지 데워줄 뜨뜻한 뭔가가 필요하다나. 아무리 그래도 부글부글 끓는 냄비를 앞에 두고 땀을 뻘뻘 흘리며 낙지를 물어뜯기에 20대의 오후는 너무 찬연하지 않은가. 그러나 어쩌겠는가. 해물탕이건 해장국이건 당장 마음의 허기를 채워야 한다는데.

산본중심상가 중앙로 2층에 해물탕집이 있었다.

"뭐해, 빨리 안 와?"

끌려가다시피 창가에 앉는 순간 종업원이 빠르게 주문을 받아갔다. 텁텁한 습기가 홀을 가득 메우고 있었다. 밥때가 아니어서일까. 드문드문 앉은 사람들에게 투철한 식욕은 엿보이지 않았다.

커다란 냄비가 도착했고 뚜껑 창 안쪽에서 산낙지가 꿈틀거렸다. 낙지는 필사적이었다. 사방을 긁어대는가 하면 다리로 양파를 감았다가 밀쳐내는 일을 반복했다. 다리 몇 개는 서로를 얽어맬 것처럼 기운차게 넘실댔다. 냄비 아래 가스레인지에서 파란 불꽃이 쉭쉭 소리를 내며 올라오고 있었다.

"용쓰네."

생물이 죽어 가는 것을 눈앞에서 본다는 것은 유쾌한 일이 아니었다. 스테미너의 보고라는 우스꽝스러운 닉네임 때문에 저리 용을 쓰다 죽어가야 하다니. 저 스테미너 세죠? 정말이지 낙지는 죽는 순간까지 뻐기는 것처럼 보였다. 식당 종업원이 나타나 뚜껑을 열자 유연하던 낙지의 몸도 그 사이 빳빳하게 경직되어 있었다. 진짜 죽은 것이다. 세포까지 모조리.

"맛있겠다!"

환호성을 지르다 말고 넋이 나간 윤정 언니. 갑자기 자리에서 벌떡 일어나더니 밖으로 뛰쳐나갔다.

"왜, 왜, 왜 그래? 무슨 일이야?"

"어, 저 사람 철학과 피 교수 아냐?"

수아가 창밖을 손으로 가리켰다. 맞는 것 같았다. 지나치게 말쑥한 옷차림 때문에 선생이라기보다 보험회사 영업사원만 같던 그였다. 저만치 길에서 윤정 언니가 그와 이야기를 나누고 있었다. 아니, 대화를 한다기보다 그녀 쪽에서 발을 동동 구르는 게 뭔가 애원하는 분위기였다.

"아무나 교수래, 그냥 시간강사지."

"윤정 언니가 저 아저씨 관심 있어 했거든. 여기에 웬일이지?"

"관심 있는 정도가 아니라 목을 매는 것 같은데?"

"야, 사라졌어. 두 사람!"

창밖을 보니 피 교수 아니 피 강사도, 윤정 언니도 보이지 않았다. 숱이 듬성듬성한 나뭇가지 아래 행인만 무심히 오가고 있었다.

윤정 언니는 시간이 지나도 돌아오지 않았다. 피 강사 따라갔나? 이러다 안 오는 거 아냐? 안 오면 어떻게 하지? 이거 졸라 비싼 건데. 윤정 언니가 사기로 했잖아. 우리는 사라진 윤정 언니보다 음식값 치를 걱정부터 했다. 가방이랑 지갑이랑 다 두고 갔지만, 심지어 코트까지 벗어두고 갔지만 남의 소지품을 뒤져 식대를 치룰 수는 없는 노릇이었다. 그러지 말고 전화해보자. 누가 먼저랄 것도 없이 휴대전화를 꺼내 들었다. 그러나 벨소리 역시 윤정 언니가 두고 간 가방 안에서 울렸다.

"세상에, 핸드폰도 두고 갔네."

얇은 터틀넥 하나만 걸치고 윤정 언니는 어디로 사라진 걸까. 해물탕은 거의 쫄아 아예 시커먼 색으로 변했지만 음식은 줄어들지 않고 있었다. 딱딱하게 굳은 낙지에는 누구도 손을 대지 않은 상태였다.

"먹다 보면 오겠지."

"먹다 보면 오겠지."

따라 하듯 같은 말을 반복했지만 언제까지 기다릴 수만은 없었다. 그 사이 저녁이 되어 식당 안은 손님들로 북적거렸다. 여자 종업원이 자꾸 이곳을 쳐다보는 것 같았다. 저 사람 우리 눈치 주는 거지?

그러나 여자 종업원이 총총총 다가와 식탁에 내려놓은 것은 커다란 접시였다. 둥근 접시 안에 노랗게 튀겨진 시사모가 담겨 있었다. 북해에서 수입한 어족답게 몸피가 날렵했다. 물의 압력 사이에 난 좁은 길을 자유자재로 누비다가 어, 하는 찰나 그물에 걸렸을 시사모.

속도가 정지하는 순간 빙하의 고기는 기분이 어땠을까. 살을 에는 듯한 추위와 천 톤 무게의 수압이 일시에 달려드는 기분이란. 그물을 벗어나기 위해 몸부림을 쳤지만 몸부림이 도리어 사망으로 빠르게 이끌었을 것이다.

"저기 저 분들이 보내는 거예요."

그녀가 가리키는 쪽을 보니 젊은 남자 두 사람이 해물탕을 앞에 두고 우리를 향해 까딱 목례를 해 보였다.

"저 아저씨들 우리한테 작업 거는 거지?"

차림새 하나는 단정했는데 비싼 옷은 아니어도 갓 얻은 신부로부터 세심한 케어를 받는 것 같았다. 한쪽은 좀 땅딸한 데다 콧대가 낮았고, 한쪽은 한눈에도 훤칠한 키에 부리부리한 눈매를 가지고 있었다.

"눈은 있어 가지고. 어디를 가나 어떻게 해보지 못해 안달난 놈들 투성이지."

"야, 우리가 이런 대접 받는 것도 한때야. 인생의 황금기 20대 아니냐."

더 이상 자리를 차지하고 있을 수도 없고, 수아의 아이디어로 카운터에 메모를 남기기로 했다.

[윤정 언니, 커피집 '마실'에 있을 테니 그리로 와.]

우리는 주머니를 탈탈 털어 계산을 마쳤다.

"잘 먹었다고 인사라도 해야 하는 게 아닐까?"

수아가 그들을 가리켰지만 내키지 않았다. 누가 사달랬나.

윤정 언니 가방, 윤정 언니 코트, 우리들 가방까지 한 짐이었다. 후불로 하기로 하고 커피를 주문했다. 선불이 원칙인 집이었지만 단골에게 예외적인 배려를 해준 것이다.

"먹다 보면 오겠지."

"먹다 보면 오겠지."

커피잔을 앞에 놓고 우리는 해물탕 집에서 했던 말을 반복했다. 미끄러지듯 흘러나오는 마빈 게이, 레트로 스타일의 세련된 인테

리어, 갓 볶은 케냐AA를 즐길 여유 따윈 전혀 없었다. 창을 통해 조각조각 쏟아지는 햇살도 우리 것이 아니었다. 제발로 찾아 갔으면서 꼭 볼모로 잡힌 기분이었다.

기다리는 윤정 언니는 오지 않고 한 떼의 손님이 들이닥쳤다. 애 엄마들로 구성된 소위 유모차부대였다. 그들에게는 유모차 말고도 서너 살짜리들이 두엇 더 딸려 있었다.

"나는 꼭 어디만 가면 이렇게 사람들이 몰려들더라."

"너도 그러니? 나도 그런데."

예상했던 대로 아이들이 소리를 지르며 뛰어다니기 시작했다. 넓고 쾌적한 커피숍을 놀이터로 착각한 모양이었다. 녀석들은 아슬아슬하게 우리의 탁자를 스쳐 지나갔고 몇 번은 커피를 쏟을 뻔했다. 얘들아, 자리에 가서 앉아! 주의를 주었지만 애 엄마들이나 종업원이나 아이들을 무심하게 방치했다. 결국 한 녀석이 탁자 위에 있던 커피를 쏟고 말았다. 커피가 흘러 청바지를 뚫고 속옷으로 스몄다. 둥글게 얼룩진 자리가 오줌을 싼 듯했다. 식은 거라 데이지 않은 것만도 다행이었다.

"야!"

참다못해 소리를 질렀다. 아이들은 그렇다 치고, 그 어미들조차 사태에 무감했다. 뻔뻔하리만치 무심한 그네들을 보니 감정을 자제할 수가 없었다. 나는 자리에서 벌떡 일어나 일행에게 성큼성큼 다가갔다.

"저기요, 그 집 아이들이 제 옷에 커피를 쏟았거든요."

"죄송해요."

한 여자가 나의 위아래를 훑어보며 건성으로 대꾸했다. 기미 낀 얼굴에 엷게 화장이 되어 있었지만 생머리를 성의 없이 동여맨 탓에 전체적으로 게으르고 불성실해 보였다.

"그게 다예요?"

그제서야 눈을 치뜨며 나를 올려다보는 여자.

"그럼 옷이라도 빨아달라는 거예요?"

"뭐 이따위 여자들이 다 있어? 이봐요, 아줌마!"

"아줌마? 너, 나한테 아줌마라고 했어? 대체 너 몇 살이야? 나도 너희들 나이밖에 안 먹었어. 시집을 일찍 가서 그렇지. 누구는 애 낳고 이러고 살고 싶은 줄 알아? 어디서 아줌마래?"

"아줌마한테 아줌마라고 하는 게 뭐 잘못 됐어요? 아줌마면 아줌마답게 집에서 살림이나 할 일이지, 왜 애들은 몰고 다니며 설쳐요, 설치길? 그리고 아줌마, 나한테 반말하지 마세요!"

드라마 대본에서 따다 붙인 듯 뻔한 대사를 읊는데 종업원이 드라마 감독처럼 달려와 컷을 외쳤다.

"그만! 여기서 이러시면 안 됩니다. 자리에 가서 앉아주세요."

"야, 나도 우리 집에서는 공주였어. 나도 잘 나가던 때가 있었어."

무슨 복잡한 사연이 있는 건지 여자는 울부짖다시피 저항했다.

"밥하고 빨래하고 애들 치다꺼리하고 이렇게 살고 싶지 않았다고. 할 일 없으면 집에 가서 살림이나 하라고? 그 따위 집, 지겨워서 들어가기도 싫어."

"양쪽 다 나가주세요, 다른 손님에게 방해됩니다."

종업원의 말투가 간곡한 어조에서 벗어나 이제는 위압적이었다.

"이봐요, 사람 기다린다고 했잖아요. 사람이 와야 커피 값도 드린다고요. 아, 잘 됐네요. 커피 값은 이 아줌마들에게 받으세요."

"뭐야? 우리가 왜 니네 커피 값을 내? 학생이면 학생답게 공부나 할 것이지 돈도 없는 주제에 왜 비싼 커피집에는 들락거려?"

"엄마, 싸우지 마!"

한 아이가 매달리며 울기 시작했다. 한 아이가 우니 다른 아이도 따라 울었다.

"언니야, 그만 해라."

동생인 듯한 여자가 나섰다. 그녀는 애들 건사하랴, 싸우는 사람 말리랴 정신이 없었다.

"커피 값은 됐으니 모두 나가세요."

종업원이 우격다짐으로 우리를 내몰았다. 그래도 여자는 엄마였다. 애들을 생각해선지 더 세게 나오지는 않았다.

"내 참, 재수가 없으려니까, 밤길 조심해!"

유모차와 애들을 몰고 사라지는 여자들.

"누가 할 소린데?"

뒤통수에 대고 수아가 소리쳤다. 모두 사라지고 찬바람 부는 골목에는 수아와 나 둘뿐이었다.

"윤정 언니한테 이리로 오라고 했는데 어쩌지?"

"전화하겠지. 야, 기분도 그런데 한잔 하자."

"돈 있어?"

"아까 윤정 언니 지갑 보니까 돈 좀 있던데."

"미쳤어? 너, 언니 지갑 뒤졌어?"

"돈을 꺼낸 것도 아닌데 뭐?"

"이제 꺼낼 거잖아."

그 옆의, 옆의 건물 2층이 '밀라노호프'였다. 통창 안쪽에서 은은한 불빛이 흘러나왔다. 바라보는 것만으로도 체온이 1도쯤 올라가는 그런 집이었다. '행복의 색'이란 게 있다면 너무 진하지도 밝지도 않은 은은한 오렌지빛이리라.

"수아야, 사실은 나 집에 가기 싫어."

윤정 언니를 기다린다는 것은 핑계고 나는 집에 들어가기가 싫었다. 앓아누운 아버지가 있는 것도 아닌데 왜 그렇게 집에 가기 싫은 걸까? 앓아누웠던 아버지는 지난 봄 돌아가시고 없는데.

"실은 나도 집에 가기 싫어."

"네가 왜?"

내가 알기로 수아네는 네 식구가 오순도순 사랑과 행복을 나누며 살아가는 전형적인 중산층 가정이었다. 크기로만 따져도 우리 집에 비할 바가 아니었다. 50평이 넘었다. 수아네 엄마는 알뜰한 살림꾼에, 아버지는 대기업 중역이었고, 오빠는 일류 대학을 나온 박사였다.

"행복에 겨워 지랄 났구나. 너 정도 되면 나는 아예 집밖을 안 나온다."

그런 게 이해가 안 된다는 거다. 행복이 행복인지도 모르는 년일수록 행복은 비처럼 쏟아진다. 대책 없는 신의 심술.

제법 넓은데도 호프집은 손님으로 꽉 차 있었다. 군데군데 키 큰 화분이 세팅되어 있었고 벽 한 쪽에 커다란 대형화면이 걸려 있었다. 마침 프로야구 중계 중이었다. 시즌 막바지, 술도 술이지만 야구 때문에들 찾아든 모양이었다. 우리는 빠른 눈으로 실내를 스캔했다. 전부 넥타이부대였다. 어째, 분위기가 꾸리꾸리하다. 유모차부대 피하니 넥타이부대를 만나네. 동네가 아니라 군부대다! 우리는 한숨을 내쉬며 적당한 자리를 찾아 들어갔다. 윤정 언니 가방, 윤정 언니 코트, 우리들 가방까지 한 짐이었다.

"먹다 보며 오겠지."

"먹다 보면 오겠지."

건배를 하고 호프를 한 모금 들이켰다. 커피숍에서의 안 좋은 기억을 일거에 씻어 내릴 만큼 상쾌한 미감이었다. 어포를 질겅이는데 누군가 등을 툭 쳤다.

"이쁜이들, 여기서 또 만나네?"

돌아보니 웬 남자가 서 있었다. 누구지? 키가 훤칠하고 눈이 부리부리한 이 남자. 아, 아까 우리한테 생선 보낸 아저씨구나. 저 편에 키가 땅딸하고 콧대가 눌린 아저씨도 대기하고 있었다. 뒤늦게나마 고맙다는 인사를 건네자 그가 합석을 제안했다. 수아에게 눈으로 물으니 싫지는 않은 듯해서 우리는 주섬주섬 남자들의 자리로 이동했다.

회사원들이었다. 인근 기업체에 다니고 있었다. 직장동료였고 둘 다 유부남이었다. 생각보다 나이는 많지 않았다. 35세 동갑이라고 했다. 부리부리가 물었다.

"왜 간호학과에 갔어요?"

"의대 가려고 했는데 점수가 안 돼서요."

꼴찌로 들어온 주제에 수아는 깜찍하기도 하지.

"그쪽은요?"

뭐라고 대답해야 하나. 사실 간호대만큼은 안 가려고 했다. 아픈 사람 쳐다보는 것은 아버지만으로 족했다. 아버지는 안방 침대에 누워 하루 종일 그르렁거리며 잔기침을 했다. 기침이 멎는 순간이라곤 머리맡에 있는 타구에 가래를 뱉을 때뿐이었다. 가래를 뱉어낸 뒤에는 다시 그르렁거리며 기침을 했다. 2년째 그러다가 돌아가셨다.

'간호대는 절대 안 가!'

간호대는 절대 안 간다는 주문을 외웠다. 어느 날은 주문이 너무 길어 간호대, 간호대를 읊조리는 나를 발견했는데 정신을 차려보니 간호대에 원서를 넣고 있었다.

"그게 뭐 중요해요? 자! 건배!"

"제가 건배사 한 번 외칠까요? 불문과 나왔거든요. 자, 드셩!"

키가 땅딸하고 콧대가 눌린 남자가 외쳤다. 호호호 드셩! 그들은 공통적으로 직장생활에 불만을 갖고 있었다. 둘 다 창업이 꿈이라고 했다. 부리부리는 내게만 계속 말을 시켰다.

"그쪽은 병원에 취직할 거예요?"

내가 모르겠다고 하자 그냥 시집이나 가세요, 라고 훈수를 했다.

"호호, 남자가 있어야죠."

"저에게 시집오면 어때요?"

"결혼하셨잖아요?"

"이혼할게요."

"농담이죠?"

"쳤습니다!"

째지는 듯한 목소리에 사람들이 일제히 화면으로 고개를 돌렸다. 2루에 있던 주자가 베이스를 돌아 홈으로 들어오고 있었다. 여기 홀과, 저 너머 관람석이 동시에 환호로 출렁였다. 달려! 어느 테이블에선가 크게 소리쳤다.

"책에서 봤는데 야구는 매우 가족 이데올로기적인 스포츠래요."

부리부리였다.

"집에서 출발해 집으로 돌아오는 경기니까요."

내 물음에 대한 답을 그렇게 돌려주는 모양이었다. 부리부리는 나름의 야구철학을 펼쳐보였다.

"야구 참 재밌어요. 홈에서 1루까지, 1루에서 2루까지, 3루까지, 홈도 마찬가지예요. 참 아슬아슬하게 거리를 잡았잖아요. 너무 쉽게 들어오지도, 그렇다고 못 들어오지도 않게, 꼭 집을 향해 달리고 싶게요. 아무리 안타를 많이 쳐도 반드시 집에 들어와야만 점수를 따죠."

"곳곳에 포진한 식당, 주점, 노래방은 유능한 수비수네요. 집에 들어가지 못하도록 막는."

"그게 아니죠. 다 찍어야 집에 갈 수 있다는 거죠."

이 남자, 제법 재치 있는걸. 그러니까 침대로 가기 위한 일련의 조건은 갖춘 셈이다.

"그런 의미에서 3차는 노래방!"

눌린 콧대가 외쳤다. 거기 두 분 어떻게 할래요? 부리부리가 물었다. 나는 수아의 눈치를 살폈다.

"야, 너 갈 거야?"

"응, 나 집에 가기 싫어."

"그래, 나도 집에 가기 싫다."

아버지가 돌아가시니 집안에 광명의 햇살이 비추는 기분이었다. 고요한 삶이란 것도 별 것 아니었다. 가래 끓는 소리와 기침소리가 없으니 천국이 따로 없었다. 엄마도 늦게까지 일을 하기 때문에 텅 빈 집은 나만의 공간이었다. 아버지가 사라진 집. 딱히 들어가기 싫을 이유가 없었다. 아무 이유도 없는데 가기 싫었다.

넷 다 공통적으로 노래실력이 별로였다. 처음에는 순서를 지켜 한 곡씩 불렀지만 시간이 갈수록 눌린 콧대가 마이크 욕심을 많이 냈다. 부리부리는 노래 부르는 내내, 내 가슴 언저리에서 시선을 거두지 않았다. 내가 달라붙는 옷을 입기는 했다. 수아가 귀에 대고 소곤거렸다.

"야, 너는 누가 낫니?"

"어차피 유부남들인데 뭐, 그래도 굳이 고르라면 나는 눈이 부리부리한 쪽."

"너 느끼한 사람 좋아하냐?"

"그럼, 배 나오고 눌린 콧대가 낫냐? 코가 작으면 그것도 작다는데."

"뭐? 얘가 잠이라도 잘 기셀세."

우리는 남자들을 바라보며 킥킥 웃었다.

화장실에 가려고 나왔는데 한 여자가 비척이며 복도를 걸어가고 있었다. 굵은 파마머리에 호피무늬 티셔츠, 엉덩이에 딱 달라붙는 쫄바지, 검은색 앵클부츠. 아주아주 낯익은 모습이었다.

엄마! 소리치자 그녀가 뒤돌아보았다. 엄마는 별로 놀라지도 않고 웃었다.

"오, 우리 딸. 한 번은 마주칠 거라 생각했지. 친구들이랑 놀러 왔니?"

"엄마 여기서 뭐해?"

"뭐하긴, 여기 엄마 일터야."

"일터?"

"응, 알바해."

"엄마 미쳤어?"

"안 미쳤어. 낮에는 알로에 방판 다니고, 밤에는 노래방 도우미 해. 그동안 네 아빠 약값, 네 학비, 용돈 어떻게 댔겠니? 이렇게 엄마가 뼈 빠지게 벌어다 주니까 너도 이런 데 올 수 있는 거야. 그럼 재밌게 놀다 가."

엄마는 나를 그대로 세워둔 채 가까이 있는 방으로 들어갔다. 늙수그레한 아저씨가 엄마를 두 팔로 껴안는 게 보였다. 엄마는 그 남자 품에 안겨 마이크를 받았다. 엄마의 노랫소리가 밖으로 새어 나왔다. 모르는 남자 품에 얼싸 안겨, 가로등불 아래, 가로등불 아래, 춤추는 댄서의 순정……. 기가 막혀 눈물도 나지 않았다. 뛰어 들어가 깽판이라도 쳐야 했지만 엄마의 지나친 냉정함 때문일까. 엄두가 나지 않았다.

방으로 돌아오니 그보다 더했음 더했지 못하지 않은 광경이 펼쳐지고 있었다. 의자 위에 두 남녀가 엉겨 있었다. 부리부리와 수아가 목하 키스 중이었다. 수아는 엉덩이를 뒤로 빼내는 동시에 가슴을 한껏 내민 상태였다. 머리카락이 뒤로 늘어져 가느다란 허리 곡선이 강하게 부각되었다. 누가 봐도 허세가 잔뜩 담긴 포즈란 것을 알 수 있었다. 그런가 하면 부리부리는 수아의 등짝에 손바닥을 대고 자기 쪽으로 지그시 당기는 자세를 취했는데 그 역시 작위적이기는 마찬가지였다. 일탈이 주는 으쓱함이랄까. 상대의 몸을 즐기기보다 폼을 잡고 싶은 것이다.

그 시간 눌린 콧대는 무얼 했는가. 주구장창 마이크를 쥐고 있었다. 그 나름대로 되지 못한 슬픔을 즐기느라 정신이 없었다. 눈을 지그시 감고 저 혼자 몸을 흔들면서 외로움이 어쩌니 저쩌니 하는 노래를 불렀다. 나는 윤정 언니 가방, 윤정 언니 코트, 내 가방을 들고 서둘러 그곳을 빠져나왔다.

·

자살하는 경우를 제외하면 '죽다'는 피동사다. 그러므로 누구에게나 적용하는 '죽다'라는 말은 문법에 맞지 않는다. 제대로 표기하려면 '죽게 되다' 혹은 '신이 데려가다'가 되어야 한다.

아버지 역시 죽지 않기 위해 발버둥을 쳤다. 병구완은 환자 스스로의 몫이었다. 얼굴이 누렇게 뜨고 눈이 푹 패여 산송장 같던 아버지. 아버지는 콜록콜록, 그르렁그르렁거리며 키 높은 가스레인지에 무거운 솥을 올리느라 애를 썼다.

어디서 이상한 약초를 구해다가 삶고 거르고 짜서 먹기를 반복했는데 갑자기 문을 열고 들어오는 나와 눈이 마주칠 때는 더 없이 곤혹스러운 표정을 지었다.

딸이 무거운 솥을 드는 일을 도와주기라도 할까봐, 그러면서 딸이 짜증을 낼까봐. 아아, 누군가의 삶에 폐를 끼치게 될까봐 아버지는 솥의 무게보다 더욱 무거운 마음을 들어 올리며 약초가 다 삶아지기를 기다렸다.

지금 생각하니 아버지는 타인에 대한 예의 따윈 갖고 있지 않았던 게 분명하다. 아버지의 표정은 부끄러움에 가까웠다. 아버지는 건강할 때는 건강을 믿고 집에 들어오지 않았고, 건강이 무너진 뒤에는 회복을 믿고 집밖으로 나가지 않았다. 아버지란 사람은 내가 집에 있어주기를 바랄 때 밖으로 나돌았고 제발 사라졌음 할 때는 집에 눌러 앉아 있었다. 건강했을 때 엄마와 내게 한 짓을 생각하면 아무리 꼬꾸라질 만큼 아파도 집에 있어선 안 되는 거였다.

아버지의 부끄러움은 양심이 살아 있다는 증거였다. 목숨을 부지하려는 노력을 창피해하면서도 '난들 어쩌겠니' 하는 태도로 몰래 몰래 약을 달인 아버지. 성행위처럼 말이다. 누구나 침대 위의 쾌락을 목표로 여자에게 작업을 하지만 노골적으로 성욕을 드러내는 일은 주저한다. 이를테면 '오늘 나랑 같이 있을래요?' 식의 말은 어렵지 않게 꺼내도 '오늘 나랑 섹스할래요?'는 웬만한 철면피 아니면 어렵다는 말이다.

인간의 부끄러움은 어디에서 올까. 인간은 젊어서는 자신의 성적매력이 뛰어나지 않음에 좌절하고, 늙어서는 건강하지 않음에 좌절한다. 섹스가 다 뭐여? 벽에 똥칠해도 좋으니 오래만 살았음 좋겠어. 아버지의 늙은 육체에서 그런 욕망이 뿜어져 나오고 있었다. 아버지는 그것을 들켰기에 부끄러웠던 것이다. 섹스하는 삶이 아닌 '삶' 그 자체를 욕망했기에.

약초를 달여 먹은 탓일까. 이대로 죽을 수는 없다는 정신력의 승리일까. 6개월 진단을 받았음에도 아버지는 근 2년을 생존했다.

누군가 어깨를 툭 쳤다. 돌아보니 눌린 콧대였다.

"괜찮아요?"

"나를 따라온 거예요?"

"걱정이 돼서. 그 친구요, 바람기가 있어요. 그래서 여자들이 상처를 받곤 하죠."

그 말에 갑자기 눈물이 핑 돌았다. 왜 눈물이 난 걸까? 별 관심도 없던 남자였다. 어디서나 마주칠 수 있는 그렇고 그런 부류들. 여자만 보면 어떻게 하지 못해 안달하는. 야구가 뭐 어떻다고? 얄팍한 개똥철학과, 나의 가슴을 바라보던 노골적인 눈빛, 부리부리한.

더 알 수 없는 것은 내가 눌린 콧대에게 안겨 흑흑 소리를 내며 울어버렸다는 사실이었다. 간호대에 원서를 넣었다는 사실을 깨달았을 때만큼이나 황당했다. 그는 우는 나를 꼭 껴안아 주었다. 피붙이라도 되는 것처럼. 나는 눈물이 그렁그렁한 눈으로 그를 바라보았다.

"집에 가기 싫어요."

그가 나를 데려간 곳은 폼 나는 술집이었다. 아름다운 마담이 존재하는 야릇한 술집에서 그는 잭 다니엘을 주문했다. 그가 오늘 하루 쓴 돈이 얼마나 될까. 30만 원은 족히 넘을 것이다. 중소기업에 다닌다는 사람이 하루 술값으로 이렇게 많은 돈을 날려도 되는 걸까. 마음이 편치 않았지만 내 돈도 아니고, 따라주는 족족 술잔을 받았다. 눌린 콧대는 위스키 잔에 직장생활과 가정생활의 불만을 칵테일처럼 섞어 마셨다.

"좆같다고요, 좆같아. 사장이라는 놈은 실적 때문에 쪼지, 장인이라는 사람은 이유 없이 쪼지, 와이프라는 여자는 돈 때문에 쪼지."

푸념에 푸념이 이어졌다. 되도 않는 싸구려 푸념들, 거지같은 엄살들.

둘 다 엉망인 채로 취해서 그 집을 나왔을 때가 새벽 두 시였다. 그가 내 많은 짐 중 하나를 빼앗았다. 성큼성큼 어떤 건물로 들어서더니 서슴없이 엘리베이터를 잡았다.

"아저씨, 나 취했어요. 더 못 마신다고요."

엘리베이터는 우리를 싣고 높이높이 올라갔다. 문이 열린 곳은 8층이었다. 그곳은 모텔이었다. 투명한 유리문 너머 대리석으로 건조된 프론트가 보였다.

"이러려고 아저씨, 나한테 술 먹인 거예요?"

그의 행동이 괘씸한 한편 나는 머릿속으로 아침에 나올 때 속옷을 제대로 챙겨 입었는지 빠르게 헤아렸다. 간혹 바빠서 위아래를 세트로 맞추지 못하는 경우가 있다. 검정색 브래지어에 꽃무늬 팬티라던가, 살색 브래지어에 줄무늬 팬티를 입은 날에는 설사 송두리째 마음을 앗아간 남자친구가 자러 가자고 해도 무조건 뺀다. 짝 안 맞는 속옷이란 짝짝이 양말과 같다. 안 입으면 안 입었지, 입으면 반드시 짝을 맞추어야 하는. 그것은 여자로서 자신과 상대에 대한 최소한의 에티켓이다. 남자들은 여자가 괜히 튕기는 줄 안다. 다 말 못할 이유가 있는 것이다.

다행히 맞춰 입었다는 생각이 들었다. 하지만 그는 오늘 처음 본 남자가 아닌가. 속옷을 세트로 입었다고 해서 모르는 사람과

자도 된다는 뜻은 아니었다. 돌아서려는데 그가 내 귀에 대고 속삭였다.

"불어 한 마디 할까요?"

"……."

"드가장!"

헐, 웃자 그가 허락으로 받아 들였는지 프론트로 다가가 계산을 했다. 나는 자포자기하는 심정이 되어 그를 따랐다. 방문이 닫히자마자 그가 나를 꽉 껴안았다. 으스러질 것처럼 세게 안았다. 그리고 내 눈을 빤히 바라보았다. 그의 눈에는 슬픔이 가득했다.

"왜 따라왔니?"

"네?"

"너는 아직 어리잖아."

헐, 웬 백설공주 썬텐하는 소리? 그가 키스를 퍼부었다. 입술을 얼마나 세게 빠는지 아파서 비명이 나올 지경이었다. 술 냄새까지 진동을 해서 나는 어떤 쾌감도 느낄 수 없었다. 그가 나의 왼쪽 가슴을 세게 쥐었다. 아파요! 소리치려 했지만 나의 목소리는 그의 입술에 막혀 기도로 넘어 와버렸다. 간신히 그를 떼어낸 뒤 옷을 추슬렀다.

"릴렉스, 릴렉스 하시고요! 술 냄새도 나고, 양치도 해야 하고, 샤워도 해야 하고요."

나는 보란 듯 그 자리에서 옷을 벗었다. 가끔 나는 남자가 안달 나는 모습을 즐긴다. 상대에게 아무런 욕망이 없을 때도 그렇다. 나는 상대가 황홀한 눈으로 나의 스웨터 벗는 모습을, 지퍼를 열고 바지 내리는 모습을 바라보는 것이 즐겁다. 20대의 특권이란 겨우 이런 것이다. 나는 브래지어와 팬티만 걸친 채 욕실로 들어갔다.

다 씻고 밖으로 나오니 팬티 바람의 그가 침대에 대자로 뻗어 있었다. 흥분해서 날뛸 때는 언제고 코까지 골았다. 어차피 이렇게 된 거 최선을 다하려고 마음먹었었는데. 미친 듯이 몸을 혹사시킨 후 아침까지 내처 잘 생각이었는데. 나쁜 짓, 아버지 입장에서 가장 슬퍼할만한 짓을 딸로서 저지르려 했는데. 그래서 그 죄책감으로라도 나 자신에게 복수하려 했는데. 더 솔직하게는 그가 탐욕에 가득 찬 용두질로서 나를 폭파시켜 주기를 바랐다. 몸과 마음을 갈가리 찢어주기를.

이 남자, 혹시 가짜로 자는 척하는 것은 아닐까. 막상 행동에 돌입하려니 자신이 없어진 건지도. 코가 낮으면 그것도 작다지 않은가.

똑바로 누웠는데도 배가 조금도 꺼지지 않은 채 볼록 솟아있는 것이 신기했다.

"중력을 거스르는 신체군."

볼록한 배를 손가락으로 꾹 눌러보고 싶은 충동이 일었다. 그의 팬티가 눈에 들어오지 않았더라면 그렇게 했을지도 모른다.

분홍색 바탕에 만 원권짜리 지폐가 빈틈없이 프린트된 팬티였다. 모르긴 몰라도 만 원에 세 개 하는 중국산 제품일 것이다. 남편의 팬티값마저 절약하는 알뜰한 와이프는 자기 남편이 30만 원어치 술을 사먹고 여자랑 모텔에 투숙했다는 사실을 알면 어떤 표정을 지을까. 처음에는 분노에 겨운 표정이었다가 싸구려 팬티 때문에 남편이 웃음거리가 된 것을 알고 슬픈 표정을 지을지도 모른다.

'여보, 여자를 꼬시려면 팬티나 제대로 된 걸 입어야지요.'

그의 아내는 남편에게 싸구려 팬티 사 준 것을 후회할 것이다. 어디 가서 자기 남편 기죽는 것이, 남편 죽는 것보다 싫은 게 주부들 아닌가. 어쩌면 자기 남편이 그 돈을 쓰고 여자를 건드려보지도 못했다는 사실에 더 큰 분노를 느낄지도 모른다.

'여보, 미쳤어요? 당신이 쓴 돈이 얼만데, 적어도 두 번은 해야지요. 빨리 일어나 하라구요.'

자기 아이가 남의 바지에 커피를 쏟건 말건 자기가 100원이라도 손해 보면 이성을 잃는 게 주부들의 대체적인 성향 아닌가.

너무 마셨나. 뒤통수가 지끈거렸다. 가로등 흰 불빛이 타이레놀 캡슐처럼 알알이 떠 있는 새벽거리는 적요하다 못해 쓸쓸했다. 전단지를 열나게 나누어주던 아줌마도 사라지고 길가에 노점만 몇 개 늘어서 있었다. 중년여자 몇이, 산더미처럼 늘어선 스카프를 집요하게 뒤적였다. 충동구매는 백화점이 아닌 길가에도 존재했다. 취기가 불러들인 공허를, 물건을 사는 일로 채우려 드는 사람들. 나도 요란한 색깔의 스카프 한 개를 집어 들었다. 3천 원짜리가 색도 곱지. 계산은 윤정 언니 지갑에 있는 돈으로 했다. 스카프 하나 둘렀을 뿐인데 고향집 아랫목에라도 든 것처럼 포근했다. 그래서 역설적으로 삶이 더 부질없게 느껴졌다. 스카프 장사꾼 옆에 남방계 젊은이가 에그아트 제품을 팔고 있었다.

"공예품 사세요. 예뻐요. 아가씨, 이거 하나 사세요. 고향에서 만들었어요."

올망졸망한 계란 위에 울긋불긋한 그림이 채색되어 있었다. 금칠을 한 것도 있었고 반짝이를 붙여 멋을 낸 알도 있었다. 커다란 타조알 안에는 미니 탁자와 의자가 들어있었다. 심지어 탁자 한쪽에 침대까지 구비하고 있었다. 한 면을 개방하여 안을 들여다볼 수 있게 만든 타조알 집이었다.

19평짜리 우리 집을 구현해놓은 것 같았다. 코딱지만한 우리 집. 아버지의 병처럼 공고하던 가난, 가난처럼 누추하던 아버지의 병. 아무도 주시하지 않음에도 나 혼자 가난에 대해 심각해지고 부끄러워하고 했었지. 다 퍼먹고 얼마 안 남은 쌀독 속의 곡식처럼 간당간당 남은 생을 아껴서 소비하던 아버지. 당장 달려가 아버지의 목을 졸라버릴 것 같은 두려움에 집에 빨리 들어 갈 수 없던 날들.

한 번도 아름답다고 생각해보지 않은 것들에 마음을 주며 거리를 배회했다. 키 큰 버즘나무의 당당함과 캄캄한 하늘의 광활함에 매료되어 걷고 또 걸었다. 거리에 내걸린 알록달록한 간판들의 서로에 대한 시기와 질투, 과시가 부러웠다. 술 취한 아저씨의 고성, 그들이 어깨에 짊어진 생의 비애에 공감하느라 집에 갈 수 없었다.

수아네에 비하면 크기도 잽이 안 되고 가전제품이며 가구가 볼품없는 집이었다. 그러나 그 좁은 집에는 지나치게 뭔가가 많았다. 가래 끓는 소리와 기침 소리, 약초 달이는 냄새. 아버지라는 존재 하나에 이렇게 많은 옵션이 따라붙어도 되는 건지. 그런데 지금 우리 집은 문제의 아버지가 사라지고 없다. 아버지가 사라진 집은, 가래 끓는 소리와 기침 소리와 약초 냄새가 사라진 집은 그래서 좀 나아졌나.

아버지가 돌아가셨음에도 엄마는 노래방 도우미를 그만두지 않았다. 늙은 남자 품에 안겨 댄서의 순정을 부르는 어머니라니. 이제 집에는 골치 아픈 아버지도, 가래 끓는 소리도, 기침 소리도, 약초 냄새도 없는데 나는 집이 싫다. 아버지가 없는 집이 싫다.

밥집을 찾아 헤맸지만 불 밝힌 집은 전부 술집이었다. 배고파……. 두고 온 낙지다리가 눈앞에 가물거렸다. 낙지다리가 아니라 책상다리라도 씹어 먹을 수 있을 것 같았다. 그때, 내 시야에 포착된 환한 간판 하나! 24시 해장국.

맙소사 해장국이라니. 해물탕이라면 몰라도 해장국은 좀 그렇지 않은가. 부글부글 끓는 뚝배기를 앞에 두고 땀을 뻘뻘 흘리며 뼈다귀를 뜯기에 20대의 새벽은 너무 찬연하지 않은가. 그러나 어쩌겠는가. 해물탕이건 해장국이건 육체의 허기를 달래야 했다.

출입문을 열었다. 소리도 낭랑하게 방울이 울렸다. 몇몇이 드문드문 자리를 차지하고 앉아 묵묵히 국밥을 뜨고 있었다. 밤일을 끝내고 쓰린 위장을 위무하기 위해 찾아든 인생들.

쓰러지듯 벽에 기대앉았다. 주문을 막 마친 뒤였다. 방울소리가 들리더니 누군가 뛰어 들어왔다. 세상에, 윤정 언니였다.

"아, 추워! 내 밥 어딨어?"

다짜고짜 내 앞에 앉더니 수저를 꺼내 들었다. 언니의 목에 알록달록한 스카프가 감겨 있었다. 내 것이랑 색깔과 질감이 비슷했다.

"언니, 뭐야, 어떻게 된 거야?"

"내가 너무 늦게 왔나? 남자 하나 떠나보내는 것이 왜 이리 힘드냐. 수아는 집에 갔냐?"

"언니, 여기는 해물탕집이 아니라 해장국집이야. 하지만 제대로 찾아왔어."

어느새 해장국이 도착했다. 끓어오르는 국물 위로, 살점이 덕지덕지 붙은 뼈다귀와 시래기가 섬처럼 떠 있었다. 윤정 언니가 해장국을 살짝 떠서 입에 넣었다. 아 뜨거! 그때였다. 다시 맑은 방울소리가 들리더니 현관문이 열리고 누군가 들어섰다.

놀랍게도 수아였다.

"어, 두 사람 여기서 뭐해?"

"넌 또 뭐냐?"

수아는 엉덩이를 바닥에 내려놓기도 전에 내 몫의 해장국부터 퍼먹기 시작했다. 먹다먹다 뼈까지 발라 먹었다. 나는 탁자에 부착된 벨을 눌렀다. 여기 해장국 하나 추가요!

"하나 더요!"

방울이 울리고 낯익은 얼굴이 들어섰다. 믿을 수 없었다. 눌린 콧대였다. 그도 놀라는 찰나, 다시 방울이 울렸다. 이건 뭐, 부리부리였다.

"여기서 다 만나네! 수아 씨, 왜 나만 내버려 두고 달아났어요?"

부리부리가 따지듯 물었다. 그 바람에 수아의 얼굴이 빨개졌다.

"오해하지 마. 아무 짓도 안 했어!"

수아가 수저를 입에 물고 고개를 저었다.

잠시 후, 방울이 울더니 남루한 외투에 쫄바지를 입은 여자가 들어섰다. 헝클어진 머리, 얼룩진 화장, 피곤에 지친 눈매. 아, 그토록 낯익은 모습이라니.

"엄마!"

엄마는 많이 취한 것 같았다. 신을 벗는데 온몸이 휘청했다. 앵클부츠가 사람 하나를 흔들고 있는 것 같았다. 인간은 잘났다고 뻐겨봤자 종내는 화장터로 직행하고, 동네사람은 밤새 거리를 배회해봤자 결국은 동네 해장국집으로 모여든다.

엄마는 내가 딸이라는 것도 간신히 알아낸 것 같았다.

"너 아직도 안 들어갔니? 아빠 혼자 남겨두고, 그럼 안 되지."

얼마나 마셨으면 아빠가 돌아가셨다는 사실도 까먹었을까.

"엄마, 창피하게 왜 이래?"

"창피하기는 뭐가 창피하다고 그래? 이 엄마가 노래방 다니며 벌어다 준 돈으로 네 아버지 약값 하고 네 학비 댄 게 창피하냐?"

순간 홀에 있던 사람들의 눈길이 우리에게 쏠렸다.

"정말 왜 그래, 자리에 좀 앉아!"

"너 똑똑히 알아 둬, 너는 이 엄마가 목이 터지게 노래 부른 돈으로 학교 다니는 거야!"

"아, 그만 좀 해, 시발!"

나도 모르게 욕설이 나왔다. 갑자기 엄마가 후다닥 밖으로 뛰쳐나갔다. 신발도 신지 않은 채였다. 왜 그래, 엄마! 엄마는 화장실까지 가지도 못하고 복도에 토사물을 쏟아놓았다. 냄새며 비주얼이 끔찍했지만 홀에다 안 한 것만도 다행이었다.

나는 화장실에서 휴지를 왕창 가져다가 토사물을 쓸어 모았다.

먹은 것도 별로 없는지 그것은 액체에 가까웠다. 엄마는 쪼그리고 앉아 계속 헛구역질을 해댔다. 슬리퍼를 가져다 신긴 후 엄마를 화장실로 데려갔다. 마저 토하게 한 뒤 입안을 헹구도록 했다. 도대체 술을 얼마나 먹은 거야?

엄마를 부축해서 안으로 데려왔다. 다들 한 테이블에 앉아 있었다. 우리를 보고 잠깐 수군거렸지만 다시금 자기들 문제로 돌아갔다. 수아와 부리부리는 어디서 누가 도망치고 어디다 누굴 버려둔 건지, 서로에게 책임을 전가하느라 바빴다. 눌린 콧대는 윤정 언니에게 완전히 꽂혀 갖고 새로이 작업개시 중이었다. 짐짓 윤정 언니를 나무라기까지 했다. 너 이런 데서 이러고 있음 안 된다. 윤정 언니가 스카프를 끄르며 왜냐고 물었다.

"왜냐구? 몰라서 물어? 너는 너무 어려."

윤정 언니가 푹 웃었다. 그 바람에 밥알이 사방으로 튀었다.

나는 구석 자리에 엄마를 앉힌 뒤 해장국을 시켰다. 엄마는 허물어지듯 벽에 기댔다. 나는 엄마의 팔과 다리를 주물렀다. 엄마의 몸은 마네킹처럼 딱딱했고 손은 얼음장처럼 찼다. 얼굴은 핏기 없이 굳어 있었다. 월남에서 간신히 살아 돌아온 김 상사 같았다. 엄마의 초점 없는 눈이 나를 향했다.

"너 여기서 뭐하니?"

"뭐하긴, 밥 먹으러 왔지. 엄마, 빨리 먹고 집에 가자."

"집?"

"그래, 집에 가자!"

"그래, 집에 가자!"

엄마는 말을 배우는 아이처럼 내 말을 따라했다. 엄마 몫의 해장국이 도착했고 나는 수저 두 개를 꺼냈다. 부글부글 끓는 해장국을 떠서 한 입에 넣었다. 뜨끈한 기운이 발끝까지 빠르게 전달되었다. 짜릿하고 아찔했다. 모르는 남자와의 정사에서 느낄 법한 생경한 오르가즘의 맛이랄까. 아, 좋다! 시계가 새벽 네 시를 가리키고 있었다.

그린 플라스틱

그녀는 가볍게 뒷동산으로 나들이 갈 생각이 아닌 것 같았다. 히말라야에 간다고 해도 그렇지, 차도 없는 사람이 무슨 생각으로 그 많은 걸 한꺼번에 골랐을까 싶었다. 등산화와 배낭은 기본이라고 치고 방수점퍼, 트레킹 바지, 등산양말, 장갑, 수통, 고글, 로프, 곡괭이, 헤드랜턴, 워킹스틱에 이르기까지 쇼핑카트가 주저앉을 정도로 등산장비를 잔뜩 실어 놓은 데는 두 손을 들지 않을 수 없었다.

집까지 데려다주겠다는 나의 제안을 흔쾌히 받아들인 것을 보면 그녀 역시 자신의 짐이 버거웠던 게 틀림없다. 나는 그녀가 곰등판처럼 생긴 커다란 배낭에 장비 일체를 쓸어 넣는 것을 도와주었다.

"15년 만의 해후치고는 좀 괴상하네."

"그러게. 너를 여기에서 마주칠 줄 몰랐어."

없는 게 없는 데다 가격이 저렴하기로 유명한 창고형 마트는 나

같은 인근 주민은 물론 멀리서도 찾는 사람이 많았다. 등산이 유행이라더니 그녀도 이제 건강을 챙길 나이가 된 걸까. 예까지 원정쇼핑을 온 것을 보면 작심하고 나선 게 분명했다.

하지만 그녀에게 등산이 과연 필요한지는 의문이었다. 안색이 파리하기는 해도 군살 하나 없이 날렵한 몸매는 스무 살 적 모습 그대로였다. 절대 상처받지 않을 것처럼 도도한 표정까지 그녀는 하나도 변한 게 없었다. 세월을 요리조리 피하는 알파인 경기라도 하며 살아온 사람 같았다.

심지어 15년 전 그 집에 아직까지 살고 있었다. 붉은 기와를 촘촘히 얹은 이층집은 부촌으로 분류된 일대에서도 확실히 돋보였다. 주변에 대형건축물들이 들어서면서 상대적으로 크기가 축소된 감이 없지 않았지만 굳건하게 건물을 받치고 있는 석조 축대와 두 짝으로 된 거대한 철문은 나 같은 궁핍한 독신남을 기죽이기에 충분했다. 여태 결혼을 하지 않은 걸까. 설마 결혼해서 남편과 친정에 사는 것은 아니겠지.

그녀가 내 속을 들여다보기라도 한 듯 선수를 쳤다.

"나 이혼했어."

이혼? 내가 들은 그녀에 관한 마지막 소식은 이름 있는 문학상을 수상했다는 것이었다. 그게 불과 5년 전이었다. 느닷없는 선언 때문에 그녀가 결혼이라는 절차 없이 이혼부터 한 것처럼 들렸다. 순서대로라면 결혼했다는 이야기를 먼저 듣고 이혼 이야기를 들었어야 했다. 그녀의 복잡했을 속사정을 헤아리느라 잠시 멍한 상태에 빠졌던 나는 가까스로 안부를 물을 수 있었다.

"소설은 열심히 쓰지?"

"최근에 장편 하나를 탈고했는데 영화사와 판권계약이 됐어."

"야, 잘됐다!"

영화사와의 계약은 둘째 치고 그녀가 소설을 중단하지 않았다는 사실에 적이 안심이 되었다. 한동안 활동을 안 하는 것 같았기 때문이다. 그러나 그 순간 그녀가 꺼낸 말은 상당히 뜬금없었다.

"혹시 대필 자리 알아봐줄 수 있어?"

검붉은 사과가 신주쟁반의 붉은색과 어우러지면서 19세기 고전주의풍 정물화를 연상시켰다. 둥근 외피에 매끈한 윤기를 장식품처럼 휘감고 있는 사과는, 지구의 중력과 싸워 이겨야 하는 전투기조종사의 신체처럼 완전무결을 지향했다. 상부에 삐딱하니 놓여 있는 단 하나의 벌레 먹은 사과를 제외하고 말이다.

연필심으로 콕 찌른 것처럼 작고 검은 구멍은 모세관의 법칙을 재현하기라도 하듯 사람의 시선을 내부 깊숙이 빨아들였다. 구멍 속에는 벌레가 살고 있을 것이다. 느릿느릿 주둥이를 움직여 자기 잠자리를 갉으며 살아갈 벌레. 잠과 식사와 성장이 구별되지 않는 지점에 콕 박혀 있을 벌레를 생각하니 인간의 삶이란 게 쓸데없이 분주하게 느껴졌다.

그런데 이 자는 왜 자기 방에 과일을 놓아둔 걸까. 보통의 사장실 같으면 꽃이 있어야 할 자리였다.

"흠, 그게 궁금한가요? 단순해요. 꽃은 버려지니까요."

사내의 목소리가 유난히 탁했다. 찰진 가래가 기도를 꽉 막고 있는 느낌. 어두운 피부 톤, 투박한 이목구비와 어울리는 음성이기는 했다.

“시들면 버려야 하잖아요. 버리면 환경이 오염되지요. 나는 환경을 오염시키는 꽃보다, 아름다우면서도 맛있는 사과가 좋아요.”

사장 엄대승은 신주쟁반에 담긴 여남 개의 사과 중에서 하나를 집어 덥석 베어 물었다. 다행히 벌레 먹은 사과를 피하기는 했다. 만약 그가 벌레 먹은 사과를 집어 들었다면, 그리고 그 사실을 알았다면 어떻게 했을까. 눈 딱 감고 씹었을까. 벌레를 씹으면서도 아름답고 맛있는 사과라고 우길 수 있었을까. 아니면 미련 없이 사과를 내버렸을까. 그렇다면 환경은?

탁한 목소리와 달리 엄대승은 아사삭, 사과를 베어 무는 소리만큼은 경쾌하게 냈다. 당장 치약광고 음향효과로 써먹어도 괜찮을 것 같았다. 대필작가 자격으로 따라온 그녀는 무표정한 표정으로 의뢰인을 바라볼 뿐 일언반구 아무런 말도 없었다. 눈치 있는 작가라면 그쯤에서 맞장구를 치면서 대화를 확장시키는 게 순서였다.

“아, 그래서 사장님은 그린 플라스틱에 무한한 자부심을 갖고 계신 거군요.”

작가가 가만히 있으니 나라도 나설밖에. 그의 철두철미한 환경 사랑에 탄복했다는 표정으로 나는 ‘사장님, 나이스!’에 맞먹는 감탄사를 터트렸다.

엄대승은 사과껍질은 물론 씨앗, 꼭지까지 남김없이 먹어치웠다. 대단한 정신이기는 했지만 그의 무지막지한 식성이 나로선 좀 징그러웠다. 입가에 묻은 침인지 과즙인지를 혀로 핥으며 엄대승이 고개를 끄덕였다.

"그렇죠!"

엄대승은 전형적인 자수성가형 인물로서 친환경 플라스틱제품을 생산하는 '주식회사 에코-애드리브'의 오너였다. 업계 1위를 고수하는 만큼 제품에 대한 자부심이 하늘을 찌를 듯했다. 그동안 친환경 생분해성 소재라고 하면 옥수수 녹말의 발효젖산으로 중합한 PLA(Poly Lactic Acid)가 전부였다. 주식회사 에코-애드리브는 스무 가지쯤 되는 친환경 재료를 첨가하여 기존 제품보다 견고하고 색상이 다양한 제품을 탄생시켰는데 이게 히트를 쳤다고 한다.

생분해성 소재라고 해도 사용법은 특별할 게 없었다. 끓는 물에 장시간 삶지만 않는다면 일반 플라스틱 쓰듯이 하면 된다. 젖은 음식, 뜨거운 음식을 담는 정도로는 변형되지 않는 것이다. 실컷 사용한 뒤에는 소각처리가 가능한데 어떤 오염물질도 발생시키지 않고 물과 이산화탄소로 분해되어 깨끗이 사라진다고 했다.

"정말 깨끗하게 사라지나요?"

갑자기 일에 대한 의욕이 솟구친 걸까. 그녀가 상체를 앞으로 기울이며 대화에 끼어들었다. 그녀의 눈은 반짝반짝 빛났고 코는 조용히 벌렁거렸으며 입은 살짝 벌어져 있었다.

"그럼요, 완전히 깨끗하게 사라져요. 한 번도 존재하지 않았던 것처럼."

엄대승의 대답에 그녀가 그윽한 눈빛으로 읊조렸다. 서프라이즈!

"왜 대필을 하려고 해?"

현역작가인 그녀가 대필을 자청하는 게 이해가 되지 않았다. 이혼을 겪으면서 경제적인 곤란에 처했다고 해도 여전히 큰 집에 살고 있지 않은가. 대필은 뒷동산에 오르듯 간단하게 시작할 일이 아니었다. 많은 대필작가들이 영혼을 팔고 있다는 자의식 때문에 자괴감, 회의, 가책 등과 싸운다. 심한 경우 자신이 유령이 되어가고 있다는 착각에 빠지기도 한다. 죄의식에서 헤어나기 위해 술, 담배는 물론이요 마약에 손대는 일도 흔하다. 대필은 논술과외와 함께 글쟁이들의 기피직종 수위를 다투고 있었다.

"영화사에서 잔금 나올 때까지 쓸 돈이 필요해서. 여행도 가고 싶고."

여행이라, 그래서 등산장비도 잔뜩 구입한 것이로군.

"어디로 갈 건데?"

그녀는 바누아트에 있는 어떤 섬 이야기를 했다. 그 섬에는 '야수르'라고 하는 활화산이 있어 아직도 용광로 같은 불꽃을 지글지글 내뿜는다고 했다. 거기 꼭 가보고 싶다는 것이다.

그날 차라도 한잔 하고 가라는 그녀를 마다하고 차를 돌린 것은 뜨거운 모래가 날아들 듯 심정을 긁어대던 씁쓸함 때문이었다. 그녀는 내가 자비전문출판사를 한다는 사실을 벌써 알고 있었다. 다들 어떻게든 만나고 연락하고 지내는 모양이군.

나로 말하면 그녀를 포함하여 동창들의 소식에 깜깜이었다. 나만 고립무원의 상태에 놓여 있다는 자각이 그런 대로 평온을 유지하던 속내를 들쑤셔댔다.

내가 동창회에 발을 들이밀지 못하는 건 못난 자의식 탓이었다. 누구는 책을 쓰네, 영화사와 계약을 하네, 섬나라로 여행을 가네 분주한데 나만 아직도 이 모양, 돈 받고 남의 책이나 만들어주는 신세라니. 그뿐인가. 누구는 결혼한 것도 모자라 이혼까지 하는데 나만 변변하게 연애 한번 못해보고 나이 사십을 맞게 된 것이다. 내 처지가 한심해도 너무 한심했다.

생각해 보면 그녀는 처음부터 잘 나가는 아이였다. 재학 중에 문예지로 등단을 할 만큼 글솜씨는 공인을 받아온 터였고 기발한 아이디어와 무릎을 치게 하는 결말은 그녀에게 '반전의 여왕'이라는 별명을 선사했다. 그런 그녀가 더 이상 배울 것이 없다며 학교를 중퇴하고 전업작가의 길로 나선 것은 어찌 보면 당연한 일이기도 했다.

훌쩍 배낭만 전달한 채 귀가를 서둘렀던 나는 아파트 주차장에 이르러서야 그녀의 집이 어둠 속에 괴괴하게 묻혀 있었다는 사실을 상기해냈다. 그때까지 불을 켜지 않았다면 집에 아무도 없는 게 분명했다. 아무도 없다면 차 한잔쯤 얻어먹어도 되는 게 아니었을까. 우의를 다질 절호의 기회였던 것이다. 그렇게 지내다 보면 관계의 또 다른 국면이 열리지 말란 법도 없지 않은가. 그녀는 여전히 젊고 아름다우며 이혼까지 했으니 말이다. 무엇보다 그녀와의 사이에는 풀고 넘어가지 않으면 안 될 숙제가 하나 있었다.

아주 오래 전 일이다. 15년도 더 된 일. 그날도 그녀의 집은 어둠 속에 깊이 잠겨 있었다. 불 꺼진 대저택은 말 못할 비밀을 감추고 있는 고성처럼 음산했다. 부모가 먼 곳으로 여행을 떠났다고 했다. 한판 벌이자! 호기롭게 외쳤던 문창과 주당들은 지징, 소리를 내며 열리는 거대한 철문 앞에서 미리 기가 죽어버렸다.

산속 별장으로 엠티를 온 기분이었다. 특히 2층으로 오르는 목

조계단. 밟으면 나무판자 삐걱거리는 소리가 기분 좋게 들리던 계단을 어린애처럼 오르내리는 녀석까지 있었다. 밤새워 마실 것 같더니 어느 샌가 하나 둘 골아 떨어졌다. 나 역시 마룻바닥엔가 누워 잠을 청했다. 정신이 든 것은 누군가 세차게 몸을 흔들어서였다. 눈앞에 그녀가 있었다. 기이하게 일그러진 얼굴이었다. 공포에 잔뜩 짓눌린 모습이랄까.

"나 좀 도와줘."

"왜 그래, 무슨 일 있어?"

"나, 약을 먹었어."

"약이라고?"

정신이 번쩍 든 나는 막 고꾸라지려는 그녀를 부축해서 욕실에 데려갔다. 조심조심 타일바닥에 주저앉힌 후 주방세제를 찾아 물에 풀었다. 자다 말고 이게 무슨 일이람, 구시렁대는 일을 빼먹지 않고서 말이다. 그러니까 세상에는 뻔한 말들이 존재하는데 약을 먹었다는 소리로 잠을 깨우는 아이에게 그런 말은 준비된 듯 튀어나오는 것이다. 나는 그녀의 입가에 컵을 대주었다.

"이거 마셔, 응급처치에 관한 책을 봤는데 이렇게 하면 구토를 할 수 있대."

그녀는 거품이 이는 액체를 몇 모금 들이켜더니 우웩, 하고 구역질을 했다. 우유 단백질처럼 성글게 엉긴 토사물이 그녀의 옷 위로 쏟아졌다. 노란 위액이 나올 때까지 구토를 계속한 그녀는 젖은 종잇장처럼 축 늘어졌다. 나는 더러워진 그녀의 바지와 티셔츠를 벗겨나갔다. 쉽지는 않았지만 그다지 기분 나쁜 일도 아니었다.

그녀의 방은 2층에 있었다. 아래서 볼 때와 달리 지독히도 가파르고 높은 계단이었다. 안전을 위해 등산장비를 갖추고 올라야 하는 건 아닐까 싶었다. 그녀가 몸을 가누지 못한 탓도 있었지만 집이 워낙 크기도 했다. 침대에 쓰러지는 순간까지 그녀는 내 셔츠 자락을 야무지게 잡고 있었다. 로프를 놓으면 곧 벼랑 아래로 추락할 등반대원처럼 내게 매달리는 그녀를 떨치지 못해 곁에 따라 누웠다.

보온을 위해 이불을 덮어주면서 그녀를 꼭 끌어안았다. 그녀는 매우 떨고 있었는데 나중에 보니 떠는 것은 바로 나였다. 그녀의 맨살이 내 몸에 닿으면서 아플 정도로 페니스가 팽팽하게 발기되었던 것이다. 극한 상황에 처한 그녀를 두고 이래도 되는 건가 싶었지만, 발기는 내 맘대로 조절할 수 있는 것이 아니었다. 엎친 데 덮친 격으로 창을 타고 들어오는 알 수 없는 빛살은 슬프고도 끔찍한 그 순간을 온통 환상의 나라로 뒤바꾸어놓았다.

적지 않은 나이임에도 여자로서의 빛이 전혀 꺼지지 않은 그녀를 대할 때마다 견딜 수 없이 곤혹스러웠다. 가질 수 없는 보석을 누군가로부터 맡아 둔 기분이었다. 그녀의 향기에 취해있노라면 강력한 마약주사를 맞는 듯 전신이 나른해지곤 했다. 발이 땅에서 10센티미터 정도 떠 있는 기분이랄까. 그것은 두려우면서도 기분 좋은 일이었다. 엄대승에게서 대필 의뢰가 들어왔을 때 주저 없이 그녀에게 일을 맡긴 것도 그때문일 것이다.

첫 미팅도 무사히 마치고 본격적인 인터뷰가 시작되는 날이었다. 스케줄 보드를 보니 약속시간이 오전 9시로 잡혀 있었다. 인터

뷰 녹취를 따고, 녹취록을 바탕으로 목차를 뽑고, 세부적으로 살을 입히는 일은 전적으로 대필작가의 몫이었다.

휴대폰 벨이 울린 것은 편의점에서 사온 삼각김밥을 입에 넣을 때였다. 시계를 보니, 8시 50분. 벌써 도착한 건가. 그러나 그녀의 목소리는 다급했다.

"길을 잃었어."

이건 또 무슨 익은 밥에서 싹 나오는 소리란 말인가. 길을 잃었을 뿐만 아니라 그녀는 특유의 침착성까지 잃고 있었다.

"에코-애드리브를 도저히 못 찾겠어."

"못 찾다니, 같이 갔었잖아."

"맞아. 그런데 사방이 안개 투성이여서 아무 것도 안 보여. 아무리 열심히 찾아다녀도 자꾸 전에 다니던 회사만 나타나는 거야."

그러고 보니 전에 다니던 회사가 거기 어디 있다고 그랬지. 이혼 직전까지 일 년가량 다녔다는 식품회사 이야기를 들은 적이 있었다. 그녀는 업무지원팀에 소속되어 홍보물을 제작하거나 대리점에 판촉물을 배포하는 일을 했다고. 한 달치 일을 해내면 어김없이 월급이 나오고, 월급이 나오면 전기세를 내고 쌀을 사는 반복 속에서 그녀는 오랜 집필생활로 뭉쳐진 어깨근육을 이완시킬 수 있었다. 거래처 사람이 그녀를 알아보기 전까지만 해도 직장생활은 순조롭게 유지되었다.

"정말 작가님 아니세요?"

아니라고 했지만 그는 포기하지 않았다. 틀림없어요, 작가와의 만남 행사 때 봤어요. 책에다 사인까지 받았는걸요. 사무실 안이

술렁였다. 미스 김이 소설가였어? 어쩨 어디서 많이 본 것 같더라니. 이제 소설 안 쓰는 거야? 그녀 앞에서 대놓고 혀를 차는 사람도 있었다. 쯧쯧, 소설가라는 사람이 어쩌다.

당황에 겨운, 그녀의 모습이 눈에 선했다. 어디로 가야 할지 정말 모르겠어. 목소리에 물기가 흥건했다. 지하철 4번 출구에서 나와서 골목 하나를 지나치라구. 알아듣게 경로를 일러준 후 김밥의 한쪽 각을 크게 베어 먹었다. 다시 전화가 걸려온 것은 새로운 삼각김밥을 개봉했을 때였다. 시계를 보니 9시가 넘어 있었다. 설마 아직도 못 찾은 건 아니겠지?

"도저히 못 찾겠어. 자꾸 전에 다니던 회사만 나와."

나는 솟구치는 짜증을 가라앉히며 자세한 설명에 들어갔다.

"첫 번째 골목을 지나쳐 두 번째 골목으로 들어서야 해. 50미터쯤 걸어가면 1층에 커피전문점이 있어. 거기 2층이야. 아, 그 옆에 갈비집이 있던가 그랬던 거 같아……."

"아, 알겠어. 해볼게."

자신 없는 목소리가 가만가만 귓속으로 떨어졌다. 얘가 왜 이러는 걸까. 머릿속에 방향감각을 갉아먹는 벌레라도 사는 걸까. 다행히 길을 찾았는지 다시 전화가 걸려오지는 않았다.

부산의 다세대주택에서 한 남자의 시신이 발견되었다. 시신이라고 하기에도 뭐한 것이 발견 당시 살점이 하나도 붙어 있지 않은 백골 상태였다. 남자의 방에 걸려있던 달력은 2010년 11월에 머물러 있었다. 7년이라는 세월 동안 아무도 찾는 이 없이, 존재 자체를 철저하게 외면당하는 일이 가능할까. 그나마 백골 상태로 발견되는 것은 인간으로서의 위엄을 지킬 수 있기 때문에 낫다. 사망한 지 열흘 혹은 한 달이 지나 발견되는 경우가 있다. 이런 사체는 차마 눈을 뜨고 볼 수 없을 정도로 훼손되어 있어 그들이 남긴 체액, 고름, 피, 부패한 살점 그리고 그에 동반되는 악취와 혐오스런 비주얼은 고인을 향한 애도의 감정마저 앗아가기 마련이다.

TV를 껐다. 종알종알 뉴스를 내보내던 아나운서의 얼굴이 사라지자 무서울 만큼의 정적이 밀려들었다. 어두운 창에 한 인간의 모습이 비쳤다. 목을 길게 빼고 구부정하게 앉아 있는 것이 팍삭 늙어버린 노인 같았다.

그 너머로 찬연하게 펼쳐지는 불빛들. 아파트 사람들은 이상하게 자정이 넘어서까지 불을 켜놓고 있기를 좋아한다. 저 많은 불빛들은 서로에게 관심을 끊은 채 홀로 TV를 보고, 인터넷게임을 하고, 야식을 먹는다.

독신자아파트라는 게 그렇다. 발에 차이는 게 고독사다. 남의 일이 아니다. 가족과 왕래가 없거나 이웃과 교류하지 않는 독신자들은 언제라도 당할 수 있는 일이다. 근래 들어 심장이 자주 저렸다. 불현듯 현기증이 찾아오기도 했다. 조금만 움직여도 숨이 가빴다. 이러다 아침에 깨어나지 못하는 건 아닐까. 이대로 죽음을 맞는다면 7년이 아니라 700년이 흘러도 발견될 자신이 없었다.

"영화사에서는 소식 없어?"

그녀와 나눌 수 있는 대화라는 게 뻔했다. 일은 잘 돼가느냐, 힘이 들지는 않느냐 끝에는 꼭 영화 이야기가 나왔다. 그녀의 대답은 한결같았다. 늦어도 이번 달에는 들어간다, 곧 크랭크인 할 거다, 잔금을 보내겠다고 했으니 연락이 올 것이다.

"돈이 급하면 내가 빌려줄까?"

그것은 실수였다. 오죽 급하면 현직 소설가가 대필을 할까 하는 마음에 성급하게 저지른 실수. 그녀가 정색을 하고 되물었다.

"왜? 나랑 하고 싶어?"

뜬금없는 공격이었다. 그게 무슨 소리야?

"생각 안 나?"

"……응?"

"학교에 갔더니 소문이 쫙 퍼졌더라구. 내가 남자애들을 집으로 끌어들여 그 짓을 밥 먹듯 한다면서? 너 아니면 누가 그런 말을 퍼뜨렸겠니?"

불시에 주먹세례를 받았을 때처럼 호흡이 턱 막혔다.

"누가 그런 소문을……. 나는 아니야. 나 그런 적 없어, 절대 아니야!"

어찌나 억울한지 심장이 저리고 현기증이 일었다. 저자 타이틀을 탐내는 속물들에게 돈 받고 책 만들어주는 처지이기는 하지만 그런 소문을 퍼뜨릴 만큼 무뇌아인 적은 한 번도 없었다.

"물론 이야기를 보탠 사람은 따로 있겠지. 하지만 네가 우리 사이에 있었던 일을 떠벌리고 다닌 것은 분명해. 다 죽어가는 사람에게 그 짓을 해놓고 그걸 자랑이라고 동네방네 소문내고 싶었니? 너 덕분에 휴학계 내고 소설에 집중하게 되었으니, 오히려 고맙다고 해야 하나, 아니면 소설 때문에 인생이 이렇게 꼬였으니 모든 게 네 책임이라고 원망해야 하나."

"믿어 줘. 나 정말 아니야. 그런 소문 내지도 않았을 뿐더러 그런 소문 들은 일조차 없어."

소문을 들은 적은 없었지만 그녀가 휴학할 수밖에 없었던 진짜 이유는 그제야 듣게 되었다. 글을 쓰기 위해 휴학한 게 아니라 휴학했기 때문에 할 수 없이 글을 쓰게 된 것이다.

"용서할게. 누구나 실수는 하는 거니까. 누구나."

그녀는 너그럽게 고개를 끄덕였지만 그것으로 끝날 문제가 아니었다. 나로 말하면 용서받기는커녕 오히려 위로를 받아야 할 입장이었다. 뜻하지 않았던 사건 때문에 내가 얼마나 큰 혼란에 빠졌는지 그녀는 모르고 있었다. 당시 아무 일도 없던 것처럼 일상에 복귀한 그녀와 달리 나는 혼자 가슴앓이를 해야 했다. 단 한 번의 뜻하지 않은 사랑. 그로 인해 나는 진짜 사랑에 빠졌다. 그녀만 보면 가슴이 저리고 현기증이 이는 증상 그게 사랑이 아니라면 어떤 게 사랑이라는 말인가. 어쩌면 내 오랜 지병은 그때 시작되었는지도 모르겠다.

심신이 긴장 국면에 들어간 나와 달리 그녀는 지나치게 담담했다. 약 먹고 죽겠다고 설치던 모습은 온데간데없었다. 나와는 눈도 맞추려 하지 않았다. 내가 입대를 결정한 것은 그렇게라도 하지 않으면 어떤 일을 벌일지 몰라서였다. 내 속에는 나 자신과 그녀를 동시에 파괴할 수 있는 거친 욕망이 부글거리며 끓고 있었다.

너는 휴학하고 전업작가로 화려하게 데뷔했지만 나는 군대에서 삽질을 해야 했다고. 인생이 꼬인 것은 네가 아니라 오히려 나라고. 애정전선에 마가 끼었는지 이날 이때까지 변변하게 연애 한 번 해보지 못했다고.

억울한 마음과 달리 나는 시시비비 가리는 일을 포기해야 했다.

그녀의 팔뚝에 드러난 무수한 구멍을 발견했기 때문이었다. 검푸르게 변한 구멍과, 핏기를 유지하고 있는 구멍이 혼재된 그녀의 팔뚝은 흰개미떼에게 침식당한 고목처럼 보였다.

"이거 뭐야?"

그녀가 카디건 소매를 내리며 짐짓 밝은 체를 했다.

"뭐가?"

"이거 주사자국 아냐? 야, 너 설마……."

"나 집에 갈래."

그녀가 일어서면서, 앉았던 간이의자가 요란한 소리와 함께 뒤집어졌다. 의자를 바로 세울 생각도 하지 못한 채, 그녀가 사라진 출입문에 시선을 고정했다.

'네가 왜? 너는 아직 대필작가로서 관록도 붙지 않았잖아. 이 생활 겨우 한 달, 유령이 되었다는 자각 따위 느낄 계제가 아니잖아. 약과 주사는 좀 더 시간이 흐른 뒤에, 더 망가진 뒤에 해도 늦지 않잖아. 물론 그때까지 하면 안 되는 일이 대필이기는 하지만.'

품질에 대한 욕심 따윈 버린 지 이미 오래, 중요한 것은 출고다. 작품이 완결되었음에도 온갖 정치 · 경제 · 사회적인 이유, 의뢰인의 변덕 등으로 20퍼센트 가량이 출고단계에서 엎어진다. 책이 나오지 않으면 출판사, 대필작가 모두 잔금을 챙길 수 없다는 데 자비출판의 맹점이 있었다.

다행히 엄대승 건은 차질 없이 굴러가는 중이었다. 원고도 마무리 단계에 있고 잔금을 회수할 날만 남겨두고 있었다. 표지디자인을 피드백 받기 위해 에코-애드리브에 들어가는 길이었다. 사람 하나 드나들 만큼의 공간을 유지한 채 우리는 나란히 걸음을 옮겼다. 걸음걸이에 맞춰 그녀의 하이힐 소리가 또각또각 보도에 울렸다.

"가끔 그때가 그리워."

"응?"

"남들처럼 살던 때가 있었어. 학교에 다니면서 친구들과 어울려 웃고 떠들고 술 마시고, 회사에 다니면서 꼬박꼬박 월급 받고 그 돈으로 전기세 내고 쌀 사고. 하지만 그때마다 이상하게 모든 것을 내려놓지 않으면 안 될 상황에 처하는 거야. 달리 내가 뭘 할 수 있었겠니? 이런걸 운명이라고 해야 하나. 소설 쓸 팔자가 있기는 있나 봐."

남들처럼 사는 게 그녀의 소원은 아니었을 거다. 최소한 남들보다 한 뼘은 앞서야 한다는 소망으로 뒤도 안 돌아보고 달렸겠지. 하지만 어느 지점에 도착해 사방을 둘러보니 남들을 앞지르는 건 고사하고 남들만큼도 못 달리는 자신을 발견하는 거지. 그래서 그때부터는 남들을 앞지른다는 욕심은 접고 남들만큼이라도 살려고 무진 노력을 하게 되지. 이 정도면 남들과 비슷하겠지 생각하고 고개를 들어 보면 여전히 꼬리야. 그때부터는 그냥 이 자리가 내 자린가 보다 하고 사는 거지.

사무실 풍경은 전과 다름없었다. 사과도 같은 방식으로 놓여 있었다. 19세기 고전주의풍 정물화를 연상시키는 붉은색 신주쟁반 역시 그대로였다. 심지어 연필심으로 콕 찌른 것처럼 작고 검은 구멍을 가진 사과까지 그 자리에 그대로 있었다. 그날따라 엄대승의 촉각이 지나치게 곤두선 것은 음울한 날씨 탓이었는지도 모른다.

"놈들에게 당하고 있을 수만은 없다고, 작가선생, 이대로는 안 돼요! 놈들의 횡포를 만천하에 공개해야 한다고, 세상이 알아야 해! 책의 방향을 바꾸겠어. 그 쓰레기들이 얼마나 악독한 놈들인지 책에다 낱낱이 밝히는 거야."

그가 말하는 쓰레기란 구체적으로 N사였다. 그들이 쓰레기인 것은 유해 플라스틱을 생산해서도, 전 세계 플라스틱 시장을 장악하고 있어서도 아니었다. 엄대승이 두려워하는 것은 그들의 소리 없는 기다림이었다.

엄대승은 N사가 생분해성 플라스틱제품에 지대한 관심을 갖고 있음을 오래 전부터 알고 있었다. 하지만 N사는 섣불리 움직이지 않았다. 특허 문제가 걸려서만은 아니었다.

"이 나라 시장구조가 얼마나 우습게 되어 있는지 아쇼? 한 업체가 각고의 노력 끝에 쓸 만한 제품을 내놓았다고 합시다. 이 제품을 당장 팔 수 있느냐, 절대 그렇지 않지. 물건 하나를 팔기 위해서는 아주 복잡한 과정이 기다리고 있어요. 시제품을 돌린 후 시장반응을 조사해야 하고 다시 피드백을 통해 제품을 보강해야 하죠. 그런 뒤에 다시 시제품을 돌리고, 시장성을 점치는 겁니다."

완제품이 나오기까지 자금은 무한정 들어가게 된다. 그러는 동안 제품 디자인이며 보강할 일이 자꾸 생기고 이 업체는 버티다 버티다 결국 도산한다. 그렇게 되면 이 제품에 눈독을 들이던 두 번째 업체가 개입하게 되는데 이 업체 역시 비슷한 절차를 거쳐 나가떨어지게 된다. 이때가 대기업이 끼어들 적기이다. 모든 오류는 두 번의 실패를 통해 발견되었다. 이제 그 기반 위에 대량생산을 통한 단가조정만 남아 있었다. 이렇게 해서 탄생한 제품은 가격이 저렴한 데다 안정된 판매망을 바닥에 깔고 있기 때문에 수익이 보장된다는 것이다.

"손 안 대고 코 푸는 놈들이지."

에코-애드리브의 경우 업계 1위라고 하지만 고만고만한 중소기업끼리의 경쟁을 통해 쟁취한 자그마한 성과일 뿐 진정한 승자라고 볼 수 없었다. 그린 플라스틱은 디자인에서 많이 딸리는 데다 판로에 애를 먹고 있었다. N사가 그린 플라스틱에 대해 보여준 방관에 가까운 무관심한 태도에 엄대승이 도리어 두려움을 가질 수밖에 없는 이유였다.

"맞습니다. 계층간 불화가 깊어가는 가운데, 출판시장도 난항을 겪고 있습니다. 이게 모두 몇몇 대형출판사에서 상권을 독점……."

맞장구를 치다 말고 내가 입을 다문 것은 놀라운 사실을 발견했기 때문이었다.

벌레 먹은 사과의 표면이 이상하리만큼 쭈글쭈글했다. 흡사 두 달이 넘도록 같은 자리를 지켜온 것 같았다. 아니, 그 사과는 오래전 그 자리에서 보았던 사과가 틀림없었다.

엄대승은 무용한 그것을 왜 그리 오래 방치한 것일까. 먹자니 찜찜하고 버리자니 환경이 걱정되어서? 그렇다. 그랬던 게 분명했다. 하지만 언제까지나 미룰 수는 없는 일, 그것을 처리해야 할 순간이 닥칠지니 그는 어떤 포즈를 취할 것인가.

엄대승이 사과 하나를 집어 격하게 깨문 것은 분노가 최고조에 달했을 때였다.

"개쓰레기들, 이 땅에서 전부 사라지게 해야 해. 작가 선생, 책 내용을 수정합시다."

엄대승은 이번에도 벌레 먹은 것을 용케 피했다. 아무 거나 쏙 집는 것 같은데도 신통방통한 재주였다. 사과의 위치를 전부 외우고 있는 것 같았다. 그는 아삭아삭 소리를 내며 사과 하나를 전부 먹어치웠다. 껍질, 씨앗은 물론 꼭지까지.

"외람된 말씀이지만 제 생각에는 조금 더 본질에 주력했으면 합니다."

그녀가 입을 연 것은 엄대승이 입가에 묻은 침인지 과즙인지를 혀끝으로 핥아낼 때였다.

"외부의 압력에 동요하는 것은 하수나 하는 짓입니다."

"지금, 뭐라고 그랬어?"

엄대승이 사납게 노려보았다. 그녀는 예의 차분하고 단단한 말투로 또박또박 대답했다. 누가 똑똑한 여자 아니랄까 봐.

"책이 길을 잃어서는 안 된다고 말했습니다. 그린 플라스틱이 자기의 길을 가듯 책도 자기 길을 가야 합니다."

"네까짓 게 뭘 알아!"

엄대승이 사과 하나를 집어 드는가 싶더니 냅다 던졌다. 사과가 날아간 곳은 창이었다. 거짓말처럼 사과가 유리를 통과하는 것을, 사과 하나가 커다란 창에 꼭 자기만한 구멍을 내며, 탱 소리와 함께 빠져 나가는 것을 나는, 그녀는 멍하니 지켜보았다.

믿을 수 없는 일이었다. 사과가 아니라 총알 같았다. 더 놀라운 것은 그가 던진 사과가 벌레 먹은 사과였다는 것이다. 누구도 먹지 않아 쭈글쭈글하게 변해버린 늙은 사과 말이다. 그것을 처리할 방법이 있기는 있었군. 사과가 아무 것도 파괴하지 않는다고? 벌레가 사과의 몸에 약간의 흠집을 냈다면 사과는 멀쩡한 유리창에 구멍을 냈다.

"이까짓 것, 집어치우라고!"

엄대승이 원고를 바닥에 패대기쳤다. A4용지가 사방에 흩어졌다. 사과 한 알이 유리창이 아닌, 심장을 뚫어버린 느낌이었다. 가뜩이나 바짝 얼어 있는 내게 대고 그는 미친 사람처럼 외쳤다.

"다 집어치워. 책은 내지 않겠어!"

전혀 다른 날 같았다. 한치 앞도 분간할 수 없을 만큼 짙은 안개였다. 지난번 그녀가 길을 잃었을 때도 안개 속이었다는 기억이 났다. 아니나 다를까. 잘 걸어가던 그녀가 홀린 듯 방향을 바꾸었다. 말리지 않으면 끝도 없이 걸어갈 것 같았다.

"이쪽이야."

그녀는 내 지적에 당황하지도, 방향을 교정하지도 않은 채 멀리서 고개만 살짝 돌렸다. 길거리에서 호객행위를 하는 사람에게 흔하게 할 수 있는 대거리, 그런 느낌이었다. 이쪽이라고! 큰 소리를 치자 그녀는 비로소 가던 걸음을 멈춰 세웠다.

"여기야, 지하철은 이쪽이라고."

그제야 방향을 틀더니 또 아무렇지도 않게 내 곁으로 다가와 보조를 맞췄다. 영화는 어떻게 되어가? 바보처럼 또 묻고 말았다. 빗쟁이처럼 굴고 있다는 생각이 들었다. 그러나 어쩌겠는가. 출판이 무산된 상태에서 다른 위로의 말은 떠오르지 않았다. 빨리 영화가 만들어져 그녀가 그 돈이라도 받을 수 있기를 바랄 뿐이었다.

"곧 촬영에 들어갈 거야."

언제나 같은 대답. 우리는 그렇게 헤어졌다. 흔한 악수도 없이. 그녀는 휴대폰 전원을 끄고 꽁꽁 숨어버렸다.

"그 집은 왜요?"

중개인은 50대 중후반의 여성이었다. 몸 전체에 살집이 골고루 붙은 것이 인상이 좋았는데 눈빛만은 명민한 기운을 발산하고 있었다. 나는 거짓말을 했다.

"그 집 주인이 소설가인데 저희 출판사에서 책을 내려고요. 연락이 안 되어서요."

명함을 받아든 중개인이 비로소 경계의 빛을 풀었다. 몇 번 그녀의 집으로 찾아갔지만 철문이 굳게 잠겨 있었다. 인근의 부동산 중개소를 찾은 이유였다.

"아, 전 주인을 말하나 보다. 맞아요, 그 집 따님이 소설가라고 했어요."

전 주인이라니.

"그 집, 주인 바뀐 지 꽤 됐어요. 일 년 넘었지 아마. 그 집 사람들 참 괜찮았는데 사위가 사업을 한답시고 처가 돈을 끌어다 쓰는 바람에, 있는 재산 홀랑 까먹고 집까지 넘어가게 된 거지. 아주머니도 돌아가시고."

대신 딸이 근처에 사니 찾아가 보라고 했다. 이사 간 집도 자기가 구해주었다며 주소를 적어주었다. 중개인의 말이 사실이라면 전에 배낭을 배달해줬을 때 그녀는 이미 그곳에 살지 않고 있었다는 이야기였다. 내가 들어오지 않으리라는 계산 아래 차를 마시고 갈 것을 권했던 것이리라.

주소지는 외벽이 반쯤 썩은 이층 건물 지하방이었다. 이런 고급 빌라촌에 그토록 허름한 집이 존재하리라고는 생각하지 못했다. 아니 그녀의 인생에 삼류소설의 배경처럼 진부하디진부한 반지하방이 끼어들리라고는 생각하지 못했다.

초인종을 눌렀으나 반응이 없었다. 상식적인 비밀번호를 몇 개 입력했더니 쉽게 문이 열렸다. 문을 여는 순간 안면을 강타 당한 듯한 충격에 벽을 짚고 말았다. 발가벗은 여자가 방바닥에 엎드려 있었다. 그런 그녀의 모습은 15년 전 어느 날을 떠올리게 했다.

과거의 그녀가 약물로 나를 놀라게 했다면 이제는 바닥에 널린 일회용 주사기와 고무줄로 나를 경악시키고 있었다. 그녀를 둘러싼 것은 일회용 주사기만이 아니었다. 에코-애드리브 팸플릿에서 보았던 알록달록한 용기들이 호위하듯 그녀를 에워싸고 있었다. 그린 플라스틱이었다. 내가 토끼 모양의 식판에 손을 대는 순간 그녀가 나를 불렀다. 아니, 나를 부른 게 아니었다. 그것은 신음 같기도 하고 주문 같기도 한 단어였다. 야수르!

그녀의 눈길이 닿는 곳, 누렇게 바랜 벽지 위에 그녀의 궁벽한 삶이 아로새겨져 있었다. 병원에 데려가야 했지만 법적 징계를 받을 일이 두려웠다.

"야수르가 뭐야?"

그녀가 내 쪽으로 눈을 돌렸다.

"응?"

최소한 네가 여기 웬일이냐고 물어주는 게 순서였다. 놀란 표정으로 언제부터 와 있었냐고, 어떻게 왔냐고 묻기부터 했어야 했다. 그러나 그녀의 표정에는 나를 포함하여 세상의 모든 것을 향한 존재의 무신경이 담겨 있었다. 나 따위 왜 왔는지 아무 상관이 없다는 표정이었다. 부인보다 무서운 무반응이라니.

"야수르는 활화산이야."

역시나 심상한 대답. 그러고 보니 언젠가 들었던 기억이 있다.

"나는 사라지고 싶어. 타오르는 화산 속으로 뛰어들고 싶다고. 시체건 뭐건 내가 존재했었다는 어떤 흔적도 남기지 않을 테야."

"야, 네가 뭐 그린 플라스틱인 줄 알아?"

"그럴 수만 있다면 그린 플라스틱처럼 되고 싶어. 사람들에게 썩은 살점을 보여주기는 싫다고."

아, 내 입에서 의식하지 않은 탄식이 흘러나왔다. 그녀에게도 나와 같은 두려움이 있었던 것이다. 고독사. 혼자 죽을지도 모른다는 두려움. 혼자 썩다 썩다가 이웃의 신고를 받고 출동한 소방대원들에 의해 밖으로 끌려 나오는 내 모습을 백 번, 아니 천 번은 상상했다. 온 동네 사람들이 빙 둘러선 가운데 무력하게 실려 나오느니 나 역시 죽기 전에 연기처럼 사라지고 싶었다.

나는 살점 없는 그녀의 팔목을 어루만졌다. 눈길 위 동물의 발자국처럼 무질서하게 찍힌 푸른 점들. 그 점을 이으면 어떤 하나의 형상이 완성될 것 같았다. 그 형상이 팔목에서부터 느린 속도로 몸을 일으키며 그녀를 통째로 삼킬 것 같았다.

처음으로 내가 그랬을 수도 있다는 생각을 했다. 그녀를 차지했노라고 떠벌리고 다녔을 것이다. 어떻게 안 그럴 수 있나. 아무 것도 아닌 내가 이렇게 아름다운 여자와 하룻밤을 보냈는데.

"남편을 사랑했어?"

나의 삿된 질문에 그녀가 고개를 돌렸다. 스스로가 생각해도 한심한 질문이었다. 세상에서 가장 필요 없는 질문이기도 했다. 사랑은 벼랑에 매달린 우리에게 신이 내미는 칼날과 같다. 잡으면 쓰라린 고통 속에서 서서히 죽어 갈 것이며 잡지 않으면 벼랑으로 굴러 떨어져 즉사한다.

사랑을 밀쳐내든 받아들이든 그것은 반드시 우리에게 복수한다. 인간을 비참과 지리멸렬의 함정으로 던져 넣는 것이다. 그리하여 모든 사랑은 원한으로 모습을 바꾼다.

"몸이 나으면 같이 여행 가자. 등산장비 사 놓고 썩힐 순 없잖아."

내 말은 진심이었다.

현존하는 활화산 중 가장 아름답다는 야수르는 남태평양의 군도 바누아트에 있었다. 멀리서 보면 신비한 안개에 감싸인 듯 고요히 타오를 뿐이지만 가까이 다가가면 컹컹 소리와 함께 커다란 아가리로 현란한 불기둥을 뿜어냈다. 무한한 우주의 침묵에 두려움을 느끼는 인간은 화산의 맹렬한 폭음과 불꽃 앞에서도 못지않은 전율을 느끼는 것이다.

험난한 등반 끝에 분화구에 도달한 사람들. 절대반지마저 단번에 녹여버린다는 화염 앞에서 그들은 아무 소리도 내지 못했다.

어둔 밤하늘에 야수르의 울부짖음만 표표히 울렸다.

유튜브 동영상을 내리는데 휴대폰이 진동했다. 그녀였다.

"야수르에 왔어."

전날 밤 야수르에 도착해서 막 산정에 섰다는 것이다. 며칠 사이에 남태평양을 날아갔다고? 그 몸으로? 상황 돌아가는 게 이상했다.

"너 진짜 어디야?"

"여기 정말 굉장해."

그녀는 기분이 좋아 보였다. 그간의 우울과 절망은 완전히 벗어버린 듯했다. 광구에 갇혔다가 저 멀리서 쏟아져 들어오는 환한 빛, 출구를 발견한 사람처럼 목소리에 생명의 힘이 넘쳤다. 전화는 거기서 끊겼다. 마르지 않은 옷을 걸친 듯 기분이 찜찜했다. 어떻게 된 건지 상황을 알아봐야 했지만 업무가 밀려 있었다.

경찰로부터 전화가 걸려온 건 온갖 독촉전화에 시달린 끝에 겨우 원고수정을 마무리 지었을 때였다. 그녀는 야수르가 아닌 병원 시체안치실에 누워 있었다. 10층에서 뛰어내린 사람치고 외상이 없는 편이라고 했다. 등산장비를 제대로 갖추고 있어서 그런 것 같다고. 파손된 휴대폰을 복구해보니 저장된 번호는 없고 마지막으로 나랑 통화한 흔적이 남아있었다. 나타나지 않는 유족을 대신해서 내가 유품을 인도받게 된 내막이었다.

그녀가 자기 집도 아니고 야수르는 더더욱 아니고 길거리에서 발견되었다는 사실에 나는 적지 않은 충격을 받았다. 그곳은 그녀가 일 년간 다녔다는 식품회사 앞이었다. 자기가 다니던 회사 옥상에서 뛰어내린 것이다.

안개 속에서 길을 잃고 헤매던 어느 날처럼 홀린 듯 그곳까지 걸어간 걸까. 올 것이 온 것 같았다고 하기에는 표현이 부족했다.

한 줌 가루가 된 그녀를 인근 납골당에 안치한 후 경찰로부터 인도받은 배낭을 열었다. 내가 그녀의 집까지 배달해준 물건이었다. 배낭 안에서 수건, 비누, 치약, 칫솔, 양말, 로프, 곡괭이, 고글, 헤드램프 같은 게 마구 쏟아져 나왔다. 나는 그것들을 내 책상 위에 가지런히 늘어놓았다. 그녀의 물건이라고 생각하니 하나하나가 특별한 존재감으로 빛나는 것 같았다. 손때가 반질반질하기는 하지만 고급품인 지갑에서 지폐 몇 장과 휴대용 외장하드가 나왔다. USB라고 부르는 물건.

컴퓨터에 USB를 연결한 뒤 창을 열었다. 그곳에는 두 개의 그린 플라스틱이 존재했다. 하나는 엄대승의 이름으로 된 것, 하나는 그녀의 이름으로 된 것이었다.

그녀의 '그린 플라스틱'은 자서전이 아닌 소설이었다. 그녀는 대필과 소설을 동시에 진행하고 있었던 것이다. 소설 속 화자가 심상치 않았다. 자비전문출판사를 경영하는 남자, 바로 내가 화자였다. 그녀는 나의 눈을 통해 자신의 모습을 바라보고 있었다. 소설은 이렇게 시작되었다.

그녀는 가볍게 뒷동산으로 나들이 갈 생각이 아닌 것 같았다. 히말라야에 간다고 해도 그렇지, 차도 없는 사람이 무슨 생각으로 그 많은 걸 한꺼번에 골랐을까 싶었다. 등산화와 배낭은 기본이라고 치고 방수점퍼, 트레킹 바지, 등산양말, 장갑, 수통, 고글, 로프, 곡괭이, 헤드랜턴, 워킹스틱에 이르기까지 쇼핑카트가 주저앉을

정도로 등산장비를 잔뜩 실어 놓은 데는 두 손을 들지 않을 수 없었다. 집까지 데려다주겠다는 나의 제안을 흔쾌히 받아들인 것을 보면 그녀 역시 자신의 짐이 버거웠던 게 틀림없다. 나는 그녀가 곰 등판처럼 생긴 커다란 배낭에 장비 일체를 쓸어 넣는 것을 도와주었다.

"15년 만의 해후치고는 좀 괴상하네."

"그러게. 너를 여기에서 마주칠 줄은 몰랐어."

과연 반전의 여왕다웠다. 소설로만 보면 나를 만나 대필을 청탁하고, 자신이 다니던 회사에서 투신하기까지의 과정이 전부 계획된 일이었다. 그녀는 소설을 쓰기 위해 대필을 자청했던 것이다. 언제부터 그녀는 이런 준비에 들어갔던 것일까. 잘못된 결혼이 시작일까? 반지하방으로 추락한 후일까? 어쩌면 더 오래 전, 그녀가 잠든 나를 깨워 자기 침대로 데려가던 때부터 모든 것이 계획되어 온 것인지도 모른다. 성숙한 여인이 호스트바에서 애송이 하나를 '초이스' 하듯 장래가 뻔한 녀석 하나를 제대로 고른 것인지도. 음, 이 녀석이 좋겠어. 장차 자비출판사나 꾸리면서 먹고 살 게 분명해!

사람들은 죽음을 지나치게 과대평가하는 경향이 있다. 죽음은 한 편의 소설을 완성하기 위한 수단 그 이상도 그 이하도 아닌데 말이다. 그럼에도 나는 그녀에게 배반감을 느꼈다. 당하고 말았다는 씁쓸함이 나로 하여금 끊었던 술 담배에 다시 손을 대게 했다. 국가에서 금지하는 약물 몇 가지도 복용했다. 인생에 단 한 번 쓸모 있던 시간이 그녀를 죽음으로 몰고 간 일이라니. 안 그래도 바닥이었던 내 인생이 천길 낭떠러지 아래로 추락하는 느낌이었다.

내가 편집대행사에 전화를 건 것은 그녀를 부정하기 위해서였다. 그녀가 생각했던 것처럼 쓸모없는 인간만은 아니라는 것을, 그녀가 사라진 세상에 보여주고 싶었다. 어쩌면 그것까지, 쓸모없는 인간에게 쓸모를 부여하는 일까지 그녀의 계획이었는지는 모르겠다. 그렇다 해도.

서두른 덕에 책은 한 달 만에 나왔다. 창립 이래 처음으로 찍어낸 소설 '그린 플라스틱'은 나로 하여금 만년 자비전문출판업자라는 오명을 벗게 해주었다. 출간 두 주 만에 재판인쇄에 들어간 것은 덤이었다. 책의 성공도 성공이지만 재밌는 것은 국내에서 출간되는 모든 서적에 대하여 영구보존을 의무화해야 한다는 법조항에 따라 그린 플라스틱이 국회도서관에 소장되었다는 사실이다.

그뿐인가, 그린 플라스틱은 세상의 모든 서점과 도서관이 불타도 절대 사라지지 않게끔 전자책으로 출판되었다. 완전한 소멸을 목적으로 세상에 태어난 그린 플라스틱이 불멸의 존재가 되는 순간이었다. 불멸을 위한 설계도는 소멸을 불사함으로 완성될 수 있었다.

그 사이 N사는 주식회사 에코-애드리브를 인수하여 그린 플라스틱으로 톡톡히 재미를 보고 있었다. 엄대승이 예견했던 대로였다. 어느 날 N사의 담당자가 뜻밖의 제안을 해왔다. 차분하고 느려서 왠지 선량하게 느껴지는 목소리였다.

"그린 플라스틱을 한 권씩 팔 때마다 그린 플라스틱 제품을 하나씩 끼워 주는 게 어떻겠습니까?"

프로모션을 하자는 것이다. 과연 대기업다운 발상이었다. 나쁜 제안은 아니었지만 사업을 접고 초야에 묻혀 지내는 엄대승을 생각할 때, 그래도 되는 건가 싶었다. 정말 그래도 되는 건지. 밉거나 곱거나 그동안 쌓아온 정이 있는데 그것을 헌신짝처럼 버려도 되는 건지.

루어

외삼촌이 '낚시왕'으로 불리게 된 것은 그가 동네 개천에서 팔뚝만한 월척 붕어를 낚은 후 재 너머 논에서 절굿공이만 한 미꾸라지를, 인근 도랑에서 농짝만 한 가물치를, 동네 저수지에서 어른 키만 한 잉어를 낚아 '한다 하는' 낚시꾼들을 놀라게 하면서부터였다.

그게 취학 전의 일이라고 하니 외삼촌은 타고난 낚시꾼임이 분명했다. 외삼촌 이야기에 의하면 그렇다는 것이다. 밤낮으로 낚시에 미쳐있다 보니 자연히 공부와는 멀어지게 됐고 외삼촌은 고등학교 진학을 포기한 채 본격적인 어업의 길로 나서게 되었다.

쏘가리 · 꺽지 · 강준치 · 메기 · 가물치 · 송어 · 메기 · 산천어 같은 민물고기는 물론 도미 · 농어 · 볼락 · 우럭 · 도다리 · 갈치 · 고등어 · 가자미 · 광어에 이르는 바닷고기까지 모조리 낚아 들이며 더 이상 낚을 것이 없다고 외치던 외삼촌이 죽기 전에 꼭 한 번 잡아보고 싶다고 외치던 물고기가 있었으니 이름 하여 프라크라라벤이 그것이었다.

하늘을 보니 한바탕 쏟아질 기세였다. 긴 가뭄에 단비가 될 것이다. 성질이 급한 미루나무 몇 그루는 벌써 구름장 속으로 모가지를 깊숙이 박고 수분을 빨아들이고 있었다. 버스가 첫 번째 사잇길로 접어들었다. 비슷한 사잇길을 두 번 더 거쳐야 외가였다. 도마의 전화가 아니었으면 다음 명절까지 고향에 내려갈 일은 없었을 것이다. 도마는 외삼촌의 차자였지만 큰아들 식이가 불의의 사고로 세상을 뜨는 바람에 그 자리를 대신 떠맡게 된 아이였다.

나로 말하면 아래로 열두 살 차이가 지는 도마보다는 위로 열두 살 차이가 나는 외삼촌과 더 가까운 사이라고 할 수 있다. 어머니는 방학만 되면 귀찮은 물건 처치하듯 나를 외가에 내려 보냈는데 그곳에서 나는 또래 친구와 어울리는 대신 외삼촌 뒤를 졸졸 따라다니곤 했다.

낚시는 할 줄도 모르고 관심도 없었지만 나는 외삼촌이 낚싯밥으로 준비해 둔 지렁이가 톱밥 속에서 꿈틀거리는 광경만은 물리지 않고 바라보았다. 외삼촌은 물고기를 잡으면 작은 것은 더 자라라고 놓아주었고, 큰 것은 이제까지 살아남은 것이 용하다며 놓아주었는데 자연히 양동이에는 중간치만 모이게 되었다. 사람이나 물고기나 중간치가 만만한 것이 세상 이치인 모양이었다.

내가 외삼촌을 따라다니며 어구를 챙기고 물고기 이름을 외웠던 사실을 아는 만큼 도마는 자기 아버지에 관한 문제라면 당연히 나와 의논해야 된다고 생각했다. 외삼촌의 가장 큰 문제는 숙모가 세상을 뜬 후로 전보다 더욱 낚시에 매달리며 고립된 생활을 한다는 것이었다. 그건 이미 아는 사실이었고 전과 달리 도마의 목소리는 급했다.

"형, 아버지가 사기를 당한 거 같아."

"사기? 외삼촌에게 사기당할 재산이나 있었니?"

십 년 전, 숙모의 사망보험금으로 받은 돈이 꽤 남아 있었던 모양인데 목소리를 들어보니 사태가 심상치 않아 보였다. 원고 마감하는 대로 달려가마고 나선 길이었다.

나 어릴 적과 비교하면 고향의 지형은 완전히 달라졌다고 할 수 있다. 변화의 주된 요인은 태풍이었다. 태풍번호 8705, JTWC 지정 번호 05W, 국제명 THELMA인 태풍 '설마'가 한반도에 불어 닥치면서 해안선을 거짓말처럼 뒤바꾼 것이다.

숟가락으로 파내듯 고향 땅이 바다에 휩쓸려가는 대신 그 옆으로 자그마한 반도가 형성되었다. 전체적으로 면적이 줄어든 것은 아니지만 고향 마을은 더 이상 순수한 산촌이라고 부를 수 없었다. 뽕나무가 무성하던 야산이 푸른 바다로 돌변하면서 그 자리에 어장이 형성되었다.

와중에 외가가 득을 볼 줄은 생각도 못한 일이었다. 숙모는 생계보전을 위해 마을 어귀에 자그마한 점방을 하나 열어 두었는데 동네 코흘리개들에게 불량식품이나 팔아대던 가게가 낚시꾼의 방문이 이어지면서 낚싯대, 찌, 뜰채, 쿨러, 갯지렁이 등 낚시용품은 물론 부탄가스, 소주, 컵라면, 우비에 이르기까지 다양한 물품을 매출목록에 올리게 된 것이다. 도마가 대학 진학을 포기하고 가업을 이은 것도 그런 이유에서였다.

검은 구름장을 어깨 위에 힘겹게 얹은 시골 풍경 속으로 버스는 기세 좋게 돌진하고 있었다. 외가가 가까워지자 묻어두었던 궁금증이 슬며시 고개를 쳐들었다. 외삼촌은 아직도 프라크라벤을 못 잊고 있을까?

"빨리 줘어! 나 반파콩강 가야 해."

"밤콩이고 팥콩이고 간에 있어야 주지, 나 팔아서 가던가, 할 일 없으면 점방이나 들여다 보라고."

두 사람이 실랑이를 벌이는 장면은 고향에 내려갈 때마다 익숙하게 보아오던 것이었다. 이른바 태국행 비행기 티켓값을 달라는 것인데 돈을 받아내기는커녕 숙모로부터 욕만 바가지로 얻어먹은 외삼촌, 처마 밑에 앉아 쫀드기를 뜯어먹던 나를 발견하고 예의 그 가오리 타령을 늘어놓기 시작했다.

"토착형 어류라고나 할까? 쉽게 설명하면 민물에 사는 거대 가오리라고 할 수 있지. 반파콩강에만 살아. 태국 낚시도감에 의하면 꼬리 길이를 합쳐 최대 전장이 오 미터에 달하고 무게가 오백 킬로그램에 이른대. 열 사람이 들어도 못 든다는 이야기지."

다나까라는 일본인 낚시광이 쓴 책에 의하면 그렇다는 것이다. 놈을 잡기 위해 다나까를 포함, 장정 열 명이 내처 열아홉 시간을 싸웠는데 낚싯대만 부러뜨리고 말았다고 했다.

"그런 물고기가 정말 있기는 한 거야? 낚시하는 사람들 뻥 세다던데 세숫대야만 한 가오리 갖고 과장한 거 아냐?"

"놈을 본 사람이 한두 명이라야 말이지. 실제로 잡은 사람도 있어. 다나까님의 저서에 의하면 어떤 사람이 사투 끝에 놈을 붙잡았는데 낚싯바늘을 빼내려다가 그만 날카로운 이빨에 싹둑 손가락이 잘려 나갔대."

그 이야기를 하면서 외삼촌은 자신의 손가락이 잘려나가기라도 한 듯 목을 움츠렸다. 그만큼 그는 '괴물 가오리'인지 '앗싸 가오리'인지에 목을 매고 있었다. 눈만 뜨면, 내가 그놈을 잡고 눈을 감아야 한다며 중얼거렸다.

그러던 어느 날 고향에 내려갔더니, 외삼촌이 짐을 싸고 있었다. 먼 길이라도 떠나는 사람처럼 트렁크 가득 옷가지며 건어물 따위를 꾹꾹 눌러 담았다.

"드디어 태국에 가는 거야?"

외삼촌은 낚싯바늘에 걸린 것처럼 한쪽 입꼬리를 치켜 올리며 웃었다.

"태국이 아니고 사막이야. 근로노동자의 사명을 띠고 외화벌이에 나선다고."

아닌 게 아니라 점방 수입에만 기대어 살기에는 식구 수가 좀 많았다. 평생 한량으로 지내온 외삼촌으로선 처음으로 노동다운 노동을 접하는 셈이었다.

타향으로 외삼촌을 떠나보내는 내 심정은 물가에 어린아이를 내놓듯 심히 걱정스러웠지만 가장으로서의 책임감도 인정하지 않을 수 없었기에 그의 무탈을 조용히 기원해주는 수밖에 없었다.

언제 어디를 가든 낚시를 했던 외삼촌은 이번에도 낚싯대를 챙겼다. 설마 사막에서 낚시를 할 수 있으리라고는 생각하지 못했겠지만 말이다. 하지만 '설마'가 사람 잡는다고 외삼촌은 그곳 사막에서 낚시를 하는 것은 물론 그토록 잡고 싶어 했던 프라크라벤을 만나게 된다.

예상했듯 사막도시에 급수 파이프라인을 건설하는 일은 무척 고됐다. 섭씨 50도를 넘나드는 기온 속에서 외삼촌은 목도리도마뱀처럼 두 발을 번갈아 들었다 놨다 하며 삽질을 했다. '외화를 번다'는 자부심 따윈 뜨거운 모래바람 위에서 진즉 소각되어버렸고 죽지 못해 일하는 형국이었다. 몇 번이나 귀국할 생각을 했지만 외삼촌이 보내준 돈으로 숙모가 집도 넓히고 두 아들 공부도 착실하게 시키고 있다는 서신이 날아와 짐을 풀게 만들었다. 향수병에 더해 육체적 고통이 지속되자 외삼촌은 분열증 비슷한 것을 앓게 되었다고 한다.

"유체이탈 알지? 영혼이 몸에서 쑥 빠져나가는 기분이었어. 완전히 공중에 뜬 상태였지. 모래밭에서 일을 하고 있는 나를, 남 보듯 내려다보았어. 보이지 않는 줄에 내 몸을 이렇게 매달아 마음대로 움직이는 느낌이었지."

말을 하면서 외삼촌은 자기 목덜미에 낚싯줄을 거는 시늉을 했다. 그렇게 한 삽 한 삽, 시간을 떠서 미래로 내던지는 동안 드디어 외삼촌은 첫 휴가를 받게 된다.

"차라리 일하는 게 나았다고."

거짓말이 아니라 휴식은 일하는 것보다 나빴다. 묻어둔 외로움이 밤 저수지의 안개처럼 스멀스멀 피어올랐기 때문이다. 심할 때는 사막 한가운데 콱 목을 박고 죽어버리고 싶은 생각이 들었는데 그런 기분은 외삼촌만의 것이 아니었다고 한다. 당시 같은 방을 나눠쓰던 또래의 일본인도 비슷한 기분이었다고 고백했다는 것.

언어의 장벽 때문에 두 사람은 그때까지 말없이 지내고 있었다. 두 사람이 말을 튼 것은 외삼촌이 트렁크에 든 내용물을 방바닥에 막 쏟아놓았을 때였다. 인간의 물건이란 한 번씩 정리를 해주어야 하는 법이니까. 시큰둥한 태도로 이방 동료의 하는 짓을 바라보던 일본인 룸메이트, 튀기는 공처럼 매트리스 위에서 벌떡 일어나 앉았다. 말이 통하지 않아 알아들을 수는 없었지만 낚싯대를 보고 뭐라고 하는 것 같았다. 그렇게 두 사람은 손짓발짓 해가며 이야기를 나누게 되었다. 당시 두 사람이 나눈 몸의 언어를 말로 번역하면 대충 이렇다.

"당신이노 낚시노 좋아하는 사람이므니까?"

"그렇습니다. 나는 낚시를 매우 좋아합니다."

"나도 낚시노 매우 좋아하므니다. 이래 봬도 낚시책을 낸 작가이므니다."

"다나까라고 했습니까? 혹시 '괴물고기를 찾아서'를 쓴 일본인 낚시광 다나까님이 아닙니까? 프라크라벤을 잡을 뻔하다가 놓쳤다는."

"맞스므니다. 아니, 아니, 아니므니다. 낚시광이 아니므니다. 나는 '낚시왕' 다나까이므니다. 이름만 들어도 느낌이 오지 않스므니까? 다, 나, 까."

다나까가 부리나케 트렁크를 뒤져 찾아낸 것은 기다란 목재상자였다. 상자를 여는 순간 외삼촌은 너무나 눈이 부셔 손바닥으로 안구를 가리고 말았다. 케이스 안에는 온갖 물고기가 가득 들어 있었다.

딱딱한 촉감만 아니라면 생물이라고 해도 믿을 만큼 정교하게 제작된 가짜 물고기, 루어였다. 알록달록한 것, 등이 푸르고 배가 은빛으로 빛나는 것, 눈이 왕방울만한 것, 덩치가 큰 것, 작은 것, 플라스틱 소재, 금속 소재, 스푼, 스피너, 웜, 플러그, 지그, 내추럴 이미테이션, 콤비네이션……. 굉장하다! 외삼촌은 탄성을 질렀다. 그때까지 그처럼 다양한 루어를 구경한 적이 없었던 외삼촌은 다시 한 번 유체이탈을 경험해야 했다.

"낚시꾼이라면 꼭 한 번 가져보고 싶은 그런 루어상자였지."

외삼촌은 그 시간을 생생하게 반추하려는 듯 두 눈을 지그시 감았다.

"우리 낚시하러 가는 거 어떻스므니까? 차로 두 시간만 가면 바다가 나오므니다."

"리얼리?"(외삼촌이 할 줄 아는 몇 안 되는 영어였다.)

그렇게 해서 다나까의 제안으로 두 나라의 낚시왕은 낚시 여행을 떠나게 된다.

페르시아만을 건너다보는 해안은 빛나는 돌에 둘러싸여 있었다. 신밧드의 모험에나 나올법한 신비한 분위기를 풍기는 그런 해변이었다. 두 사람은 띠처럼 가느다랗게 남아있는 모래사장 위에 파라솔을 쳤다. 다나까는 멋진 루어에 걸맞게 2미터짜리 일제 던질낚싯대를 갖고 있었다. 한눈에도 상품이었다. 그에 비해 외삼촌의 것은 장구형 릴이 달린 중·소물 낚싯대였다.

낚시 인구가 전무한 탓에 돌멩이만 매달아도 입질이 온다는 소문과 달리 고기는 전혀 잡히지 않았다. 햇볕은 이글거리고 알량한 파라솔은 만족할만한 그늘을 제공해주지 못했다. 더 앉아 있다가는 타죽을 것 같았다. 외삼촌이 맥이 빠지는 목소리로 이렇게 말했다.

"노는 게 왜 이렇게 힘이 듭니까?"

"맞스므니다. 삽질도 힘들고, 낚시질도 힘드므니다."

낚시방울이 요란하게 울린 것은 그만 낚싯대를 걷어치우려던 찰나였다. 외삼촌 쪽이었다. 외삼촌은 얼떨결에 릴을 감기 시작했다. 놈의 버티는 힘이 만만치 않았다. 좌우로 옮겨 다니며 줄을 당기는가 하면 물귀신처럼 낚싯대를 끌어당겼다.

"놈의 파이팅이 만만치 않습니다."

보다 못한 다나까가 도와주려고 나섰지만 혼자 하지 않으면 승리를 만끽할 수 없는 외삼촌은 고개를 저었다. 가만 보니 놈은 살기 위해 기를 쓴다기보다 낚싯줄을 밀었다 당겼다 하며 장난을 치는 것 같았다. 외삼촌도 놈의 힘에 맞춰 줄을 풀었다 당겼다 하며 박자를 맞춰 주었다. 그렇기를 수 분, 드디어 놈이 움직이기 시작했다. 해안선을 따라 달아나기 시작한 것이다.

"달린다!"

외삼촌은 텐션을 팽팽하게 유지한 상태에서 놈을 따라갔다.

"놈이 루어를 물고 있었거든, 루어를 잃지 않기 위해서라도 죽을힘을 다해 달려야 했어. 다나까도 함께 달려 주있지. 이삼 킬로 달렸을까? 드디어 느낌이 오더군. 줄이 느슨해지기 시작한 거야."

외삼촌은 기회를 놓치지 않고 줄을 챘다. 순간, 낚싯대가 하늘 쪽으로 텅, 하고 튕겨나갔다. 외삼촌 얼굴이 사색이 되었다. 줄이 끊긴 것이다.

"큰일 났습니다. 놈이 루어를 물고 달아났습니다. 죄송합니다. 죄송합니다. 아, 그 비싼 루어를 놈이……."

다나까 얼굴 또한 사색이었는데 그 이유는 전혀 다른 것이었다. 외삼촌은 다나까가 가리키는 손끝을 내려다보았다. 도저히 물고기라고 부를 수 없는 거대한 그림자가 수면 아래로 사라지고 있었다. 마름모꼴의 형태로 볼 때 그것은 분명 그들이 찾아 헤매던 물건이었다. 두 사람은 동시에 소리를 질렀다.

"프라크라벤!"

버스에서 내리자마자 기다렸다는 듯 도마가 뛰어나왔다. 도마를 볼 때마다 느끼는 거지만, 반질반질 잘 닦아 놓은 낡은 구두 같다는 생각이 든다. 보기에도 그럴듯하고 실제로도 편한 것을 알지만 돈을 주고 사고 싶지는 않은.

나는 도마를 따라 집이 아닌 가게 쪽으로 들어섰다. 도마가 점방 금고에서 통장을 꺼냈다.

"이게 아버지 통장인데 감쪽같이 이천만 원이 사라진 거요. 여기를 봐요."

도마는 통화를 할 때는 반말을, 마주 대할 때는 반존대를 하는 습관이 있었다. 도마가 가리키는 곳을 보니 처음에는 삼백, 그 다음에는 칠백, 나중에는 천만 원이 사라진 흔적이 있었다. 잔고는 450원이었다.

"어디 따로 쓰실 데가 있었던 게 아닐까?"

"아버지가 어디에 돈을 쓴단 말이요? 그보다는 갑자기 식이 형이야기를 하는 게 아무래도 이상해요. 보이스피싱을 당한 것 같단 말입니다."

"보이스피싱?"

"그래요, 전화로 사람 홀려서 사기 치는 거."

"설마, 요즘에도 그런 데 속아 넘어가는 사람이 있을라고. 외삼촌이 그렇게 어수룩한 사람이 아닌데. 그리고 식이 그렇게 된 거 모르는 것도 아니잖아."

"사기 당하는 사람이 따로 있나? 그게 배 사고였잖아요. 끝내 시신은 못 찾았죠. 아버지 입장에서 워낙 믿기지 않는 일이기도 하지만 시신을 찾기 전에는 믿지 못하겠다, 이렇게 나오셨거든. 정말 형이 그렇게 된 걸 안 믿는 눈치셨어요. 그래서 사기에 쉽게 넘어가신 거지."

"지금 외삼촌 어디 계시냐?"

외삼촌은 방파제 끝에 아슬아슬하게 엉덩이를 걸치고 앉아있었다. 툭 밀면 풍덩 하고 물속으로 빠질 것 같았다. 그의 발치에 몸체가 유연한 낚싯대 하나가 놓여 있었다. 떠밀듯이 몰려오는 갯내가 유난히 비렸다. 내가 저만치 걸터앉자 혼잣말인 듯 푸념을 늘어놓았다.

"놀기만 하는데 왜 이렇게 사는 게 힘드냐?"

"누가 아니래요. 남들이 글 쓴다고 하면 노는 줄 안다니까요. 이건 뼈가 녹아나는 일인데."

"내가 프라크라벤을 다시 만났다고 얘기했니?"

"외삼촌 여전하네. 아직까지 그 가오리 타령이에요?"

"그때 사막에서 말고 한 번 더 만났다."

표정을 보아하니 거짓말 같지는 않았다. 외삼촌은 마치 그날이 바다 저편에 펼쳐져 있기라도 하듯 시선을 멀리 던져두었다.

사막에서 돌아온 후 정신을 차렸으면 좋았겠지만 외삼촌은 예전 생활로 돌아갔다. 점방 일이 바빠졌는데도 불구하고 외삼촌은 낚시로 소일하며 놀고먹었다. 숙모와 도마가 충실히 자리를 지킨 탓이었다.

"어린 놈이 장사를 곧잘 하더라고."

도마는 더 없이 기특한 아들이었다. 둘째의 출산을 앞두고 교회에 나가게 된 숙모가 기독교 성인의 이름을 따서 지은 이름이 도마였다. 의심 많은 도마. 성경 속 도마는 예수의 손바닥에 난 못 자국을 확인한 연후에야 그의 부활을 믿었다. 이름처럼 도마는 땅을 팔라는 둥 가게를 넘기라는 둥 여기저기서 부추기는 사람들의 말에 현혹되지 않고 가게와 집, 집터를 착실하게 지켰다. 숙모가 세상을 뜬 것은 땅값이 한참 치솟던 시점이었다.

"너도 소설 쓴답시고 이러고 있을 게 아니라 취직해서 돈 벌어라. 그깟 거짓뿌렁 죽자고 써봐야 얼마나 벌겠니. 여자 고생만 시키지."

"숙모 고생 시킨 건 아시네. 그리고 거짓말이라고 다 같은 거짓말인 줄 알아요? 낚시꾼이 치는 뻥하고 소설가가 치는 뻥하고는 차원이 달라요."

"다르기는, 넙치나 광어나지."

"그건 그렇고 그 가오리는 어디서 만났어요?"

"프라크라벤! 바로 이 자리였지."

숙모가 떠난 뒤 외삼촌은 공황상태 비슷한 것을 겪게 되었다고 한다. 이부자리에 누우면 바닥이 쑥 꺼지면서 천길 낭떠러지로 떨어지는 기분이었고 자리에서 일어나면 세상이 흔들리면서 천리 밖 공중으로 몸이 튕겨나가는 느낌이었다. 그만 숙모 뒤를 따라갈까 생각한 적도 여러 번이었다. 외삼촌에게 있어 유일한 위로는 낚시였다. 낚시로 세월을 낚는다는 말은 거짓이 아니었다. 낚시를 하면 시간이 물처럼 흘러갔고 어떤 고통도 하찮 것 없게 느껴졌다.

그날도 외삼촌은 낚싯대를 둘러메고 집을 나섰다. 운 좋게 방파제 끝에 자리를 잡을 수 있었는데 바위모서리가 다 그렇듯 조류가 부딪히면서 물고기의 먹잇감이 몰려들어 기본적으로 조황이 좋은 곳이었다. 자리를 잘 잡았음에도 불구하고 그날따라 고기가 물지 않더란다. 오늘은 안되는가 보다 하고 자리에서 일어서는데 방울이 울었다. 챔질을 하는 순간 낚싯대가 극한까지 휘면서 몸이 앞으로 쏠렸다. 대물이었다. 외삼촌은 본능적으로 손목의 힘을 뺐다. 한없이 줄이 풀려나갔다. 그때였다. 놈이 반전을 시도했다고 한다.

"놈이 갑자기 이쪽으로 달려오는 게 아니겠니."

그래서 이번에는 미친 듯이 릴을 감아 들였다. 달려오는 기세를 이용해 단숨에 끌어낼 생각이었다. 그러기엔 놈의 머리가 좋았다. 툭 소리가 들리면서 낚싯대가 허공에서 흔들렸다. 놈이 급격히 방향을 틀면서 낚싯줄을 끊어놓은 것이다. 물밑으로 어른거리는 그림자를 보고서 외삼촌은 뒤로 나자빠졌다. 자신이 다시 한 번 프라크라벤을 놓쳤음을 깨달았던 것이다.

"뻥 치지마, 삼촌. 그게 강에 사는 물고기라면서요, 민물고기가 바다에 왜 나타나요?"

"사막에도 나타났는데 왜 여기라고 못 나타나겠니?"

루어까지 잃고 보니 놓친 물고기가 더욱 커 보였던 거겠지. 그래도 그렇지 아무렴 괴물 가오리만 할까. 하여간 낚시꾼들 뻥이란. 그럼에도 외삼촌의 뒷모습에는 무시 못 할, 오랫동안 같은 일에 매달려온 사람 특유의 무게감이 실려 있었다.

"루어낚시가 말이다, 낚시꾼이랑 물고기랑 머리 싸움하는 거다. 릴링을 안 하면 이게 가짜인 줄 알고 거들떠도 안 본다. 이렇게 아래에서 위로, 튕겼다가 당겼다가 하면서 헤엄치는 것처럼 움직여줘야 먹이인 줄 알고 덥석 물지."

어이쿠! 외삼촌 얼굴이 벌게졌다. 큰 놈이 걸린 모양.

"하여튼 먹을 복이 있다니까. 힘내요, 힘!"

회를 얻어먹을 생각에 나는 주먹을 불끈 쥐고 응원했다. 외삼촌도 이제 늙은 걸까. 부리나케 릴을 감아 들이기는 했지만 쩔쩔 매는 게 눈에 보였다.

"구경만 해라!"

혼자 하지 않으면 승리를 즐기지 못하는 외삼촌은 행여 내가 달려들까 경계하는 동시에 물고기와 싸우느라 정신이 없었다. 멀리서 외삼촌의 하는 양을 바라보던 낚시꾼들이 제각각 소리를 질러댔다.

"자바리요, 까지매기요?"

"어르신, 그러다 거꾸로 낚이겠어요!"

그들의 말이 끝나자마자 보란 듯 수면이 파열하면서 포획물이 공중으로 솟구쳐 올랐다.

건져놓고 보니 온몸에 점이 박힌 점농어였다. 50센티미터는 족히 돼 보였다. 놈을 잡아놓고 외삼촌은 오래 숨을 헐떡였다. 기진맥진하기는 놈도 마찬가지였는데 벌렁거리는 놈의 주둥이에 작은 물고기 한 마리가 대롱대롱 매달려 있었다. 루어였다. 낚시꾼의 당기는 힘 때문에 설사 물렸다 해도 바늘만 걸릴 뿐 루어 몸통은 밖으로 빠져 나오는 것이다.

꼬리에 붙어 있는 세바늘만 아니라면 '진짜'로 오인할 만큼 정교하게 제작된 미노우였다. 물고기와 싸우느라 비늘이 몇 군데 벗겨져 나간 것까지 실물과 완전히 똑같았다. 물기 어린 몸체에서 오색빛깔의 광선이 뿜어져 나왔다. 내가 점농어라고 해도 그처럼 날렵하고 아름다운 먹이를 포기하지 못할 것 같았다. 먹이를 삼키지 못한 것이 못내 아쉬운 듯 놈도 가짜 미끼에서 시선을 떼지 못했다. 외삼촌은 주둥이에서 바늘을 빼자마자 '잡은 고기'를 바다에 던져 넣었다.

"뭐 하는 짓이에요?"

"저만큼 자란 게 용하지 않니?"

고기 그림자가 물밑으로 사라지기도 전에 외삼촌은 낚시대를 후려서 가짜 미끼를 바다에 침수시켰다. 스타카토로 톡톡 끊듯이 릴링을 하는가 싶더니 이마를 쳤다.

"놓쳤다."

첨벙, 소리를 내며 물속으로 사라지는 놈은 이전 것보다 더 컸다. 놓친 고기가 크다더니 70센티미터는 족히 되고도 남을 것 같았다. 어느새 젊은 낚시꾼들이 일어설 채비를 하고 있었다.

외삼촌이 손놀림을 멈추고 하늘을 올려다보았다. 어두운 하늘이 고압적인 자세로 바다를 내리누르고 있었다. 거대한 프라크라벤의 뱃가죽을 보는 듯했다.

"그 사람이 사기꾼이라면 어떻게 그렇게 남의 집안사정을 그렇게 소상히 알 수 있었을까?"

"외삼촌, 사기꾼이 왜 사기꾼이에요? 그 정도는 미리 조사해둔다고요. 그 집 자식이 몇 살인지, 살았는지, 죽었는지 어떤지 다 알고 사기 치는 거예요. 외삼촌, 돈은 못 찾는다고 해도 일단 신고는 해야 돼요."

외삼촌의 눈시울이 붉어졌다.

"식이는 울고 있었다."

말싸움을 그만두는 게 현명한 일이었지만 나는 그러지 못했다.

"목소리 위장하려고 우는 거예요"

"그 애 가슴에는 구멍이 있다."

"구멍 없는 사람이 어딨어요? 그리고 그게 도마 구멍만 하겠어요? 젊은 나이에 고향에 처박혀서 지렁이나 파는 심정, 외삼촌이 알기나 해요?"

구멍의 크기는 겉보기와는 아무 관계가 없다는걸, 제 생긴 나름이라는 것을 알고 있었지만 외삼촌이 얼토당토않게 사기를 당했다고 생각하니 이유 없이 도마 편을 들고 싶어졌다.

"너도 식이가 돈 때문에 그 일을 저질렀다고 생각하니? 겨우 오백 때문에?"

사실 그 부분은 나도 이상하게 생각하던 차였다. 뇌물치곤 액수가 너무 작았다. 그 정도면 불구속 수사에 정직 몇 개월 정도로 처리될 일이었다. 굳이 배를 타고 달아날 필요가 없었다.

식이가 고향에 내려온 것은 빗줄기가 오락가락 하던 작년 가을 무렵이었다고 한다. 그 즈음 기상청은 자꾸만 틀리는 일기예보로 인해 곤란을 겪고 있었다. 농어업은 물론 건축, 토목, 관광서비스업에 이르기까지 사람 먹고 사는 일 대개가 일기의 영향 아래 놓여 있었기 때문에 항의도 그만큼 거셌다고 한다. 실무 라인에 대한 윗선의 압력도 대단했겠지.

"점쟁이도 아니고 어떻게 딱딱 맞추겠니."

외삼촌은 무심한 척 아들을 위로했지만 딱딱 안 맞아주는 하늘이 야속한 것도 사실이었다.

"섬으로 가고 싶어요."

내처 자던 식이가 저녁때 일어나서 대뜸 그렇게 말했다는 것이다. 섬으로 가고 싶다. 그것은 오히려 외삼촌의 소망이었다. 숙모가 있을 때는 갑갑해서 달아나고 싶었지만, 숙모가 세상을 뜨니 살아갈 이유마저 사라져 그만 섬 같은 데 처박혀서 나오고 싶지 않았다고 한다. 외삼촌은 식의 말에 고개를 끄덕여주었다. 도화선만 당기면 언제고 폭발할 것 같은 위태로움이 그 아이에게서 느껴졌기 때문이었다.

식이는 다음 날 조용히 사라졌다. 집에 갔겠지 했는데 하루가 더 지나 며느리에게서 전화가 걸려왔다.

"그이가 사라졌어요."

며느리는 침착했다.

"오늘 검찰에서 다녀갔어요. 수배령이 떨어졌대요. 여러 사람이 연루되었는데 잡혀간 사람도 있고 달아난 사람도 있고 그렇대요. 그이는 달아났어요."

삼촌은 올 것이 온 기분이었다고 한다.

"자세히 말해봐라."

"자세한 이야기는 저녁뉴스 시간에 나올 거예요. 그때 보시면 돼요."

남의 이야기하듯, 며느리는 그렇게 말하고 있었다. 며느리의 냉담함에 기가 질리는 한편 외삼촌은 그런 생각이 들었다고 한다. 어쩌면 며느리도 조마조마한 마음으로 살아왔던 거라고. 식이를 볼 때마다 자신과 같은 심정이었다고. 일이 터지니 오히려 마음이 편해진 거라고.

그날 저녁, 며느리 말대로 기상청 뇌물 수수사건이 뉴스기사로 떴다. 기상레이더는, 반사전파를 통해 비구름의 양과 거리, 이동속도 등 기상데이터를 생산하는 장비였다. 레이더기지는 주로 산꼭대기에 설치되는데 전국적으로 열한 개의 관측소가 있다고 했다. 식이는 그 중에서도 가장 높은 관측소에서 근무하고 있었다. 그곳이야말로 섬이나 다름없는 곳이었다. 서울에서 승용차로 다섯시간 거리였기 때문에 집에는 가뭄에 콩 나듯 들렀다고 한다.

뇌물수수는 낡은 기상레이더를 철거하고 새 장비를 설치하는 과정에서 이루어졌다. 업체 간부가 부실공사를 눈감아 주는 대가로 실무 라인에 뇌물을 건넸다는 것이다. 일기예보가 자꾸 틀리는 이유가 있었던 것이다.

"그럼 외삼촌은 그 애가 지금 어디에 있다는 거예요?"

"섬에 간다고 했다. 머리 뭐라는 섬이었는데, 인도양 어디에 떠 있다고……."

"모리셔스요?"

"그래. 모리셔스, 그 애가 거기 가겠다고 돈을 달랬다. 그 섬은, 한 마디로……."

외삼촌이 잠깐 숨을 참았다.

"이 세상 같지 않다는구나."

맙소사, 그 섬에 대해서는 나도 익히 들어 알고 있었다. 세계에서 가장 호화로운 카지노가 있고, 하룻밤에도 수천억의 판돈이 오고 가며, 슬롯머신이 쏟아내는 기계음과, 절세미녀와, 무지갯빛 칵테일이 가득한 곳, 한화 이천만 원으로는 호텔 문고리 정도나 만져볼까. 웬만한 부자는 명함조차 내밀지 못하는 곳, 세계 부호들의 주머니를 낚는 섬, 섬은 섬이되 딱히 섬이라고 할 수 없는, 오히려 멀쩡한 세상을 섬으로 만들어버리는 섬이 모리셔스였다.

"경찰에서 확인하라고 해서 녹화테이프를 봤다. 한 남자가 갑판을 서성이고 있더라. 작업복을 걸쳤는데 식이 같기도 했고 아닌 것 같기도 했다. 하지만 나는 그 사람을 절대 식이라고 생각할 수 없었다. 그 애가 물고기 밥이 됐다는 게, 너 같으면 믿기겠냐?"

모월 모일 서해상에서 고깃배가 좌초되는 사고가 있었다. 10톤급 동력선이었는데 배에 타고 있던 선원 전원이 실종, 규정에 따라 6개월 후 사망처리 되었다. 그 사건이 식이와 연결된 것은 출항 직전 선착장 폐쇄회로에 찍힌 영상 때문이었다.

"식이한테 전화가 온 건 언제인데요?"

"처음 걸려온 건 삼 개월 전이다. 식이 목소리를 듣는 순간, 내 그럴 줄 알았지, 살아있을 줄 알았어, 그랬다. 식이는 말로는 출항 직전에 승선을 포기했다고 하더라."

"정말 식이였어요?"

"…… 사실은 그 애인지 아닌지 알 수가 없어. 울기까지 했으니 더욱 헷갈리지 않았겠니?"

"식이가 아닐 수도 있겠네요."

"그럴 수도 있겠지. 하지만 만에 하나, 그 애가 식이라면……."

나는 더 이상 아무런 말도 할 수 없었다. 단 1퍼센트라고 해도 가능성은 가능성이었다. 섬에 도착하면 전화한다던 식이에게선 아무런 연락도 없었다. 마지막 통화를 한 게 벌써 한 달이 넘었다지 않는가.

"오긴 정말 올 모양이다."

그 말을 기다리기라도 했다는 듯 우르르, 천둥이 울었다. 하늘이 진한 잉크빛으로 변해 있었다. 빗방울이 떨어지기 시작했다. 외삼촌은 꼼짝하지 않았다. 빗발은 점점 굵어졌고 우리는 젖어갔다. 외삼촌은 닦으나마나 한 눈가를 팔뚝으로 훔쳤다.

"그 돈은 네 숙모의 목숨 값이었다."

실행에 옮기는 순간 후회하는 일이 있다. 넘어가는 순간 후회하고, 후회하면서 달아나고, 다시 후회하지만, 그때는 이미 늦다. 오백만 원에 낚이는 게 말이 안 된다고? 만 원짜리 한 장에도 넘어가는 게 사람이다. 말 몇 마디에 2천만 원을 뜯길 수 있는 것처럼. 악당은 사람의 단단한 머리가 아닌, 가장 약한 부위를 건드리기에.

소리도 경쾌하게 방울이 울었다. 외삼촌이 부리나케 릴을 감아 들였다. 큰 놈인 모양. 낚싯대를 잡은 팔이 부들부들 떨렸다.

"왔다!"

"오다뇨?"

외삼촌이 물밑을 노려보았다.

"저기 봐라, 저기!"

뭐가 왔다는 것인지 도무지 알 수가 없었다. 화살 같은 빗방울만 수면에 내리꽂히고 있었다. 외삼촌은 이를 물며 버텼다. 얼굴의 골을 따라 소리 없이 빗물이 흘러내렸다. 이마 위로 핏줄이 도드라지면서 외삼촌의 얼굴이 기이하게 틀어졌다. 얼굴이 일그러지니 외삼촌 같지 않았다. 고통을 참는 사람의 얼굴은 이상하게 다 똑같아 보인다. 사람이라기보다 고통 그 자체로 느껴지는 것이다.

길고 지루한 싸움이었다. 바위와 싸우고 있는 게 아닐까 싶었다. 보다 못한 내가 낚싯대에 손을 얹자 외삼촌이 고개를 저었다.

"달린다!"

외삼촌이 외마디 비명을 질렀다. 순간, 나는 보았다. 그의 몸이 검은 그림자 속으로 쑥 빨려 들어가는 것을. 풍덩, 소리가 들렸고 사방으로 은린이 튀었다. 그러곤 그만이었다. 바다는 입을 다물어 버렸다.

방파제 위에는 아무 것도 남아 있지 않았다. 쿨러도, 뜰채도, 낚시 가방도 없었다. 누군가 그 자리에 앉아있었다는 사실이 '뻥'이 아닐까 싶을 만큼 말끔했다. 이렇게 될 줄 알고 달랑 낚싯대 하나만 들고 온 것일까, 외삼촌은.

머릿속이 얼얼했다. 프라크라벤의 거대한 꼬리에 뺨이라도 한 대 얻어맞은 기분이었다. 나는 빗발이 내리꽂히는 텅 빈 방파제를 좀처럼 떠날 수 없었다.

문상

1. 오후 한 시

서종대가 아내로부터 문화상품권 열 장을 건네받은 것은 그해가 저물어 가는 12월 24일 오후였다. 그가 잠에서 깨어났을 때, 눈이라도 내릴 것처럼 희붐한 빛이 유리창을 건너오고 있었고 싸구려 벽시계의 시침이 숫자 1을 가리켰다. 이런, 또 늦잠을 잤군. 밤새 뒤척이느라 기상시간이 턱없이 뒤로 물러난 것이다. 서종대의 눈앞으로 해 안에 마쳐야 할 참고서의 단원이 스쳐 지나갔다.

적지 않은 양이었다. 뾰족한 통증이 정수리를 찔러댔다. 요즘 들어 서종대는 자주 머리가 아팠다. 두통이라기보다 양심통에 가깝다고 할 그것은 삶을 충실히 살지 못했다는 자책에서 기인했다. 자책감이 몸 이곳저곳을 찌르다가 머리끝까지 치밀고 올라가는 것이다. 판피린 한 병이 간절한 그 순간 아내가 핸드백에서 갈색 병 하나를 꺼냈다. 보란 듯 그녀는 서종대 앞에서 꿀꺽꿀꺽 그것을 들이켰다. 아내 역시 액상의 두통약, 판피린을 장복 중이었다. 코트를 입고 엷게 화장까지 한 걸 보니 출근준비를 마친 듯했다.

"나는 오늘 야간근무야."

서종대는 이부자리에 누운 상태에서 아내의 말을 들었다. 서종대는 '나는 책값이 필요해'라고 말할 용기는 나지 않았다. 그랬다. 오늘 마치기로 계획한 단원은 아직 구입하지 않은 책 속에 들어 있는 것이다. 공부는 몰라도 책값만큼은 아내에게 의존하지 않고 해결할 수 없었다. 그 모든 불면증과 그로 인한 늦잠, 두통은 그러니까 아내로부터 책값을 어떻게 뽑아내느냐 하는 고민에서 발생했다. 기생충도 낯짝이 있지. 저 불쌍한 여자의 피를 또 빨아야 하다니. 저 여자 옷 좀 보라지.

아내는 3년째 쥐색 혼방코트 하나로 겨울을 나는 중이었다. 오래 입어 소맷단이 나달나달 해진 데다 거듭된 물세탁으로 옷의 각이 흐트러져 있었다. 그녀가 그 옷을 좋아한다거나 옷이 그것밖에 없어서 입는 게 아니라 일부러 그 옷을 고집한다는 것을 서종대도 알고 있었다. 아내 말처럼 '옷처럼 싼 게 없는 시대'에 낡은 옷을 고집하는 것은 반항이기 때문이다. 어쩌면 아내는 '나 이렇게 입고 다니는 거 보니 기분 좋아?' 서종대를 포함, 세상에 항의를 하고 있는지도 몰랐다.

"저기, 여보! 책……."

서종대가 간신히 운을 떼는데 아내가 앞질러 입을 열었다.

"오늘 어떻게 하든 시간을 내서 냉장고를 보러 가겠어. 저건 냉장고가 아니라 헬리콥터가 분명해. 소리 때문에 한숨도 못 잤어. 저걸 그냥 두면 헬리콥터로 변신해 지붕을 뚫고 뛰쳐나갈 거야."

그 말이 단순히 책값을 주지 않기 위해 아내가 지어낸 이야기가 아니라는 것을 서종대도 알고 있었다. 10년 가까이 써온 냉장고가 헬리콥터 엔진이라도 장착한 것처럼 요 며칠 두두두 다다다 시끄럽게 울어대는 중이었다. 살 때부터 중고였으니 실제 나이는 헤아릴 수조차 없었다.

아무리 그래도 저놈이 헬리콥터일 리는 없어. 다 썩은 냉장고에 헬리콥터 엔진이라니. 저놈은 차마 하지 못하는 말이 있어 속이 썩어 문드러진 기계일 뿐이야. 나 같은 부류지. 하지만,

"생각 잘했어, 여보. 당장 바꾸자구. 지붕 수리비보다 냉장고 사는 게 싸게 먹힐 거야."

기운 빠진 그의 대답에 아내도 힘없이 웃었다. 그런 뒤 화장대 위에 그것을 올려놓은 것이다. 돈인가 싶어 집었더니 문상, 문화상품권이었다. 만 원권이 무려 열 장이었다. 모든 시름에서 놓여나는 한편 문제집까지 추가로 구입할 생각에 서종대의 입은 주책없이 벌어지고 말았다. 책을 사면 일주일 내내 잠도 자지 않고 공부하리라. 그런 그를 아내가 안쓰럽게 내려다봤다.

"행시에라도 패스한 사람 같네."

2. 오후 두 시

서종대가 그동안 그 집을 몰라봤던 것은 그의 둔감함이나 무신경 때문만은 아니었다. '아무 문제 없는 집'의 간판은 너무나 작아 도저히 정상적인 사람의 시력으로는 알아볼 수가 없는 것이다. 필

통만한 나무판자에 어린아이가 낙서하듯 삐뚤삐뚤 써 갈긴 글자며, 창문은 아예 없는 데다 출입구라고는 달랑 나무 쪽문 하나 달아 놓은 것까지 누구도 우연히 발견할 수 없는 집이었다.

"이런 곳에서 낮술을 할 줄은 몰랐군."

"술집 아니라니까요."

강 모 씨가 고개를 저었다.

"술집 아니에요?"

"네버."

"술 먹자면서요?"

"내가 언제 술 먹잤어요? 한잔 하잤죠."

그러니까 서종대의 휴대전화가 울린 것은 아내가 나가고 난 뒤 슬슬 서점에 갈 채비를 할 때였다.

"서형, 모처럼 한잔 하죠."

강 모 씨였다. 강 모 씨는 거듭되는 낙방에도 불구하고 참고서를 손에서 놓지 않는 몇 남지 않은 학원동기였다. 세상 물정을 모르는 부잣집 자제로 수험생 초창기부터 가깝게 어울린 탓에 그럭저럭 연락을 하고 지내는 사이였다. 얼마 전까지만 해도 시험에 나올법한 예상문제를 서로 짚어주거나 국내외 정치경제의 흐름에 대해 다양한 의견을 나눴지만 이제는 그런 이야기 따위는 꺼내지 않게 되었다. 예상문제는 한 번도 맞지 않았고 그들의 미래는 국내외 정세에 상관없이 어두웠다.

문을 열고 들어서니 술집이 아닌 게 아니었다. 출입구 한켠에 금박 줄을 친친 감고 서있는 소형의 크리스마스트리, 낮은 조도의 조명, 칸막이로 나눈 좁다란 좌석, 실내에 낮게 깔리는 라나에로 스포와 벽에 걸린 반라의 미녀상은 그 집이 틀림없는 술집이라는 것을 말해주고 있었다. 그것도 돈 없이는 출입 못한다는 80년대에 유행하던 고색창연한 맥주홀이 분명했다. 서종대가 항의를 할 틈도 없이 강 모 씨가 그를 붙잡아 앉혔다.

"오늘은 암 말 말아요. 크리스마스이브잖아요."

잠시 후 주문을 받기 위해 아가씨 하나가 나타났다. 아슬아슬한 '끈나시'에 천쪼가리나 다름없는 미니스커트를 걸친 아가씨는 '아가씨'가 아니었다. 그런 업소의 아가씨라면 당연히 갖추고 있어야 마땅한 몸매는커녕 젖가슴조차 채 완성되지 않은, 팔뚝에 솜털이 보송보송하고 바싹 마른 몸을 가진 어린 여자아이였다. '이건 아냐.' 아무리 아가씨에 굶주린 서종대라고 해도 미성년자를 앞에 두고 술 마실 생각은 조금도 없었다.

먹물이 분명한 손님이 정의감에 불타는 눈길로 자신을 노려보거나 말거나 아이는 태연하게 메뉴판을 내밀었다. 이건 아니라구! 자리를 박차고 일어서는 서종대를 강제로 원위치 시킨 사람은 강 모 씨였다. 앉아요!

"나는 라즈베리 소스를 곁들인 특제 불고기버거, 콜라 라지, 그쪽은요?"

"콜라, 라지?"

서종대가 아닌 밤중에 콜라를 뒤집어 쓴 얼굴로 강 모 씨를 바라보았다. 강 모 씨가 짜증난다는 표정을 지었다.

"몇 번을 말해야 알아들어요? 여기 술집 아니라니까. 패스트푸드점이라구요."

고개를 끄덕임으로써 아이 역시 강 모 씨의 말이 옳다는 것을 확인시켜 주었다. 음식을 기다리는 동안 강 모 씨가 차근차근 설명을 해나갔다.

"서형 놀란 마음은 알겠어요. 이제 형도 고정관념을 버려야 해요. 햄버거집이라고 해서 꼭 유치원 교실처럼 꾸며놓고 장사하라는 법은 없잖아요. 그리고 저렇게 예쁜 아이에게 헐렁한 싸구려 티셔츠를 입히는 것도 잔인한 일이라구요. 아이들에게는 창의적인 옷이 필요해요."

강 모 씨의 입에서 나오는 창의적이라는 단어는 어쩐지 제 옷장을 못 찾아 들어간 느낌이었다. 아이가 입은 천쪼가리는 창의적이라기보다 퇴폐적이었다.

"서형, 사실 겁먹고 있죠?"

무단으로 찔러온 강 모 씨의 언사가 서종대의 심중에 도사리고 있는 혼란을 뜻하는 거라면 어느 정도 과녁을 맞힌 셈이었다. 누가 봐도 정체가 의심스러운 곳이었다. 패스트푸드업계의 UFO라고 불러야 할 것 같았다. 어디선가 불쑥 외계인이 나타나 오래 기다리셨죠? 하며 뇌 뚜껑을 열어볼지도 모르는데 어떻게 그런 상태를 편안하게 받아들일 수 있단 말인가.

"서형, 이걸 아셔야 해요. 그런 두려움이야말로 인생을 풍요롭게 만들기 위해 지불해야 하는 비용이라는걸. 새로운 세상은 두려움으로 열린다고요."

먹물의 장광설이라니. 행정고시에 열 번 가까이 낙방하면 다른 건 몰라도 '썰(舌)' 하나는 확실하게 단련되는 모양이었다. 그 사이 아이가 쟁반을 들고 나타났다. 서종대가 주문한 메뉴는 소고기와 토마토, 양파가 골고루 들어간 '아무 문제 없는 집 특제 발사믹

햄버거'였다. 햄버거에 발사믹 소스라니 어울리지 않는 조합이었지만 업소로서는 가격의 정당함을 주장하려면 그런 식으로라도 고급 재료를 첨가하지 않을 수 없는 것이다. 그들이 선택하지 않은 그 밖의 햄버거로는 '특제 50년 묵은 조선간장 데리야끼버거'와 '수제 풀어놓고 키운 닭 안심버거' 등이 있었다.

서빙을 마친 아이가 서종대 곁에 다소곳이 자리를 잡았다. 어쭈, 그러니까 룸살롱의 그녀들처럼 손님 수발을 들겠다는 것이로군. 서종대는 가소로운 미소를 보태 그녀가 편하게 앉도록 엉덩이의 위치를 약간 옮겨주었다.

상에 차려진 음식은 평소 그에게 식욕부진을 유발하던 종류였지만 기상 이후로 칼로리 섭취가 전무했던 탓에 서종대는 허겁지겁 햄버거를 흡수했다. 그러면서 아이의 밋밋한 젖가슴과 알허벅지를 곁눈질하는 일을 멈추지 않았다. 일부러 그런 게 아니라 눈이 저절로 돌아가는 것을 어쩌지 못한 것이다.

"괜찮아요. 편하게 보셔도 돼요."

아이가 냅킨을 내밀며 말했다. 여기는 그런 집이에요.

"그런 집이라고?"

"네, 만지지만 않으시면 돼요. 저는 미성년자니까요."

"……?"

"여기서는 술도 안 팔고, 어두운 거랑, 뭐 야한 사진 좀 걸었다고 잡아가지는 않거든요. 보통 햄버거집에도 우리 같은 애들이 근무한다고요. 만지지만 않으면 아무 문제 없는 거죠."

만지지만 않으면……. 서종대는 말끝을 맺지 못했다. 그래서

'아무 문제 없는 집'이었던 거군.

"저도 얼마 전에 알게 되었어요. 콜라 한 병이 웬만한 양주값과 맞먹기는 해도 뭐 이런 아이, 보기만 해도 스트레스가 확 풀리잖아요. 술 먹는 것보다 낫다구요, 숙취도 없고. 저 야들야들한 살가죽 좀 봐요. 어떻게 하면 좋아요."

강 모 씨의 목소리는 흥분으로 인해 떨리기까지 했다. 서종대는 이건 아닌데와 뭐 아무 문제 없잖아 사이를 오락가락하며 '아무 문제없는 집 특제 발사믹햄버거'를 씹었다. 심지어 음식 맛조차 아무 문제없었다. 문제없는 정도가 아니라 맛있었다. 아이는 서종대의 게걸스러운 저작과, 부지런한 안구운동을 남의 일인 양 감흥 없이 바라보았다.

"학교는 다니니?"

콜라를 빨대로 쭉 빨면서 서종대가 물었다.

"중학교 삼학년이에요."

"공부는 잘 하니?"

"아저씨 장난해요? 이런 데 나오면서 공부할 시간이나 있겠어요?"

"시간 당 얼마 받니?"

"받을 만큼 받아요. 다 드셨죠?"

대답하기조차 귀찮다는 듯 아이가 일어서려고 했다. 서종대는 자신이 흡수력이 지나치게 빨랐음을 후회했다. 여기 아저씨는 아직 안 먹었잖니? 그가 강 모 씨를 가리키며, 그러니까 실제로 햄버거를 금쪽 베어 물 듯 야금야금 뜯어먹고 있던 강 모 씨를 손가락으로 가리키며 여린 팔뚝을 잡으려 하자 예약손님 올 시간 됐다고요! 아이는 매정하게 일어서버렸다.

"자자, 앉아봐라. 줄 게 있다."

서종대가 생각났다는 듯 안주머니에서 봉투를 꺼내 들었다.

"너 책 사볼래?."

"저희 팁 받는 거 금지에요."

"팁 아냐."

팁이 아니라 아내가 책 사라고 준 문상이었다. 아이를 잡는 데 급급했던 서종대로선 그 해 안으로 마쳐야 할 단원 따위는 까맣게 잊어버렸다고 할 수 있다.

"공부해야 훌륭한 사람된다."

심지어 자신조차 믿지 않는 말을 했다. 아이가 입을 비죽 내밀며 자리에 앉았다. 그럼 저 아저씨 다 먹을 때까지만요. 훈계는 듣기 싫지만 문상은 마음에 드는 것이다. 마음에 드는 정도가 아니라 좋아 죽겠다는 표정이었다. 그 바람에 서종대도 자신이 대단한 일을 한 것 같은 기분이 들었다. 그는 끈나시 밑으로 봉투를 밀어 넣는 아이의 얼굴이 분홍빛으로 달아오르는 것을 흐뭇하게 바라보았다. 아무리 남다른 일을 하는 아이라고 해도 아직 뻔뻔스러움까지 배우지는 못한 것이다. 그런 것, 자기가 곁에 두고 싶은 것은 아이의 헐벗은 몸뚱어리가 아니라 바로 그런 수줍음이라는 것을 서종대는 막 깨닫는 중이었다. 그는 바닥이 드러난 콜라를 춥 소리가 나게 빨았다.

"강형, 천천히 먹어요."

3. 오후 다섯 시

"오빠는요?"

아이는 교복 차림이었다. 학교수업을 마치고 막 귀가한 중3 여학생의 모습 바로 그것이었다. 끈나시와 미니스커트는 잘 접어 가방에 넣어둔 것이다. 엄마는 아이가 들어오는데도 반기는 기색 없이 TV화면에만 시선을 고정시키고 있었다. 드라마가 너무 재밌어 다른 데는 신경을 기울일 틈이 없는 사람 같기도 했고 어떻게 보면 드라마조차 보고 있지 않은 사람 같기도 했다. 엄마는 지나치게 멍했다. 아이가 방문을 두드렸다.

"오빠, 나야. 문 열어. 줄 게 있어."

문은 안으로부터 굳게 잠겨 있었다.

"오빠 나야, 문 좀 열어 봐."

"놔둬라. 창문으로 뛰어내리든지 말든지."

히키코모리 한 명이 투신자살 했다는 뉴스를 접한 뒤로 엄마의 신경은 극도로 예민해 있었다. 겉으로는 애써 무심을 연출하지만 속은 물풍선처럼 팽팽하게 출렁이는 것이다. 손만 대면 톡 하고 터질 것 같았다. 아들 때문이었다. 다니던 고등학교를 관둔 채 방에 틀어박힌 지 벌써 2년째였다. 종일 인터넷에만 매달릴 뿐 자기 방을 벗어나지 않았다.

"오빠, 오빠아!"

"뭐야?"

벌컥, 문이 열렸다. 길게 기른 머리, 거뭇한 콧수염의 남자가 얼굴을 내밀었다. 피곤한 기색.

"오빠, 줄 게 있어. 내가 알바 뛰어서 산 거야."

아이의 손에 봉투가 들려 있었다.

"오빠, 이걸로 아이템 사!"

굳은 표정까지 풀지는 않았지만 남자의 눈길은 슬그머니 문상을 향했다.

4. 오후 여덟 시

"쪽팔리지도 않냐는 말, 이제 하도 들어 괜찮아."

어깨가 천천히 술을 따랐다. 벌써부터 새치가 듬성듬성 박힌 머리카락, 말할 때마다 분홍빛으로 떨리는 턱밑의 두툼한 살, 낮고 느린 말투. 녀석, 하나도 변하지 않았군, 여전히 굼떠. 남자는 어깨가 따라준 술을 목구멍으로 넘기며 지나간 시절을 반추했다.

어깨는 흔히 조직폭력배를 일컫는 '어깨'와는 전혀 다른 인종이었다. 조직은커녕 친구 한 명 없는 놈이었고, 폭력을 휘두르기보다 주로 당하는 쪽이었다. 그런 어깨가 자기가 다니던 중학교 앞에 식당을 열었다고 했다. 동문 홈피에 접속했다가 알게 된 사실이었다. 여기저기서 어렵게 자금을 끌어 모아 시작했다는데,

"장사는 잘 돼?"

"보다시피."

손님이라고는 자신 외에 바싹 탄 고기를 앞에 두고 시시덕거리는 젊은 남녀가 전부였다. 그렇구나……. 남자는 단숨에 술을 털어 넣었다. 빈속이었다. 롤러코스터를 탄 듯 짜릿한 전율이 식도를 훑고 지나갔다.

"아무리 지방이라도 너무하네, 이 동네는 크리스마스도 없나?"

어두운 거리에는 행인의 발길마저 뜸했다. 듬성듬성 가게들이 불을 밝혀놓을 뿐 흔한 캐럴조차 들리지 않았다. 몇 대 얻어맞고 풀이 죽은 사람처럼 지방의 소도시는 침울한 표정이었다.

어깨는 고기 굽는 데 온 정신이 팔려 있었다. 설익은 것을 가운데로 몰고, 탄 것은 가외로 걷어내고, 이리저리 뒤집고, 잘게 자르느라 바빴다. 팔기보다는 굽는 일 그 자체를 위해 가게를 차린 사람 같았다. 덕분에 남자의 접시 위로 기름이 번질거리는 삼겹살이 쉼 없이 올려졌다. 어깨의 얼굴에도 그 비슷한 기름기가 흘렀다.

"어서어서 먹어. 고기 타."

"그래, 먹자."

남자는 젓가락을 들었다. 누구보다 남자의 변화를 반긴 사람은 엄마였다. 머리를 감고 면도를 하는 그를 향해 엄마는 당장 저녁을 먹으러 가자며 법석을 떨었다.

"어서어서 준비해라. 나는 가족끼리 패밀리 레스토랑에 가는 것이 꿈이었다. 그곳은 왠지 화목한 가족들만 찾는 곳 같아. 그들처럼 왁자지껄 웃고 떠들면서 저녁을 먹어보고 싶었단다. 게다가 오늘은 크리스마스이브잖니. 네가 이렇게 밖으로 나올 줄 알았으면 마땅한 외출복이라도 사두는 건데 그랬다."

엄마는 그의 옷장을 정신없이 뒤적거렸다. 하지만 남자는 점퍼 하나만 걸친 채 말없이 집을 나섰다. 등 뒤로 당황에 겨운 목소리가 들렸다.

"너 어디 가니?"

돼지기름이 떨어졌는지 치직, 불판 가외로 불길이 솟았다.

"어저오제요!"

입에 잔뜩 문 고기 때문에 어깨는 우걱거리는 목소리로 손님을 받았다. 고기 파는 놈이 고기냄새가 질리지도 않는 모양이었다. 쉬지 않고 젓가락질이었다. 알바생 하나가 부리나케 손님 쪽으로 달려갔다.

"난 괜찮으니까 일 봐."

남자가 가보라고 손짓을 했다. 어깨가 고개를 저었다.

"아냐, 오늘은 나도 좀 마시고 싶어. 크리스마스이브잖아."

어깨가 자꾸 술병을 기울였다. 남자가 잔을 받았다.

"그때는 괴로웠지?"

남자 말에 어깨가 사람 좋게 웃었다. 웃으면서 연신 입속으로 고기를 밀어 넣었다.

"그만 가봐야 해. 이거 술값이야."

남자가 상 위에 봉투를 꺼내놓았다.

"무슨 소리야, 이렇게 내려와 준 것도 고마운데. 필요 없어. 이런 거."

어깨가 그를 따라 자리에서 일어섰다.

"돈 아냐. 문상이야."

"문상?"

5. 오후 아홉 시 반

가로등 불빛 아래, 표범의 반점과도 같이 균일하게 축대를 떠받치고 있는 돌들과, 거대한 틈이 입을 벌리고 있는 듯 기름하게 뻗은 가로등의 제 그림자, 축대의 균열 사이로 뿌리를 박은 작은 풀들과 풀의 실루엣을 똑같이 베낀 그림자와 누가 썼는지 사랑해 OO, 또박또박 눌러 쓴 낙서 자국, 희디 흰 잔설과 잿빛 보도블록이 고스란히 빛을 발하는 골목이었다. 그리고 저 멀리 어둠 속으로부터 여자가 걸어오고 있었다.

인화지 위에서 서서히 살아나는 초상처럼, 처음에는 또각또각 구두소리로, 좁은 어깨와 긴 팔로, 코트의 실루엣으로, 이윽고 굽이치는 머릿결과 아래로 치뜬 눈으로 그녀가 오고 있었다. 어깨는 가슴을 진정시키기 위해 심호흡을 했다. 미끄러운 데를 밟았는지 여자의 몸이 한 번 기우뚱했다. 그러는 동안 어깨와의 거리도 점점 가까워지고 있었다.

문득 여자가 걸음을 멈추어 섰다. 어깨를 발견한 것이다. 여자는 어깨와 마주치지 않기 위해 의도적으로 방향을 틀었다. 여자는 눈이 많이 쌓인 곳을 골라 디뎠다. 그런 곳이 덜 미끄러웠다. 어깨는 특유의 느린 걸음으로 그녀에게 다가갔다. 그녀를 불러 세우지는 않았다. 함께 걸었다. 보폭을 맞추어 걷는 것만으로도 기분이 좋았다. 여자에게서 달콤한 밀크 향과 잘 발효된 생지 냄새가 풍겼다. 여자는 빵집 근무를 마치고 오는 길이었다.

"뭐예요?"

견디지 못하고 먼저 말을 걸어 온 것은 여자였다. 가로등 불빛 아래 여자의 차가운 표정이 드러났다. 어깨의 커다란 어깨가 일순 움츠러들었다. 더듬더듬 그가 입을 열었다.

"내일, 시내에서 첼로 연주회가 있대요."

여자는 아무런 대꾸도 하지 않았다. 어깨의 커다란 어깨가 축 늘어졌다.

"러시아, 사람들이 내한한대요. 흔치 않은 기회예요. 이번 크리스마스가 아니면 못 볼지도 몰라요."

여자는 뛰다시피 걸음을 옮겼다. 어깨가 따라붙었다.

"이거……."

여자는 돌아보지 않았다.

"문상이에요. 내일 꼭 연주회 보시라고요."

비로소 여자가 어깨 쪽으로 고개를 돌렸다. 그의 손에 봉투가 들려 있었다. 지난 일 년간 변함없이 자신을 쫓아다닌 사람이었다. 그의 삶을 통틀어 한눈에 반한 여자는 자기가 처음이라고 했다. 그로선 어쩔 수 없는 일이라는 것을 알면서도 애원하듯 자신을 바라보는 어깨의 눈빛이 여자는 못 견디게 싫었다.

"십만 원이면 한 사람 티켓 값은 될 거예요."

액수에 솔깃해서가 아니라 단지 그를 돌려보내기 위해서라는 티를 팍팍 내며 여자가 그것을 받았다. 이제 됐죠? 비로소 어깨의 얼굴에 미소가 번졌다.

"메리 크리스마스!"

멀어지는 여자를 향해 어깨가 손을 흔들었다.

6. 오후 열 시

버스는 끊긴 지 오래였다. 여자는 택시를 잡기 위해 이리 뛰고 저리 뛰었다. 선뜻 서울로 가려는 차가 없었다. 기사 한 명이 고개를 내밀고 소리쳤다.

"길이 미끄러워, 아가씨. 이런 날은 차 잡기 힘들어."

전날 내린 눈 때문에 택시들이 장거리를 꺼리는 것이다. 여자는 포기하지 않았다. 택시란 택시의 차창은 전부 두드렸다. 떨어져 나갈 것처럼 뺨이 시렸다.

"서울 가시게요?"

등 뒤에서 누군가 말을 걸어왔다. 스물 남짓 되었을까. 택시기사는 아니었다.

"저도 서울 가는데 반씩 낼래요?"

나쁜 사람 같지는 않았다. 그냥 어린애였다. 여자는 남자의 제안을 받아들였다. 더블을 외치자 택시 한 대가 금세 오케이했다. 두 사람이 나란히 뒷좌석에 앉았다.

"연상연하 커플인가 봐."

룸미러 속 운전기사가 평서문 형태의 반말로 물어왔다. 둘 다 입을 열지 않았다. 싸웠나. 뻘쭘해진 기사가 라디오를 틀었다. 오래 전에 유행하던 캐럴이 흘러나왔다. 흰 눈 사이로 썰매를 타고 달릴까, 말까, 달릴까, 말까……. 한때 전성기를 구가하던 모 개그맨의 코믹캐럴이었다. 달릴지 말지를 고민하는 영구를 싹 무시한 채 택시는 전날 들이부은 염화칼슘으로 인해 슬러시처럼 녹은 눈밭을 쾌속으로 뚫었다. 종이 울리면 장단 맞추어 노래를 부를까, 말까, 부를까, 말까…….

얼었던 몸이 서서히 녹아가고 있었다. 눈을 꼭 감은 것이 옆 자리의 남자는 잠이 든 모양이었다. 여자는 문상이 든 봉투를 꼭 쥐었다가 놓았다. 여자의 휴대전화로 문자 메시지가 날아들었다. 어깨였다.

[공연 잘 보세요♥메리크리스마스~~]

문화상품권 몇 장 갖고 대단한 선물이라도 한 것 같네. 마음 같아선 봉투를 차창 밖으로 던져버리고 싶었다. 어깨 같은 사람을 두고 세상은 '사랑의 약자'라고 불렀다. 사랑에 대하여 자진해서 권력을 반납함으로써 약자가 된 것이다. '그런 사람들이라면 널리고 널렸지.' 그들의 행동은 그녀에게 서푼짜리 동정감도 되지 않았다. 사랑의 약자들이 오랜 구애를 통해 그녀에게서 얻어내는 거라곤 상심과 비통과 상처뿐이었다. 그들은 그렇게 깊게 상처받은 뒤에야 사랑을 접었다. 애석한 것은 바로 그 순간부터 여자의 사랑이 시작되곤 했다는 것이었다. 그들이 마음을 돌렸을 때, 간절한 호소를 멈추었을 때, 그만 사랑을 접었을 때, 여자는 떠나간 사랑에 눈물지었다.

김준섭과의 관계도 그러했다. 그가 다가올 때 여자는 무심했으나 그가 포기한 뒤에는 허전함에 시달렸고 나중에는 그가 아니면 안 될 것 같은 감정에까지 휩싸이게 되었다. 여자는 그와 관련하여 평소 무심하게 보아 넘겼던 온갖 장소와 사물에 대하여 기이한 집착을 품게 되었다. 가는 곳마다 김준섭이 말을 걸어왔던 것이다. 김준섭은 그것 아니면 안 되는 볼펜의 브랜드며, 선호하는 커피의 생산지와 자기만의 '밀크와 티의 비율'을 고집하는 사람이었다.

당시에는 겉멋으로 치부했던 그의 기호가 이제 와서 고귀한 자의 예민함으로 느껴지기는 게 스스로도 납득하기 어려웠지만, 여자는 숯불에 까맣게 탄 고기를 투박한 손가락으로 집어 아무렇지 않게 씹어대는 어깨와 그를 비교할 때마다 김준섭이 더욱 괜찮은 사람으로 여겨졌다. 다만 여자가 깨닫지 못하는 것이 있다면 언젠가 시간이 흘러 어깨의 투박스러움과 우직함 역시 견딜 수 없는 매력으로 다가오리라는 사실이었다.

남자가 눈을 떴다. 젖은 도로를 질주하는 바퀴의 마찰음이 귓가를 어지럽혔다. 옆자리의 여자는 창밖을 주시하는 중이었다. 캐럴이 울리고 있었고 남자의 휴대전화로 문자가 날아들었다.

[잘 가고 있냐? 문상 고맙다^^ 나는 다 잊었다♥메리크리스마스~~]

어깨였다. 그 시절 어깨에게서는 늘 기분 나쁜 냄새가 풍겼다. 불결을 또 다른 불쾌로 덮는, 쏘는 듯 쥐어짜는 냄새, 암모니아와 나프탈렌이 혼합된 역겨운 냄새였다. 매를 맞지 않기 위해 그가 숨어 있던 곳이 화장실이었기 때문이다. 그날도 남자는 화장실을 뒤져 어깨를 찾아냈다. 어깨는 학교 뒤뜰, 낡은 책걸상 따위가 쌓여 있는 흙바닥에 던져졌다. 맞기 싫으면 문상을 가져오라고!

현실세계와 마찬가지로 가상의 게임공간도 빈부가 나뉘었다. 최신 무기를 손에 넣지 못한 빈자는 제대로 겨뤄보지도 못하고 패하기 일쑤였다. 그런 세계에서 문화상품권은 가난한 자를 부자로, 약한 자를 강자로, 시시한 사람을 영웅으로 만들어주는 도깨비방망이였다. 일련번호만 입력하면 무기가, 갑옷이, 장신구가 쏟아졌다. 아이들은 마법의 세계에 취했고 '약발'을 유지할 문상을 찾아 현실세계의 약자를 공격했다.

어깨는 병원으로 실려 갔다. 늑골파열이었다. 구급차가 떠나고 소란이 진정된 뒤 눈이 내리기 시작했다. 폭력에 가담한 아이들은 차가운 학생부 의자에 앉아 급하게 호출된 그들의 부모를 기다려야 했다. 쉼 없이 떨어지는 눈발을 바라보면서 몇몇 선생이 투덜댔다. 이런 날 기분 좋게 한잔 하면 딱인데. 그러게요. 선생들 또한 상부의 징계를 기다리고 있었다.

부모들은 나타나지 않고 눈은 계속해서 내렸다. 그런데 그날의 눈이, 무수한 점들이, 남자의 뇌리에 점점이 박혀오는 것이었다. 점은 갈수록 확대되었고 남자의 시야를 잔뜩 흐려놓았다. 흐린 화면 속에 낯익은 얼굴이 들어 있었다. 낯선 장소에서 잠이 깬 사람처럼 여기 어디에요? 어리둥절한 표정으로 창밖을 바라보는 소년. 바로 자신이었다.

남자는 지역의 고등학교에 진학하는 대신 서울행을 택했다. 서울 학교라고 해서 별다르지 않았다. 그곳에도 그처럼 문상을 필요로 하는 아이들이 존재했다. 그들 눈에 남자는 시골에서 올라온 촌놈에 불과했다. 가장 겁이 많은 아이가 먼저 남자를 발로 찼다. 문상을 가져오라고! 곧 여러 아이들이 가담했다. 남자가 아둔한 어깨를 때렸듯이, 영악한 서울 아이들은 남자를 때렸다. 폭력은 갈수록 그악해졌다. 남자는 학교를 그만 둔 뒤 자기 방에 틀어박혔다.

"좋을 때지."

룸미러로 흘깃거리던 기사가 중얼거렸다. 기사의 눈에 두 사람의 무표정은 사랑싸움에서 기선을 잡기 위해 벌이는 아기자기한 신경전에 불과했다. 그렇게, 인생을 제법 겪었다는 한 사내의 추측은 여지없이 빗나가고 택시는 달리고 캐럴은 울리고 라디오 진행자가 외쳤다. 여러분 모두 메리 크리스마스!

7. 자정

"우리 영화 보러 가자."

등짝에 돌이라도 맞은 느낌이었다. 김준섭은 천천히 고개를 돌렸다. 여자가 어색한 표정으로 웃고 있었다. 잘못 들은 게 아닌가 싶었다. 영화라니, 이 시간에? 더구나 그녀는 영화를 좋아하지 않았다. '한 번밖에 주어지지 않는 삶이잖아. 여러 번 되풀이되는 영상이나 거리에 널린 음률로 낭비하기는 싫어.' 여자는 영화보다는 뮤지컬을, 오디오 선율보다는 공연의 현장감을 선호했다. 늘 돈이 아쉬운 형편이었지만 여자는 일회성이 주는 아쉬움을 즐기기 위해서라면 얼마든 돈을 지불할 의사가 있었다.

그런 여자와 달리 김준섭은 영화광이었다. 책상 밑에 붙여둔 껌처럼 언제 떼어내도 단물이 우러나오는 영화가 그는 좋았다. 김준섭은 음식의 장르를 가리지 않는 식성 좋은 미식가에 가까웠다. 완성도에 관계없이 모든 영화에 별 네 개 이상의 평점을 주었다.

'어떤 영화든 그것을 만든 사람으로선 남에게 꼭 보여주지 않으면 안 되었던 간절한 무언가가 담겨 있기 마련이지.'

"언제 온 거야?"

김준섭은 매장 내 빈 벽에 전단지를 이어붙이는 중이었다. 한 손에 투명테이프가 들려 있었다. 연말을 맞아 전자대리점에서 대대적인 세일을 기획 중이었다.

"지나는 길에 들렀어. 오빠, 시 계속 쓰는 거야?"

김준섭은 고개만 끄덕였다.

"우리 영화 보러 가자."

여자가 재촉했다. 영화를 거부함으로써 그를 거절하던 그녀가 이 늦은 시간에 심야영화를 보자고 조르고 있었다. 표정으로 보건대 여자는 진심이었다. 김준섭은 난처했다. 암퇘지. 자포자기하듯 내놓은 그의 첫 시집 제목이 그랬다.

예술적 성취는 뒷전이었다. 그녀를 잊기 위해서라면 무슨 짓이든 할 수 있었다. 그의 시 속에서 그녀는 암퇘지, 저질의 유한마담, 배금주의자, 가짜 가치에 도취된 여자, 순진무구한 얼굴 아래 도착적 성적 판타지를 숨긴 음흉한 여자로 다시 태어났고, 태어남과 동시에 인격말살이라는 처참한 죽음을 맞이해야 했다.

김준섭은 그녀를 짓밟고 침 뱉고 모욕했다. 단지 잊겠다는 의도로 그녀를 저주한 것이다. 돌이킬 수 없을 만큼 퍼붓고 나니 비로소 부끄러움이 밀려왔고 모든 상황이 이해되었다. 나는 이것밖에 안 되는 놈이다.

여자의 눈에는 원망 대신 사랑의 의지가 가득했다. 아직 시집을 못 본 게지.

"돌아가, 늦었어!"

"아냐, 늦지 않았어. 이제부터 심야영화 할 시간이야."

상상도 못한 일이었다. 저 여자가 사정을 하다니. 그는 여자의 태도에 어떻게 반응해야 좋을지 몰랐다. 그런 건, 학습한 적이 없었다. 굳어 있던 공기를 가르듯 문이 열렸다.

출입구에는 쥐색 코트 차림의 손님이 서 있었다.

"자, 손님이 왔어."

채 흔들림이 멎지 않은 출입문을 김준섭이 잡아 당겼다.

"돌아가."

여자가 그의 손을 잡았다. 잡은 지 일 초도 지나지 않아 그 손이 무참하게 내동댕이쳐졌을 때 여자는, 그렇게 될 것을 어느 정도 예측하고는 있었지만 당황했고, 자신의 당황스러움보다는 당황에 마지않는 제3자의 눈길 때문에 돌아서야 했다. 어쩌면 자신이 원했던 것은 바로 이것이었다고. 준만큼 돌려받고 싶었던 거라고. 여자는 이제야 타는 듯한 고통에서 벗어나 두 다리 뻗고 잘 수 있을 것 같았다.

그렇구나……. 여자는 탈지면에 스며드는 피처럼 점점 선명해지는 아픔 속에서 김준섭의 손에 봉투를 쥐어주었다. 여자는 건재를 과시하듯 웃어 보였다.

"메리 크리스마스."

여자는 걷기 시작했다. 세월의 힘에 의해 탈색되는 사진처럼 여자는 서서히 어둠 속으로 스며들었다. 김준섭이 할 수 있는 일이라곤 여자가 보이지 않을 때까지 말없이 서 있는 것뿐이었다.

흘깃 들여다본 봉투 속에는 문상이 들어 있었다. 그는 봉투를 쥔 채 오래 서 있었다. 손님의 존재를 깨달은 것은 한참 뒤였다. 쥐색 코트의 손님은 '들키고 싶은 않은 상황'의 원치 않은 목격자가 된 것을 곤란해 하고 있었다. 잔뜩 주눅 든 표정이 그랬다. 김준섭이 정중한 태도로 양해를 구했다.

"내일 들르시는 게 어떨까요."

"제가 일하는 도중에 달려 왔거든요. 분위기로 봐서 그냥 가야 옳은데 어떻게 예약만이라도 하고 가려고요. 너무 급해서요. 아침 일찍 배달해주시는 걸로 하면 안 돼요?"

"아무리 생각해도, 하루만 더 있다 오시는 게 좋을 것 같은데요."

김준섭이 벽을 메우고 있는 전단을 가리켰다. '연말 특별세일, 12월 25일부터' 그러니까 반나절만 참으면 말도 안 되는 가격에 원하는 물건을 살 수 있다는 이야기였다. 냉장고만 무려 30퍼센트 세일이었다.

8. 오전 한 시

김준섭이 점포의 보안장치를 작동시킨 후 거리로 나섰을 때 세상은 오색전구가 내뿜는 색스러움으로 찬연하게 빛나고 있었다.

"역시 크리스마스군."

다만 뭐라도 쏟아지려는지 대기의 불안정한 움직임이 그의 어깨를 무겁게 짓눌렀다.

김준섭은 검정색의 끈 달린 서류가방을 추슬러 멨다. 길 건너 편의점으로 향하는 길이었다. 그의 손에는 열 편도 넘게 영화를 볼 수 있는 문상이 쥐어져 있었다. 컵라면으로 따지면 백 개도 넘게 살 수 있는 유가증권이었다.

생각 같아선 컵라면을 백 개 사서 전부 쓰레기통에 던져 넣고 싶었다. 문상을 없애지 않고는 죄책감에서 놓여 날 수 없을 것 같았다. 하지만 김준섭은 컵라면 한 개, 삶은 계란, 캔커피만 계산대 위에 올려놓았다. 디스 한 갑도요! 김민아는 그가 내민 물건을 스캐너로 찍었다.

"팔천오백 원입니다. 어?"

"아, 아까."

김준섭, 김민아 두 사람은 서로를 알아보았다. 김민아는 쥐색 코트를 벗고 편의점 로고가 새겨진 앞치마를 두르고 있었고 반대로 김준섭은 전자회사 상호가 박힌 줄무늬 유니폼 대신 베이지색 트렌치코트 차림이었다.

짧은 눈인사를 건넨 뒤 김준섭이 문상 한 장을 내밀었다. 문상을 받아드는 그녀의 표정이 순간 아쓱하게 변했다. 그녀는 문상을 오래 들여다보았다. 김준섭은 뭔가 있다는 생각이 들었다.

"무슨 문제라도……."

그녀가 고개를 저었다. 아닙니다, 손님. 잔돈과 함께 비닐봉투에 담긴 물건을 김준섭에게 건넸다. 이번에는 그것을 받아든 그가 잠시 주춤거렸다.

"여기서 문상 팔죠?"

문상으로 물건 값을 치르고 나서 다시 문상을 구입하는 건 뭐지? 장난이라도 하자는 건가. 김민아는 흠, 가벼운 항의의 한숨을 토해낸 뒤 금고에서 빳빳한 문상 한 장을 꺼냈다. 그가 고개를 저었다.

"이것 말고 아까 제가 드린 것으로 주시면 안 될까요?"

그녀는 그렇게 했다. 그것을 받아든 김준섭이 다시 아홉 장을 채워 내밀었다. 열 장의 문상은 사람으로 치면 단체로 모진 풍파를 겪은 말썽 많은 교회의 신자들처럼 표정이 구깃구깃했다.

"세일 정보를 가르쳐드렸으니 저도 부탁 하나 할게요. 이걸로 제 시집을 사주시겠어요?"

"시집이라고요? 시인이세요?"

"네, 김준섭이라고 하는데 잘 모르실 겁니다. 제 시집은 전혀 팔리지 않고 있습니다."

그러나 그런 태도도 그의 얼굴에 담긴 열정을 숨기지는 못했다. 그는 허영심의 장벽을 보지 않고 통과한다는 열정가였다.

김민아의 머릿속으로 행시 7수에 도전 중인 남편의 얼굴이 떠올랐다. 남편은 자기세계에 열심이었지만 열정은 없었다. 숨이 끊기기 전까지 어떻게든 움직일 수밖에 없는 냉장고의 모터 같았다. 그러나 그런 열심도 엄연히 삶의 책무를 이행하는 방법이니만큼 남편은 후회 없이 사는 중이었다. 남편은 떳떳하게 삶의 허영을 껴안는 노력가였다.

김민아 자신으로 말하면, 산다기보다 간신히 이어가는 느낌이었다. 시인의 열정은 고사하고 남편에게 있는 열심조차 없었다. 이게 아닌 것 같긴 한데 어떻게 해야 통발 속 같은 상태에서 벗어날 수 있는지는 알 수 없었다. 예의 두통이 찾아왔다. 김민아는 옅은 신음소리와 함께 열 장의 문상을 책 읽듯 한 장 한 장 넘겼다.

"이걸로 전부 시집을 사라구요?"

"그건 마음대로 하셔도 좋습니다. 어쨌든 출판사에는 도움을 주어야 하니까요."

"출판사에 도움을 주려고 자기 시집을 사요?"

"솔직하게 말씀드리면 얼마라도 팔려야 제 체면이 서거든요."

"……."

"시집이 엉망인 것도 괴로운데 조롱까지 참을 자신은 없는 거죠."

"왜 직접 사시지 않고요."

"아 네, 하지만 그건 너무……."

김준섭은 그 대목에서 잠깐 말을 멈추었다. 그런 뒤 "그건 너무 비참하잖아요."라고 작은 소리로 말했다. 그러니까 친구에게 부탁하기는 창피스럽고, 그렇다고 어머니에게 시킬 수는 없는 일인 것이다. 물은 사람, 대답한 사람 모두 애매한 침묵에 휩싸였다. 김민아가 화제를 바꾸었다.

"손님, 실례지만 이 문상 어디서 구입하셨는지 여쭤 봐도 될까요?"

"왜요?"

"사실은 제가 오늘 어떤 사람에게 선물한 문상이랑 똑같아서요. 처음보다 많이 구겨지긴 했지만요."

"문상이 다 똑같은 거 아닌가요?"

"그게 아니라, 이번 달 들어 손님이 문상을 낼 때마다 제가 돈으로 바꿔갖고 있었어요. 새 문상을 사도 되지만 누군가의 손을 거친 문상에는 그 사람의 기운이 담겨 있을 것 같아서요. 열 장의 문상에는 열 명이 모아준 기운이 들어있는 거죠. 문상이 들어올 때마다 이렇게 귀퉁이에다가 볼펜으로 번호를 적어놨어요. 손님이 저에게 주신 건 1번이에요. 보세요, 1번부터 10번까지 있죠?"

무척 흥미로운 이야기라는 듯 귀 기울여 듣던 그가 이내 당황한 표정을 지었다.

"그거 훔친 거 아닙니다."

알고 있다는 듯 김민아가 고개를 끄덕였다. 처음 김준섭이 내민 종이쪼가리 위에서 자신이 표기한 숫자를 발견했을 때 그녀는 남편이 문상을 도난당한 것이 아닌가 생각했다. 하지만 곧 문상으로 책을 샀다는 남편과의 통화내용이 떠오르면서 생각이 바뀌었다. 다른 이유가 있는 것이다. 바닷가에서 잃어버린 반지를 오랜 세월이 지나 매운탕 냄비 안에서 발견할 때 이런 기분일까. 반지가 어떤 경로를 겪었을지 자세한 내막은 알 수 없다. 다만 굽이굽이 얽혀든 시간의 곡선만을 상상할 수 있을 뿐이다. 엉망진창으로 구겨져 원위치로 반송될 수밖에 없었던 문상의 사정이라니.

김준섭이 머뭇머뭇 한 손을 들었다.

"메리 크리스마스!"

메리 크리스마스. 천천히 출입문을 미는 김준섭의 어깨 너머로 희끗희끗한 점이 흩날리고 있었다. 눈이었다. 조금 전까지 하늘을 떠받치고 있던 구름조각들이 제 무게를 이기지 못해 떨어지고 있었다. 정해진 규칙 없이, 어쩌면 규칙을 피해 마구 흩날리는 것이 규칙인 것처럼 눈이 내렸다. 바닥으로 내려앉은 눈발을 어디선가 불어온 바람이 다시 하늘로 띄워 올렸다. 헝클어진 실타래처럼 눈발이 빙글빙글 허공을 떠돌았다. 마치 누군가에게 자신의 온 생애를 한눈에 펼쳐 보여주려는 것 같았다. 증발하고 뭉치고 떨어지고, 증발하고 뭉치고 떨어지고.

김민아는 서랍에서 핸드백을 꺼냈다. 펜촉 같은 통증이 그녀를 찔러대고 있었다. 죽은 심장도 깨울 만큼 강렬한 자극이었다. 그녀는 문상을 잘 펴서 핸드백에 넣은 뒤 그 안에 있던 판피린을 꺼내 들었다. 삶을 자극하는 두통! 김민아는 갈색 병을 기울여 단숨에 들이켰다. 자극을 둔화시키는 판피린! 눈은 쉽게 그칠 것 같지 않았다. 두통은 금방 가라앉지 않았다. 그녀는 차가운 유리창에 손가락을 대고 어지럽게 원무를 그리는 눈발의 움직임을 천천히 좇았다.

바이오매트 여인

온열기가 발산해내는 열은, 사람의 체온과 흡사하다. 나는 이별의 감각마저 마비시키는 온열기의 '적정 온도'가 일순 비정하게 느껴졌다. 바이오매트의 플러그를 뽑았다. 장롱에 넣기에는 부피가 컸다. 아무렇게나 말아 한쪽 구석에 밀쳐두었다. 문여인이 사라진 자리를 치우지 않고는 그녀의 부재를 견딜 수 없었다. 바이오매트 두 개가 나란히 벽에 기대 있는 모습은 우스꽝스러웠다. 일주일은 빨리도 지나갔다.

언제부턴가 자고 일어나도 몸이 개운치가 않았다. 등허리가 매를 맞은 듯 쑤셨다. 시간이 가도 몸이 뻿뻿한 증상은 사라지지 않았다. 나라 안이 집값 이야기로 시끄러울 때였다. 부동산 경기가 과열되면서 이곳 신도시까지 여파가 미치고 있었다. 서넛만 모이면 지난주부터 천이 올랐느니, 내놓은 물건을 거두어들여야 한다느니, 주민들끼리는 아침 인사마저 그런 식이 된지 오래였다.

기쁨보다는 의아한 생각이 앞섰다. 집을 마련하기까지 오랜 시간이 걸렸다. 평당 가격이 세 배 가까이 올라버린 지금 고지식한 두뇌를 가진 나 같은 사람이 그때 안 샀으면 평생 집 구경이나 해 봤을 건가, 하는 생각에 아찔해지기까지 했다. 저축한 돈만으로는 절대 집을 장만할 수 없다는 현실과, 운 좋게 얻어 탄 버스가 막차였다는 사실 때문에 우려와 안도가 엇갈렸다.

아무려나 내겐 다행스럽게도 집이 있으며 집만 갖고도 10억 재산가였다. 몸이 뻣뻣해진 건 그 징크스일는지도 몰랐다. 결혼과 함께 과민성대장증세가 찾아오고, 딸아이를 얻은 날에는 결석으로 병원에 입원해야 했다. 장인이 땅을 떼어주던 날, 오랫동안 키우던 강아지가 집을 나가는가 하면 승진하던 날에는 사장과 함께 탄 차가 접촉사고를 겪기도 했다. 갑작스런 병이나 좋지 않은 사건들이 모처럼의 행운 뒤에 찾아오는 것을 단지 우연이라고 부를 수 없었다. 행운에 빚 갚으며 살아야 하는 운명인 모양이었다.

바이오매트는 내가 깔고 자는 요 크기만 했다. 1단계부터 5단계까지 온도조절이 가능했고, 여름에는 열선 대신 '원적외선 방출' 기능을 선택할 수도 있었다. 옥돌이 빼곡하게 들어찬 중앙부를 갈색의 인조가죽이 둘러싼 모양새였다. 바이오매트에서 자고 일어나면 팔과 등허리에 벌집같은 육각형 문양이 줄줄이 찍혔다. 바이오매트에 박혀있는 삼백아흔 개의 육각형 옥돌이 피로를 풀어주는 열쇠라고 했다.

"그뿐이 아니에요. 몸만 가뿐해지는 게 아니라 거시기 뭐냐, 정력도 왕성해진답니다. 비싸다구요? 뭐 두 장도 안 주고 요새 이런 거 들여놓을 수 있나? 사실 그거 때문에 남자들 보신관광이다 뭐다 돈 들이는 거 아니에요. 믿지 못하시겠다구? 일단 시험부터 해보셔. 저런, 사모님이 그렇게 되셨구나. 어떡한다, 그럼 이러면 어떨까?"

쏜살같이 말을 내쏘던 여자가 주위를 둘러보더니 목소리를 죽였다.

"우리 직원이 일주일간 따라가서 시험해 드리면? 약간만 더 얹어주시면 되는데……."

얹어주시면 되는데, 에서 말을 멈춘 그대로 여자는 입을 애매하게 벌리고 있었다. 나는 사장이라는 여자의 얼굴을 무안하다 싶을 정도로 쳐다보았다. 공공연한 매춘제의 아닌가?

여사장의 애매한 입 모양은 차츰 빙글거리는 웃음으로 변해갔다. 벌어진 입술에서 천박함이 묻어났다. 그 입술은 자기 말꼬리를 잘라먹는 버릇까지 갖고 있었다. 고개가 절로 돌아갔다. 엎어진 자리를 짚듯, 구석에서 바이오매트를 정리하고 있는 젊은 여자에게로 눈길이 쏠렸다.

굵게 만 펌 아래 갸름하게 그늘진 얼굴, 쌍꺼풀 없는 눈이 붓끝처럼 가는 여자였다. 지극히 단정한 용모여서 이런 곳에서 마주치는 게 이상하게 여겨지기까지 했다. 여사장이 질러 말했다.

"여자 보는 눈이 있으시네. 문여사님 인기가 제일이지요."

여사장이 대뜸 여인을 불렀다. 여자가 천천히 걸어왔다. 미소를 머금은 얼굴에는 잔잔한 기품이 흘렀지만 아무 것도 담고 있지 않은 눈빛이 야릇하게 느껴졌다. 기꺼운 순복의 느낌이랄까. 그녀의 야릇한 눈빛과 단아한 몸가짐이 묘한 조화를 이루었다. 사십 중반은 됐지 싶었다. 거절도 승낙의 의사도 분명히 하지 못하는 내게

여사장은 다짜고짜 계약서를 내밀었다.

계약에는 현찰이 필요했다. 인근 은행에는 현금인출기가 열 대도 넘게 줄지어 있었다. 기계의 버튼을 누르면서 나는, 중학교 교감을 하다가 관둔 박가의 얼굴을 떠올렸다. 고약한 늙은이 같으니라구. 나를 골탕 먹일 작정이었던 게 분명했다. 그의 의도대로 나는 어느 정도는 곤혹스러웠다.

카드를 삼킨 기계가 드륵드륵, 소리를 냈다. 정년퇴임 후, 직장을 따로 갖지 않고 곶감 빼먹듯 통장에서 돈을 인출하기 시작한 후부터 그 소리만 들으면 가슴이 두근거렸다. 그러나 이렇게 통장에 잉크 묻는 소리가 행진곡의 전주처럼 생각되기는 처음이었다. 야, 김가 놈아. 인생 뭐 있냐? 어디선가 박가의 목소리가 들려왔다. 그도 얼마 전에 바이오매트를 들여놓았다. 그는 혼자된 지 오래된 홀아비였다. 그러나 상처한지 육 개월도 채 되지 않은 내가 꼼짝없이 걸려드는 건 무슨 연유인가?

나는 내 손을 떠나간 돈다발을 쳐다보았다. 후회가 밀려들었다. 아무리 집값이 거저로 올랐다지만 이런 데 낭비해도 상관없을 만큼 넉넉한 주머니 사정은 아니었다. 노망도 유분수지. 영수증을 찢어버리고 다시 돈을 돌려 달라고 할까?

"언제 갈까요?"

여사장이 돈을 가방에 넣으면서 물었다. 아내 보낸 지 겨우 반년이다. 기업 이사까지 지낸 사람이다. 소문이라도 나면 파렴치한으로 몰린다. 게다가 너무 충동구매이지 않은가.

"사장님, 언제……."

문여인의 목소리였다. 그 목소리는 내 모든 시름을 단번에 녹여 버렸다.

"바이오매트는 바로 갈 거구요. 저 말여요."

문여인이 찾아온 것은 바이오매트가 먼저 오고 난, 밤 아홉 시 경이었다. 낮에 보았던 투피스 차림새 그대로였다. 문여인은 막 퇴근한 커리어우먼처럼 보였다. 그녀에게서 옅은 알코올 냄새가 날아왔다. 문여인은 내게 집이 좋다고 말했다. 혼자 살기에 너무 넓은 거 아니냐고도 물었다. 나는 일일이 대답하지 않았다.

문여인은 마치 자기 집인 것처럼 겉옷을 벗어 소파에 던져두었다. 그리고는 블라우스 차림으로 안방에 들어가 욕실 문을 밀었다. 새 칫솔이 있는 곳을 알려주었지만 나중에 보니 문여인은 비누만 있는 것을 쓰고 칫솔은 자기 것을 쓴 것 같았다.

목욕을 마치고 나온 문여인의 자태는 사십 후반이라고는 믿기지 않았다. 혼절할 지경이었다. 형식상 늘어뜨린 한 장의 수건이 오히려 선정성을 부각시켰다. 여자가 숨을 내쉴 때마다 실팍한 젖 밥이 쇄골 아래에서 움지럭거렸다. 잘록한 허리 아래로 골반선이 부드럽게 이어지고 있었다. 아랫배에 뭉친 작고 동그란 살집은 고무공의 탄력을 연상케 했다. 허락만 한다면 손가락으로 꾸욱 눌러 보고 싶은 충동이 일었다.

외간 여자의 나체 실물이란 인터넷에 뜬 어느 유려한 몸보다도 외설적이었다. 그러나 나는 일이 이렇게 되어갈 줄 몰랐던 사람처럼 당황했다. 바로 얼마 전까지 아내를 맞던 잠자리였다. 여기서 뒹굴어도 될까 싶었다. 죽은 사람에 대한 가책 때문만은 아니었다.

언젠가 딸아이가 학교 가고 없을 때, 아이의 빈 침대 위에서 아내와 관계를 가졌을 적에도 이런 느낌이었다. 임자 있는 물건에는 그 사람의 혼이 붙어 있는 것만 같다. 꺼림칙했다. 도로 옷을 입혀 밖으로 쫓는다면 나는 이 여자에게 이상한 놈으로 비칠까?

문여인이 거침없이 요 위에 드러누웠다. 날 잡아 잡수! 도마 위의 생선처럼 굴었다. 그게 이 여자의 할 일이었다. 이 일을 위해 이곳을 찾았으며 번복이란 상상할 수 없는 일이었다.

일이 쉽지 않았다. 딱딱한 옥돌 때문에 체중을 지탱해야 했던 무릎이 보통 박히는 게 아니었다. 종지뼈 부근이 붉은 자국으로 어수선했다. 나는 무릎이 아파서 못하겠다고 말했다.

"그러면 사장님, 내일 방법을 찾아보기로 하고 오늘 밤은 그냥 주무시겠어요?"

문여인이 퍽이나 생각해 준다는 얼굴로 권유했다. 어딜? 나는 고개를 뒤흔들었다.

"그러지 말고 이것 좀 치우고 하자구."

나는 바이오매트를 가리켰다. 문여인이 쌀쌀맞게 모가지를 돌려버렸다.

"안 돼요. 여기서 하지 못하면 바이오매트의 성능을 시험할 수 없으니 저는 괜히 따라온 셈이 되는 거라구요. 제가 쓸데없이 몸이나 파는 여잔 줄 아세요? 이것도 일종의 기업윤리에 입각한 서비스예요."

입을 열기 시작하니 문여인은 보통 말을 잘하는 여자가 아니었다.

'기업윤리 갖다 붙이고 있네. 기업에서 사십 년을 버틴 내가 더 잘 알지. 이런 요때기를 기백만 원에 내다파는 게 기업이고, 여자까지 딸려 보내는 게 윤리라면 소돔과 고모라가 따로 없지. 윤리대로 돌아가는 세상 거참 볼만 하겠네.'

화를 버럭 내고 싶었지만 애써 내 입을 달랬다.

"그럼 어떻게 하겠나? 무릎 다 까지란 말인가?"

"그러면 이것을 동여매 볼까요?"

문여인은 옷걸이에 걸어 두었던 자신의 스카프를 내렸다. 한쪽 무릎에 그것을 감고 나니 맞춤했다. 다른 무릎은 욕실에서 수건을 가지고 와서 댔다.

젊었을 때도 만져보지 못한 외간 여자의 몸이었다. 맹세하건대 그때까지 나는 아내 외의 여자와는 한 번도 살을 섞은 적이 없다. 결혼 전에도 없었고 결혼 후에도 없었다. 기회가 없었던 것은 아니었지만 내게는 지나치리만치 소심한 면이 있다.

"어떠세요, 사장님. 역시 바이오매트는 다르죠?"

그녀는 나를 칭찬하는 대신 바이오매트를 칭찬했다.

다음 날 아침, 문여인은 저녁에 다시 오겠노라는 말만 남기고 집을 나섰다. 계약 기간은 일주일이었고 나는 밤의 권리밖에 없었다. 아침을 끓여 먹고 나서 과민성대장증세로 화장실에 몇 번 들른 후, 시종 저녁이 닥치기만을 기다렸다. 아내의 유품이 되어버린 바스폼으로 샤워까지 말끔하게 마친 뒤였다.

저녁이 되자 문여인은 전날처럼 옅은 알코올 냄새를 풍기며 들어왔다. 세련되고 우아한 투피스 차림이었다. 뭐 하던 여자기에, 하는 생각이 머리를 떠나지 않았다. 문여인은 비누는 욕실 것을 썼고, 칫솔은 자기 것을 썼다. 나는 무릎 보호용 수건 두 장을 미리 준비해두었다. 그런데, 그날 밤에 생각지도 못했던 일이 벌어졌다. 아니, 생각했던 일이 일어나지 않았다. 그것이 말을 듣지 않았다. 여자의 살과 맞닿았는데도 반응이 없었다. 여자의 살을 바라보기만 해도 동요하던 나의 살이었다.

그 살은, 머리카락이나 귓바퀴처럼 스스로 움직여 본 적 없는 신체인 듯이 내 명령을 듣지 않았다. 정확히 말하면 그놈이 제 육욕에 따라 맘대로 서고 눕고 했던 것이지만 자신의 존재마저 망각해버리긴 처음이었다. 이 또한 통과의례란 말인가? 난생 처음 저지르는 오입에 임포텐츠라니.

벌써 두 번째로 나는 내 육체에 배신당하는 아픔을 겪게 되었다. 결혼 전까지만 해도 내 신체가 내 마음을 상하게 하리라고는 생각지 못했다. 나는 변비 한번 걸려본 일이 없었다. 동창의 결혼 피로연에서 하객들이 식중독으로 다 쓰러졌을 때도 내 창자만은 끄떡없었다. 그러던 것이 신혼여행을 다녀오고 난 직후 몸에 이상이 오기 시작했다.

아내가 차린 아침상을 물리고 일어서는데 아랫배가 사르르 아파왔다. 물이 갈려 그러려니 했다. 그러나 한참 지나도 나아지지 않았고 음식만 입에 대면 배가 아팠다. 의사는 생활리듬이 바뀐 탓이라고 했다. 신혼이니만큼 일정 시기가 지나면 괜찮을 거라고 했다. 그러나 그 '일정 시기'는 끝도 없이 길어졌다. 한 번 식사에 화장실 서너 번이 기본이었다.

언젠가 직장 상사의 집을 방문했는데, 먹지 않을 수는 없어서 입에 대는 시늉만 했다. 모든 노력을 기울여 식욕을 참았음에도 불구하고 아랫배에서 신호가 왔다. 그런 자리는 본디 식사보다 화장실 이용이 더 편치 않은 법. 나는 담배를 피운다는 핑계로 나와서 재빨리 인근 상가의 화장실로 뛰어갔다.

사정이 그렇다 보니 주머니에는 항시 휴지가 준비돼 있었다. 언제 어디서 일을 볼지 알 수가 없었던 것이다. 손끝에 화장지의 감촉이 느껴지지 않으면 불안했다. 주머니에서 오래 머문 화장지는 하얗게 보푸라기가 일었다. 바지가 세탁실로 갈 때쯤이면 주머니 속에 더풀더풀한 먼지답쌔기가 뭉쳐있기 마련이어서 아내는 개혓바닥 같은 속주머니를 빼내 오래오래 털어냈다. 아내는 먼지를 너무 많이 먹어서 폐암에 걸린 건지도 모르겠다.

다음 날에도 나는 성공하지 못했다. 문여인이 혼신의 힘을 다해 일으켜 세우려 했음에도 불구하고 물건은 비 맞은 신문지처럼 툭툭 늘어졌다. 문여인이 포기하고 돌아누워 얕은 숨을 내쉬었다. 나도 속옷을 다리에 꿰고는 돌아누웠다.

겨우 하룻밤 성공이라니. 거금을 투자해 얻은 일주일이었다. 싱싱한 여자가 센둥이 같은 살결을 내놓고 저를 부르고 있는데 그것이 도무지 깨어날 줄을 모르는 것이다. 할 수만 있다면 내가 기절해버리고 싶었다. 내가 기절한 동안 그것이 대신 살아나준다면, 그래서 그녀가 나의 그것을 맘껏 농락할 수만 있다면 나는 하루쯤 기절해버리고 아무 것도 몰라도 좋았다. 내 쾌감의 진실은 여자로 하여금 기쁨을 느끼게 하는 데 있는지도 몰랐다.

다음 날이 되어도 소생의 기미가 보이지 않자 문여인은 환불을 걱정하는 눈치였다. 그녀는 등을 맞댄 채 말했다.

"바이오매트는 거시기를 발딱 세우는 물건이 아니고, 그러니까 오오래 해도 피곤하지 않게끔……."

나는 그녀의 말꼬리를 잘랐다.

"당장 내일이라도 일어설지 모르니까 임자는 있기로 한 날까지 있어."

내 당부에 문여인은 고개뿐 아니라 몸까지 힘껏 끄덕였지만 다음 날도 실패였다. 문여인은 잠들지 않고 내 아랫도리에 손을 집어넣었다. 나는 가만히 있었다. 문여인은 내 시무룩해진 물건을 주물럭거렸다. 애무라기보다는 하릴없는 만지작거림이었다. 문여인이 뜬금없는 말을 했다.

"꼭 울 엄마 젖 같아요."

다음 날로 비뇨기과를 찾았다. 약속한 일주일 중 사흘이 시퍼렇게 남아 있었기 때문이었다. 그녀로 하여금 늙은 여자의 젖퉁이 같은 그것만 주무르게 하면서 일주일을 보내게 할 수는 없었다.

예상대로 노화 현상이었다. 물총에 물이 고이듯 그곳에 다시 피가 몰려야 했다. 얼마가 걸릴지는 알 수 없었다. 일주일이 될 수도 있고 한 달이 될 수도 있다는 이야기를 의사로부터 들었다.

거기로 가야 할 피가 전부 머리로 몰리는 느낌이 들었다. 발기 주기가 한 달이나 되어버리다니. 오랫동안 방치해 두었기 때문에 나는 변해버린 물건의 상태를 모르고 있었다.

약속한 마지막 날 밤이 되었다.

"잠도 안 오는데 이별주나 한잔하러 갈까?"

물건의 침묵을 견딜 수 없었던 내가 의견을 내놓았다. 문여인은 윷판에 떨어진 윷가락처럼 벌떡 일어나 앉았다. 술을 좋아하는 모양이었다.

나는 편한 대로 트레이닝복을 걸쳤지만 그녀에게는 입고 갈만한 옷이 없었다. 오밤중에 정장 차림으로 나서기도 그랬다. 여벌의 내 옷을 꺼내주었다. 회색 바탕에 감색 줄이 몇 군데 들어간 것이었는데 내 트레이닝복들은 대개 엇비슷했다. 헐거운 운동복 때문인지 문여인은 한층 어리게 보였다.

맞춘 듯 똑같아 보이는 트레이닝복 탓이었을까? 젊고 어여쁜 아내라도 거느린 기분이 들었다. 유능한 놈이 별건가? 예쁜 여자를 거느린 놈이 능력 있는 놈이지. 나는 의식적으로 어깨를 폈다. 아무래도 예전의 내가 아닌 것 같았다.

죽은 아내와는 외출할 일도 별로 없었지만 어쩌다 집을 나서더라도 멀찌감치 떨어져 걸었다. 아내가 못나서가 아니었다. 인간의 다정한 모습이란 왠지 연출된 치기 같아서 싫었다. 자기에게 관심도 없는 사람들에게 뭔가를 보여주기 위해 바짝 붙어 다니는 것처럼 한심한 일도 없었다. 그런데 지금의 나는 내 물건처럼 늙어버려서 염치까지 없어진 게 틀림없었다.

나는 바짝 문여인 곁으로 몸을 밀착시켰다. 문여인은 차가운 밤바람에 싸해진 얼굴을 하고는 흥얼흥얼 콧노래를 불렀다. 얼마 전까지의 참담함은 싹 잊은 사람처럼 보였다. 문여인이 자연스럽게 손을 잡아왔다. 팔짱을 끼는 것도 아니고 애들처럼 손을 잡다니. 나는 어색했지만 뿌리치지는 않았다. 문여인은 내 손가락 하나하나를 바꿔가면서 힘을 주어 만지작거렸다.

몇 골목 지나쳐서 작은 술집을 만났다. 칸막이를 바투 나눈 꼬치 집이었다. 조명이 어두워 비밀스러운 느낌이 들었다. 느슨하게 생긴 초로의 여종업원이 나타나서 건성으로 주문을 받아갔다.

건너편에 꼭 나만큼 나이를 먹은 남자와 문여인처럼 젊은 여자가 마주 앉아 호프잔을 기울이고 있는 게 눈에 들어왔다. 그들 역시 집에서 막 나온 것 같은 차림새였다. 어쩐지 김이 새는 느낌이 들었다. 이토록 매춘이 흔한 세상이라니.

술을 기다리는 동안, 탁자 위에 놔두는 작은 링 모양의 과자를 입에 넣었다. 건조한 과자가 입천장에 들러붙었다. 그것을 혓바닥으로 떼고 있는데 종업원이 호프 두 잔을 탁자에 내려놓았다.

정년퇴직하기 전까지, 이렇게 아랫도리가 맥을 못 추도록 나는 그것을 아내에게만 썼다, 당신이 처음이다, 이런 말을 꺼낼까 하다가 호프를 한입에 삼켜버렸다. 세상에나, 내가 아주 귀한 분을 모시게 된 거군요, 너무 영광이에요. 그런 식으로 감격할 여자도 아니었다. 별 이상한 분 다 보겠네, 그 나이에 그게 자랑이에요? 문여인이 그렇게 대꾸한다면 당장 우스운 놈이 되고 말 것이었다.

희미한 불빛 아래, 콧날과 눈두덩에 음영이 드리워져 문여인은 한층 예뻐 보였다. 그녀 또한 맥주를 홀짝이며 말을 삼키고 있는 걸까?

"날씨가 꽤 차가워졌어."

내가 먼저 꺼낸 이야기란 것도 이런 거였다. 이것도 맥주 한 모금에 삼켜버렸어야 했다. 도무지 쓸 데가 없는 말이지 않는가. 마침내 그녀가 입을 열었다.

"어머니는 어떤 분이셨어요?"

어머니라니. 맥주 거품이 목구멍에 걸리는 느낌이 들었다. 동네가 다 아는 억순이에, 성미가 꼬장꼬장하기가 보통이 넘는 어머니였다. 나는 애써 좋았던 기억을 떠올렸다.

"채소 가꾸는 걸 좋아하셨어."

"그랬어요?"

"아버지가 돌아가신 후, 집에 올라오시고 나서 그러시는 거야. 야야, 서울 땅금 비싸다카드만 순 거짓뿌렁이라. 요 앞 나가바라. 공원인지 뭔지 카는 데 머 심가 먹을 생각 안 하고 풀만 쬐 깔렸다. 싹 걷어 차뿔고 상치랑 오이랑 심가야겠다."

나는 어머니 흉내를 낸답시고 사투리까지 섞어 가며 이야기를 했다.

"호호, 안 말렸어요?"

"말렸지. 잔디를 훼손하면 기껏 서울 올라오셔서 구치소 신세나 지게 된다고 얼마나 설명 드렸게?"

결국 또 어머니에 대한 나쁜 기억을 돋우고 말았다. 어머니만 생각하면 늘 그렇게 되었다.

어머니는 잔디밭에 대한 미련을 버리는 대신에 집안을 채마밭으로 만들었다. 빈 스티로폼 박스에 고추와 상추를 탐욕스러우리만치 가득 심었다. 베란다의 화초들은 차츰 자리를 떠났다. 화초들이 어디로 사라졌는지 알 수는 없었지만 어느새 볕 잘 드는 베란다는 채소들로 즐비해졌다. 그렇다고 우리 집 밥상에 어머니가 가꾸신 야채가 올라왔던 것도 아니었다.

아내는 어머니가 정성껏 야채를 키워 '아주버님 댁'으로 가져간다고 믿었다. 아내는 어머니를 의심하고 미워했다. 집에 식가위

하나가 사라져도 형네 집을 방문하는 날 아내는 그 집 수저통이며 찬장 서랍을 기어코 들여다보았다. 할인마트에 가면 얼마든지 똑같은 걸 살 수도 있다는 사실을 인정하지 않았다.

형네 집에서 말라죽은 난초를 가리키며 저것도 원래 우리 거야, 라고 속삭이고는 했다. 내놓으라고 하지는 않았지만 그런 식으로 확인을 해야 직성이 풀렸다.

아내는 어머니의 도에 넘치는 모정을 혐오했다. 형이 뒤늦게 가정을 꾸리고 구멍가게를 열어 자리를 잡도록 형을 향한 어머니의 사랑은 변하지 않았다. 날 때도 머리보다 다리가 먼저 나왔다더니 학창 시절 내내 말썽을 부린 형이었다. 고등학교 다닐 때는 사귀던 여자와 도망을 가서 집안을 발칵 뒤집어 놓은 적도 있었다. 아무리 망나니짓을 일삼아도 귀하게 얻은 아들이니만큼 귀한 사람이 될 거라고 어머니는 믿어 의심치 않았다. 돌아가시는 날까지 언젠가는 장자가 당신을 가마에 태워 자기 집으로 모셔 가리라고 믿고 있었다.

이야기를 나누는 동안 건너편에 앉은 여자와 자주 눈이 마주쳤다. 칸막이 사이에 떠 있는 여자의 눈이 초롱초롱했다. 내 처지를 들여다보는 것 같은 눈이었다. 저 여자도 바이오매트를 파는 여자일까? 저 남자는 저 여자와 성공적인 밤을 보냈을까? 여자의 표정을 보니 그랬다는 게 거의 확실하게 느껴졌다.

내가 심장만 나쁘지 않았더라면 비아그라 한 재를 통째로 달여 먹고 문여인을 기쁘게 해주었을 것이다. 저 여자보다 행복한 미소를 짓게 만들었을 것이다. 그러나 나는 건강과 정력이 한꺼번에 고갈된 늙은이일 뿐이었다. 갑자기 우울한 생각이 들었다. 그때,

요란한 방울소리가 나면서 출입구에 한 가족이 모습을 나타냈다.

여자는 몸에 달라붙는 티셔츠를 입고 있었다. 임신한 배가 무지무지하게 컸다. 사내아이가 여자의 손을 잡고 있었다. 아이의 가무잡잡한 얼굴에 장난기가 가득했다. 여자는 부푼 몸을 힘겹게 들이 밀어 자리에 앉았다. 남자는 호프를 시켜 자기 앞에만 놓았다.

세 식구가 바삐 닭을 뜯었다. 남자는 말이 많았다. 호프를 들이켜고 닭을 뜯으며 쉴 새 없이 말을 했다. 남자는 아이의 식습관을 나무라다가 여자에게 잡다한 잔소리를 퍼붓곤 했다. 젊은 남자의 목소리가 실내에 도드라졌다. 묵묵히 먹기만 하던 여자가 돌발적으로 화를 냈다.

"그만하고 먹어, 밥상머리에서 웬 말이 그렇게 많아?"

여자는 젊은 남자를 윽박지르고 있었다. 남자가 우물쭈물 말을 끊는 게, 기가 죽은 모습이었다.

"너, 그리고 아저씨가 흘리지 말라는 말 못 들었어?"

이번에는 아이를 야단쳤는데 분명 '아버지'가 아닌 '아저씨'라는 호칭을 썼다. 나도 모르게 문여인의 눈을 쳐다보았다. 내 눈은 칸막이 너머의 젊은 여자와도 마주쳤다. 눈알들이 일제히 고개를 끄덕였다. 가족 아닌 사람들끼리만 교묘하게 모아놓은 공간?

"갑자기 어머니 얘기는 왜 묻지?"

내가 말문을 열자 다른 사람들도 일제히 말을 시작해서 실내는 좀 웅성거렸다.

"그냥요."

나는 두 번째 잔을 시켰다. 문여인이 다시 입을 열었다.

"우리 엄마 젖은 원래 좀 쪼그라든 편이거든요. 나는 엄마 젖을 만지고 자는 게 좋았어요. 있잖아, 남자들 그거 발기하기 전에는 꼭 엄마 젖 같아요. 말랑말랑."

문여인이 손가락을 쥐락펴락하면서 말했다. 나는 그녀의 손가락 사이에서 노파의 젖가슴처럼 쪼그라든 내 그것이 떠올라 아무 말 않고 듣기만 했다.

"젖은 쪼그라졌지만 엄마는 남자 친구가 많았어요. 엄만 남자 친구랑 자주 영화를 보러 다니셨어요. 하루는, 엄마랑 오랜만에 앉아서 주말의 명화던가 TV를 함께 보는데 그러시는 거예요. 저 미국배우 한국말도 참 기똥차게 잘하네. 더빙한 줄 모르시더라구요. 집에 붙어 있은 적이 없으니……."

문여인은 말꼬리를 흐리더니 큭큭 웃었다. 그녀에게서 자의식이란 걸 발견하던 순간이었다. 자조적인 말투는 그녀에게 어울리지 않았다. 사이버 인간이 오프라인에 잘못 뛰쳐나온 듯하던, 초점 없는 눈매가 제격인 여자였다. 어머니가 집에만 잘 붙어 있었어도 그녀는 여기까지 흘러오지 않았을지도 모른다. 술이 들어간 문여인은 잘 웃었다.

아내의 웃는 얼굴은 별로 기억에 없다. 웃으면 엔도르핀이라는 강력한 호르몬이 나오고 엔도르핀은 암세포를 죽일 수도 있다는데 아내는 웃지 못해서 죽은 걸까? 죽기 전에 아내가 그랬다. 나 태우면 아마 삼박사일 탈걸. 가슴이 숯덩이니 불이 쉽게 꺼지겠어? 화장할 생각일랑 말고 꼭 묘지에 묻어요. 선산에는 안 돼. 어머니 계신 데서 먼 데, 공기 좋고 탁 트인 데.

그러나 나는 아내를 선산에 묻었다. 내 옆자리였다. 나는 편편

한 내 자리를 내려다보다가 산을 내려왔다.

문여인의 웃음보가 본격적으로 터지기 시작했다. 킥킥거리며 시작된 웃음이 발을 구르고 탁자를 두드리는 지경에 이르렀다.

"우리 엄마는, 엄만……."

문여인은 자신의 어머니에 대한 무언가를 말하려 했지만 웃느라 이야기를 지속할 수가 없었다. 눈물까지 흘리다 급기야 엎드렸는데 닭을 뜯던 젊은 남녀와, 남자의 아들이 아닌 아이가 쳐다보았다. 나는 문여인의 웃음을 말리지 않았다.

그녀의 원대로 노래방에 들르기로 했다. 어차피 집에 간다고 해도 그녀에게 달랑 시든 물건 하나만 맡긴 채 누워있어야 할 것이었다. 문여인이 다시 손을 잡아왔다. 술기운 때문인지 그녀의 손바닥은 뜨거웠다. 도톰했고 보드라웠다.

"가만 있어봐."

나는 문득 발을 멈추었다. 문여인이 걱정스러운 얼굴로 물었다.

"왜요? 뭐 잊어버리셨어요?"

잊었다. 아주 중요한 일을 잊고 있었다. 화장실 가는 것을 잊었던 것이다. 맥주를 제법 마셨음에도 화장실에 간 기억이 없었다. 다른 때 같았으면 열 번도 넘게 들락거렸을 터였다. 주머니에 손을 넣자 휴지의 텁텁한 감촉이 고스란히 닿았다.

대장증세가 멈춘 이유가 무엇일까? 내 통과의례란 마사이족의 성인식처럼 고되기 마련이어서 대개가 행운에 대한 대가였다. 그런데 나를 기분 좋게 만든 이것은 무엇에 대한 대가일까? 설마 발기부전에 대한 또 다른 보상으로 대장증상이 멈춘 것은 아니겠지? 그러나 다른 게 없잖은가 말이다. 보상이 다른 보상으로 이어지고 있었다. 내가 그만큼 늙었다는 증거였다. 오래 살다보니 별별 일을 다 겪고, 그 겪은 일이 축적되어 새로운 경우의 수를 만들어내고 있었다. 안 좋은 일에 대한 보상은 처음이었다.

노래방에서 문여인은 심수봉의 노래를 불렀다. 딴에 콧소리를 낸다고 냈지만 어설펐다. 나는 그녀가 연거푸 노래를 부르도록 놔두었다. 죄 어슷비슷한 가사였다. 차례를 피할 수가 없어 마이크를 받았지만 나 역시 사랑했었다는 둥 왜 떠나갔느냐는 둥의 가사가 버무려진 곡을 부를 수밖에 없었다.

철딱서니가 없어도 유분수지. 사랑 노래를 부르는 발기부전 늙은이라니. 삼십 분가량 노래를 주거니 받거니 하다가 시간을 남기고 나왔다.

집안은 고즈넉했다. 달빛이 마룻바닥을 비추고 있었다. 조심스레 달빛을 밟았다. 조심하지 않으면 무언가 깨질 것처럼 아슬아슬한 마음이었다. 발기나 삽입 같은 일들만 관련되지 않는다면 이대로 그녀와 살고 싶다는 생각이 들었다.

따뜻하고 보드라운 그녀를 꼭 끌어안고 잠들면 바이오매트 따윈 필요도 없을 터였다. 아침이면 마주 앉아 식사를 하고, 저녁에는 호프를 마시러 나가고. 생각만 해도 꿈만 같았다. 그녀는 돈이 궁한 여자 아닌가. 집값이 올랐으니 돈은 더 변통할 수도 있을 것이었다. 내가 살자고 하면 동의할 것도 같았다. 그런데, 딸아이에게는 뭐라고 하지?

외로워서 그랬다. 내 변명을 이해 못 할 아이도 아니지만 턱없이 젊은 이 여자를 어떤 식으로 부르게 하지? 호프집의 꼬마가 하듯 '아줌마'로 정하자. 쉽다. 그러나 사위될 사람은 이 여자를 또 어떻게 불러야 한단 말인가. 그러나 그 모든 것은 사소한 고민거리에 불과했다. 호칭을 정하는 문제는 그들의 몫일 뿐이었다. 내가 감당해야 할 것은 따로 있었다.

누군가에게 무엇이 되는 것은 간단한 일이 아니었다. 자식이 부모에게 상처를 남기듯 모든 어머니들이 자식에게 상처를 준다. 부부 사이도, 연인끼리도 예외일 수 없다. 인간관계라는 복잡한 그물 속에서 모든 사람은 서로에게 상처를 남긴다. 비교적 평탄한 삶을 산 아내 역시 누군가를 원망하며 세상을 떠났다. 더구나 이 여자는 창녀 출신이 아닌가. 나는 이 여자를 아프지 않게 할 수 있을까. 나는 이 여자로 인해 아프지 않을 자신이 있나. 나도 모르게 한숨이 나왔다.

"괜찮아요. 누구에게나 일어날 수 있는 일이라고 여기세요. 다시 말씀드리지만 바이오매트는……."

문여인은 내 발기부전을 의식하고 있었다. 동시에 바이오매트에 대한 신뢰가 깨지지 않도록 '고객관리'에 들어갔다. 나는 문여인의 입을 막듯이 키스를 퍼부었다. 그녀의 입에서 달콤한 냄새가 끼쳤다. 슬며시 눈을 뜨고 본 문여인의 미간에 고통의 주름이 가늘게 져 있었다. 찡그리는 그녀의 얼굴에서 찰나적인 행복이 읽혔다. 고통에 오버랩되는 그녀의 환희를 확인하자 나 역시 무한한 행복감에 빠져들었다. 그녀를 안고 뱅글뱅글 거실을 돌며 춤을 추고 싶었다.

그때였다. 믿을 수 없는 일이 일어났다. 물건이 소식을 보내오기 시작한 것이다. '임포'가 시작된 지 꼭 엿새 만이었다. 나는 어렵사리 살아난 그것이 사그라들까 조심조심 그녀의 허리를 이끌었다.

문여인의 몸은 데일 듯 뜨거웠다. 문여인이 몸을 강하게 뒤틀었다. 바이오매트 여사장의 이야기가 떠올랐다.

'보는 눈이 있으시네. 우리 집에서 제일 인기 있는 분이셔요.'

'제일, 많이, 제일 많이 한 여자라고?'

문여인은 음음, 하는 신음 소리를 내며 내 굳어진 물건을 더듬었다. 문여인의 보드라운 손길이 닿자 물건은 미친 듯이 부풀어 올랐다. 나는 문여인의 손을 거칠게 밀쳐냈다. 몇 놈 걸 주물러봤어? 몇 놈 걸 더 주무를 작정이지? 혐오와 질투의 불길이 타올랐다. 문여인을 홀로 소유하고픈, 비틀어진 격정이었다. 벗은 몸을 내게 의탁하고 있던 문여인이 놀라서 눈을 떴다.

"왜 그러세요?"

물기 어린 그녀의 눈은 창녀라기엔 너무나 선해 보였다. 그렇게 선한 눈까지 나서서 몸을 팔아야 먹고사는 세상이라니. 그녀가 측은했지만 술기운은 나를 광포하게 흔들었다. 이 남자, 저 남자에게 몸이나 팔고, 가정교육도 제대로 받지 못한. 나는 다짜고짜 여자를 내던졌다. 여자가 바이오매트 위에 쓰러졌다. 나는 쓰러진 여자를 일으켜서 욕실로 밀어 넣었다.

"왜 그러셔요? 사장님, 사장님 왜 그러셔요?"

문여인이 겁에 질린 목소리로 물었다.

'씻어, 네 몸뚱이를.'

속으로 외치면서 문여인에게 물을 뿌렸다.

"차가워요. 왜 그러셔요?"

여자가 둥글게 몸을 웅크렸다. 화가 솟을 대로 치솟자 내 그것은 더욱 빳빳해졌다. 그녀의 고통이 나를 흥분시킨 탓이었다. 나는 여자의 등을 후려쳐서 욕조를 붙잡게 했다. 그리고는 뒤에서 그녀를 공격했다. 비명을 지르던 여자의 목소리가 어느새 교성으로 변했다. 나는 여자의 엉덩이와 등짝을 몹시 때렸다. 문여인의 엉덩이는 배배 마른 아내의 그것과 비교도 되지 않았다. 숙성된 반죽처럼, 강물 위를 떠도는 물비늘처럼 찰싹거렸다. 여자는 달아나지 않고 계속 매를 맞으면서 교성을 질렀다. 그러면 그럴수록 나는 여자를 때렸고 여자는 쾌감 어린 비명을 질렀다.

오랜 숙적이던 만성대장증후군이 사라지면서 내 인생에 평화가 찾아왔지만 30년간 화장실에서 보내던 시간만큼의 공백이 또한 생겨났다. 어떤 돌발적인 일이 일어나지는 않을까. 나는 그것을 기다리는 심정이 되었다. 어떤 일이 갑자기 일어나서 그 일은 다른 통과의례를 만들고 그 일은 다시 새로운 보상이나 대가로 이어지는 것이다. 그렇게 해야 인생은 계속해서 새 옷을 갈아입을 수 있었다.

그러려면 최초의 사건이 생겨야 했다. 내가 이대로 아무 일도 벌이지 않으면 나는 아침마다 내 손으로 국을 데우고, 기원이나 야산을 돌며 남은 인생을 화장실 드나들 듯 따분하게 보낼 수밖에 없었다.

나는 두 번째 바이오매트를 골랐다. 문여인이 떠난 지 한 달 만이었다. 신제품이어서 '두 장 반'이나 주어야 했다. 요구대로 여사장은 문여인을 보내왔다. 문여인은 변한 게 없었다. 처음 보았을 때처럼 단정한 투피스 차림새였다. 아무 것도 담고 있지 않은 눈동자와 잔잔한 미소도 그대로였다. 형언할 수 없는 안도감이 밀려왔다. 첫사랑과 재회한 듯 가슴이 뛰었다.

문여인은 커다란 나일론 가방의 지퍼를 열었다. '뉴 바이오매트'였다. 그녀는 솜씨 좋게 매트를 펼쳤다. 요의 가장자리에 네 귀를 맞추어 '뉴 바이오매트'를 깔았다. 문여인은 부끄럼 없이 빠르게 옷을 벗었다. 그러고 나서 엉덩이를 쳐드는 자세로 엎드렸다.

"보세요. 사장님, 이번 것은 절대 무릎하고 팔꿈치가 배길 일이 없어요. 옥돌을 갈아서 섬유와 직조했거든요. 이 아래 은박 차단막이 전자파를 없애주면서 두께가 두꺼워지고 쿠션감이 대폭 강화되었죠."

한층 노련해진 제품 설명이었다.

"이번에는 전번에 욕탕에서처럼 절대 그렇게 하심 안돼요."

오히려 해달라는 것 같은 느리고 간절한 눈빛이라니. 나는 그녀의 엉덩이를 세게 때렸다. 문여인이 비명을 질렀다.

그녀의 아파하는 몸짓에 피가 온몸 구석구석을 팽팽 돌기 시작했다. 눈이 튀어나올 것 같았다. 안구뿐 아니라 몸의 돌출된 곳이란 곳이 모두 터져나갈 것 같았다. 가슴이 터질 것 같았다. 고통에 반응하는 즐거운 나의 육체. 통과의례의 축복임에 틀림없었다.

부러우면 지는 거야

그들은 드라마를 곡해하고 있었다. 마치 주인공의 아내가 쌍둥이 형제를 정부로 두고 있는 것처럼 말했다. 남편 하나로는 만족을 하지 못해서 다른 남자를 두 명이나, 그것도 쌍으로 끌어들였다는 것이다. 게다가 그녀는 정부 중 한 명의 씨앗이 분명한 아이를 임신하게 되었는데 일이 들통 나는 게 두려워 몰래 유산을 시켰다는 것이다. 그들은 유산시킨 아이가 두 남자 중 어느 놈의 씨였냐는 문제로 왈가왈부하고 있었다.

"어차피 일란성 쌍둥이의 자식이니 그 씨가 그 씨인 게 아니냐?"

무심코 내뱉고 나니 말려든 꼴이 되어 기분이 좋지 않았다. 그들이 드라마를 주제로 수다를 떤다는 사실이 한심해서가 아니었다. 그들은 원래부터 한심한 부류였다. 무슨 이야기를 하든 무슨 짓을 하든 격이 떨어지고 어리석어 보였다. 그런 자들의 대화에 말을 보탠다는 사실이 못 견디게 싫었던 것이다.

게다가 내가 기억하고 있는 내용은 그들의 것과 전혀 달랐다.

주인공의 아내는 한 번도 바람을 피운 적이 없었고 예기치 못한 유산은 몸이 약한 탓이었다. 다른 드라마를 본 게 아닐까 싶을 정도로 그들과 내가 기억하는 바가 서로 달랐다. 나로 말하면 하루도 그 드라마를 빼놓고 본 적이 없을 정도로 그 드라마 마니아였다. 직장을 그만 둔 후 그 드라마를 보는 게 유일한 낙이었기 때문이다.

그러나 그들 역시 그 드라마 마니아인 것처럼 말했고 주장 또한 강경했기 때문에 혹시 내가 하루쯤 드라마를 놓친 것이 아닌가 의심스러웠다. 내가 놓친 하루 분에 드라마의 모든 비밀이 담겨 있었다는 상상을 하자 혀 밑으로 쓴 침이 고였다. 세상이 나를 제외시키기 위해 부단히 움직이는 느낌이었다. 모처럼 참석한 동창회였지만 나는 그들 틈에 섞이지 못한 채 시무룩하게 앉아 호프잔을 기울였다.

목소리가 가장 큰 녀석은 희찬이었다. 녀석은 주인공의 아내를 시종일관 좋지 않게 보았다. 그녀의 행실을 두고 욕설을 퍼부었고, 만약 그녀가 자기 아내라면 절대 가만두지 않을 거라고 큰소리를 쳤다. 아이를 지우는 장면을 이야기할 때는 너무 흥분한 나머지 호프잔을 탁자에 사납게 내려치기도 했다. 그 바람에 맥주 거품이 내 허벅지로 튀어 기분이 더욱 상해버렸다. 원래 나와 맞지 않는 녀석이었다. 녀석은 6학년 때 우리 반 반장이었다.

녀석 때문에 갑자기 초등학교 6학년 반장 선거가 떠올랐다. 초중고를 통틀어 내가 유일하게 반장 후보로 출마한 선거였다. 출마자는 전부 세 명이었는데 5학년 때 반장을 해본 녀석은 희찬이가 유일했다. 나는 아무런 준비도 되어 있지 않은 상태에서 후보로 이름이 올랐고 유권자들 역시 내게 별다른 기대를 하지 않는 눈치였다. 의례라고 해도 과언이 아닐 만큼 결과가 뻔한 선거가 시작되었다.

선생님이 투표용지를 나누어 주는데 갑자기 누군가 허벅지를 꾹 찔러왔다. 영숙이였다. 당시 그 아이는 후보자 대열을 이루며 내 옆에 앉아 있었다. 영숙이와 눈이 마주치는 순간, 나는 흠칫 놀라지 않을 수 없었다. 나를 쳐다보는 영숙이의 눈이 번득였다. 금속성의 광채 같은 것이 빙글빙글 원을 그리며 검은 눈동자 속에서 회오리치고 있었는데 아무리 좋게 보려 해도 영숙이의 눈빛에서는 음모의 냄새가 났다.

'네가 기권하면 희찬이의 독주를 저지할 수 있어.'

그녀의 눈이 전달하는 내용은 여느 목소리보다 또렷했다. 군소정당이 연합하여 단일후보를 내자는 것이었다. 나는 영숙이가 쏟아내는 무언의 광채를 못 본 척 했다. 영숙이의 제안에 수긍할 수 없었다. 희찬이의 독주를 왜 저지해야 하는지, 반장 따위 아무나 하면 어떻고, 내가 기권한다고 해서 영숙이가 과연 반장이 될 수 있을지, 영숙이가 반장이 된다면 내게 무슨 이득이 돌아오는지, 이득도 없이 내가 왜 선거의 희생양이 되어야 하는지 등등을 납득할 수 없었던 것이다.

세 후보 중 누구도 사퇴하지 않은 가운데 선거가 치러졌고 결과가 나왔다. 예상한 것처럼 희찬이가 절대적으로 우세한 판세는 아니었다. 영숙이의 선전이 돋보였다. 둘이서 엎치락뒤치락하다가 간신히 희찬이가 서른 표를 얻음으로써 선거가 끝났다.

희찬이의 당선이 확정되는 순간, 내 쪽을 향하는 영숙이의 따가운 눈빛이 느껴졌다. 스물다섯 표를 얻고 낙선한 것이 못내 아쉬운 모양이었다. '너만 사퇴했으면 내가 됐잖아' 영숙이는 분을 삭이지 못한 눈으로 나를 바라보았다. '복수하겠어' 하는 비장한 결의까지 감지되는 눈빛이었다.

나는 총 여섯 표를 얻으며 낙선했다. 만약 내가 사퇴하고 내 표를 전부 가져갔더라면 영숙이가 당선될 수도 있었을 것이다. 하지만 그 아이가 모르는 게 있었다. 나란 아이에게 그 여섯 표란 실로 기적이었음을. 여섯 표는커녕 단 한 표조차 기대하지 않은 내게 투표 결과는 사뭇 감동적이었다.

친애하는 여섯 명의 유권자들이여! 당신들은 무슨 근거로 내게 표를 던졌습니까. 내게 무엇을 기대했던 것입니까. 희찬이를 넘어서는 어떤 혁명의 기운이라도 내게서 감지했단 말입니까. 선거가 끝난 후 나는 눈물이 글썽거리는 눈으로 좌중을 둘러보았다. 선하기 그지없는 눈들이 나를 향하고 있었다. 그 중에 여섯 명이 섞여 있었다. 동정표라고 해도 상관없었다. 여섯 명의 결정은 엄연한 사실이었고 뿌듯하면서도 무서운 결과였다.

그 일로 인해 내 인생은 통속드라마의 후반부처럼 반전의 때를 맞이하였으니 산만하고 무기력한 아이에서 나는 집중력이 뛰어나고 의욕이 넘치는 아이로 변신했다. 성적이 올랐고 각종 경연대회에 나가 상을 휩쓸었다. 그중 도내 글짓기 대회에 나가 금메달을 받은 것은 정말이지 자랑하지 않고는 견딜 수 없는 일이었다.

그 상을 계기로 나는 작가가 되기로 결심했는데 그 순간 머릿속으로 벌써 책 한 권을 완성하고 있었다. 부조리한 현실, 특히 불의한 권력에 맞서 항거하는 한 소년의 눈물겨운 투쟁을 그린 소설이었다.

영숙이는 크게 웃고 떠들고 마셨다. 영숙이는 모임에 열심히 참석하는 축이었다. 집에 처박혀 있다가 나오면 숨통이 틔는 것 같다고 말했다. 반장선거와 관련한 불쾌한 감정은 오래 전에 잊은 듯했다.

나 역시 처음 모임에 나가면서 영숙이 얼굴을 어떻게 보나, 걱정했지만 그런 생각은 시간이 흐르면서 차차 엷어졌고 현재로선 거의 없다시피 했다. 그날의 투표가 우리의 미래에 대단한 영향을 끼치지 못한 탓이었다.

그 해에 반장에 당선되며 기염을 토하던 희찬이는 지금 통닭집 주인이 되어 근근이 살아가는 형편이었고, 반장이 되기 위해 나를 이용하려 했던 영숙이는 인생에 있어 찬란한 황금기 한번 맞이하지 못한 채 투실투실 달라붙는 살점을 기반으로 평범한 주부의 삶을 영위해나가고 있었다.

여섯 표를 얻으며 선전한 나는 각종 상을 휩쓸고, 일류대학에 진학하고, 작가가 되기로 결심하는 등 친구들의 부러움을 샀지만 작가는커녕 실업자가 되어 집에서 내쫓긴 형편이었다.

"이 따위로 까맣게 태울 바에야 왜 이런 상업지구에 비싼 권리금을 주고 장사를 하는 거지? 이럴 거면 차라리 시설 앞에서 장사를 하는 것이 백배 나은데 말이야."

드라마 이야기에 진력이 났는지 희찬이는 어느덧 안주로 나온 통닭에 대해 불만을 토로하기 시작했다. 불룩 튀어나온 뱃구레와 검붉은 안색 때문에 그는 남성호르몬 깨나 배출하는 뱃사람처럼 보였다. 초롱초롱하던 두 눈은 성장하면서 짝눈이 되어 있었는데 한쪽 눈은 활처럼 휜 게, 웃는 것처럼 보였고 한쪽 눈은 축 처진 게, 꼭 우는 것처럼 보였다.

그의 말인즉 자기 업소는 외진 곳에 있어 손님은 별로 없는 편이지만 고정 고객이 있어 밥은 굶지 않는다는 것이다. 그는 시설 앞에서 장사를 하고 있는데 시설에 거주하는 아이들은, 방문객이 시켜주는 통닭을 목이 빠지게 기다리고 있으며 자기 오토바이가 시설 마당에 들어설라치면 기름 냄새를 맡은 아이들이 삽시간에 몰려들어 온갖 괴성을 지르며 환호한다고 했다.

희찬이는 배달된 통닭이 까맣게 탔든, 설익어 피가 배어 나오든 따지지 않고 아이들이 군소리 없이 먹어준다는, 놀라운 사실을 털어놓았다.

희찬이는 자신의 불의한 통닭사업에 대해 주절주절 이야기를 늘어놓았는데 그럴 때 불균형한 양쪽 눈이 이상한 조화를 이루며 제각각 실룩거렸다. 나는 그 눈을 쳐다보느라 안주에 대한 평가 따윈 잊고 있었다. 하지만 다른 녀석들은 희찬이의 불평을 시작으로 약속이라도 한 듯 통닭과 가게 주인을 함께 욕하고 나섰다. 닭이 까맣게 탔는데도 이걸 먹으라고 내놓는 사람이 어떻게 이 지역에서 제일 유명한 호프집을 운영할 자격이 있냐는 것이었다.

한바탕 불평을 쏟아놓은 뒤 그들은 안주가 떨어진 것을 알았고 다시 통닭을 시켰다. 통닭을 시킬 수밖에 없었다. 다른 안주는 더 형편없었기 때문이었다. 나는 저번 모임에서 누군가 마른안주를 시켰다가 기겁했던 기억을 떠올렸다.

마른안주는 커피땅콩과 구운 김, 피스타치오로 구성되어 있었다. 무심코 안주 하나를 집어 입에 넣는 순간 나는 커피땅콩이 상했다는 것을 알게 되었다. 고소한 커피 향은 어디론가 사라지고, 100년은 냉장고에서 묵은 듯한 퀴퀴한 냄새가 미각을 괴롭혔다. 구운 김은 종이처럼 질겨 아무리 씹어도 목구멍으로 넘어가지 않았다.

그나마 피스타치오는 먹어보지도 못했다. 피스타치오 껍질 안에 벌레가 들어 있는걸 내 눈이 포착했기 때문이다. 벌레는 태아처럼 웅크린 채 연두색 알맹이에 꼭 붙어 있었다. 벌레는 평화롭게 잠을 자는 아기처럼 보이기도 했고 죽음을 기다리며 천천히 늙어가는 노인처럼 보이기도 했다.

안주가 가진 치명적인 약점에도 불구하고 우리는 '등대호프'를 약속장소로 삼을 수밖에 없었다. 등대호프는 이 도시의 랜드마크라고 할 수 있는 '국민은행' 옆에 자리 잡고 있었는데 이 동네에서 국민은행을 모르는 사람은 아무도 없었다. 등대호프는 지리적인 혜택을 톡톡히 보고 있는 것이다. 외양까지 독특해서 아무리 바보라도 그 집을 찾지 못하는 일은 없었다.

말하자면 그 집은 아내의 글 속에서 진주처럼 반짝이는 문장 하나를 닮아 있었다. 문장 하나만 눈에 띄게 써도 성공한 소설이라고 아내는 믿고 있었다. 최근 발표한 소설 중에 굉장히 난해한 작품이 있었다. 앞뒤 맥락도 없고 이렇다 할 줄거리도 없는 그런 작품이었다.

난해한 작품 속 남자 주인공이 난데없이 자기 여자에게 '사랑해요'라는 고백을 하고 나설 때는 괴기스러움의 극치를 보여주었다. 사랑해요. 아마도 아내의 소설을 통틀어 최초로 등장한 문장일 것이다. 사랑해요. 촌스럽기 그지없는 고백이, 그러나 아내의 난해한 소설 속에서는 매우 세련되게 들렸는데 그것은 본디 세련됨이란, 객관적 기준에 의해 확정되는 것이 아니라 상황이 만들어내는 것이기 때문이었다. 그러니까 '촌스러움'은 '세련됨'처럼 허상에 불과했다.

촌스러운 것과 세련된 것이 객관적으로 존재하지 않는다는 사실을 극명하게 보여주는 게 아내의 소설이라면, 공간의 안과 밖은 존재하지 않는다는 사실을 여실하게 보여주는 게 등대호프였다. 등대호프가 생기기 전, 그 자리에는 굴뚝처럼 기다란 기둥 하나가 덩그마니 꽂혀 있었다. 아무 쓸모도 없이, 어떤 이유도 없이 서 있던 기둥 위에 집을 짓기 시작한 사람은 기둥 주인이었다. 기둥의 꼭대기는 새집이나 겨우 들어설 만큼의 공간이 있어 건물 같은 것은 올릴 수 없을 것처럼 보였다. 그러나 공사가 끝나자 기둥 위에는 가분수처럼 생긴 건축물이 가뿐히 들어서게 되었다. 남산타워를 모델로 했다는 소문도 있었지만 그게 중요한 게 아니었다.

중요한 것은 그 건물의 대부분이 허공을 의지하고 있다는 것이었다. 서류상 존재하지 않는 면적, 이를 테면 아파트의 베란다 같은 보너스 면적만으로 이루어진 그 건물은 태생적인 특성 때문에 모험가들이 자주 찾는 명소가 되었다.

간이 배 밖으로 나온 사람들이 그곳을 찾으면서 건물은 자연스레 술집이 되었다. 10층 높이의 술집은 도시를 한눈에 굽어보며 당당하게 솟아 있었다. 낭만적인 구조이기는 했지만 불안한 감이 없지 않았다. 아무리 모험가라 해도 베란다가 무너질지도 모른다는 생각에 되도록 바깥쪽 자리에 앉으려 하지 않았던 것이다. 나 역시 조금이라도 안쪽에 앉으려고 기를 썼고, 다른 녀석들도 안쪽 자리에 앉기 위해 서둘러 도착했다. 가장자리를 차지하는 녀석은 언제나 명수였다.

녀석은 염세주의자였다. 늘 자살을 생각했다. 벌써 두 번이나 자기 집 목욕탕 샤워부스에 목을 맨 경험이 있고 두 번 다 실패한 경력을 가지고 있었다. 녀석은 아무렇지도 않게 바깥쪽 자리에 앉곤 했는데 일부러 목숨을 끊는 것보다는 바닥과 함께 추락하는 편이 낫다고 생각하는지도 몰랐다.

상대적으로 안전한 정중앙에는 오로지 한 팀밖에 앉을 수 없었다. 웃돈을 주어야 앉을 수 있다는 소리도 있었고, 새벽부터 줄을 서야 자리를 잡을 수 있다는 이야기도 있었다. 한번 자리를 잡은 사람들은 안쪽 자리를 뺏기지 않기 위해 마감시간이 되기 전까지 절대 집에 가지 않았다. 그들은 안쪽에 앉았다는 이유만으로 행복해했고, 특권을 얻은 것처럼 다른 팀들을 불쌍하게 쳐다보았다. 우리는 우리를 불쌍하게 바라보는 놈들의 그런 눈길이 싫었다.

우리는 기죽지 않기 위해서라도 일부러 떠들썩하게 먹고 마셨다. 어이, 빨리 통닭을 가져오라구! 이봐. 맥주가 떨어졌다구! 시킨 지 5분도 안 돼서 주인에게 재촉했고 사람 수를 초과해 통닭과 맥주를 시키기도 했다.

그러나 정중앙에 앉게 된 기득권자들은 우리의 과장된 몸짓에 절대 속지 않겠다는 표정을 지었다. 오히려 '저렇게 해서라도 모임을 가져야 하는 걸까' 하는 눈빛으로 우리를 쳐다보았는데 그들이 우리를 측은하게 보는 것도 무리가 아니었다. 위치적인 결함에 덧붙여 비상식적인 구도가 우리의 처지를 더욱 불쌍하게 만들었던 것이다.

그나마 조금이라도 안전하기 위해 우리 구성원들은 되도록 안쪽 자리를 차지하려 보이지 않는 다툼을 벌이곤 했다. 결국 '한 명 대 다섯 명'이 대결 구도로 앉는 기이한 모임이 되었는데 이런 형태는 아무리 봐도 자연스럽지 않았다. 혼자 앉은 명수가 선생님처럼 보이는 건 당연했다.

'저런 얼빠지게 생긴 녀석을 선생으로 두고 있는 저 자들은 얼마나 불쌍한 존재인가.'

정중앙의 눈빛들이 딱 그랬는데 명수는 아랑곳없이 그 자리를 차지하자마자 선생님처럼 굴었고 우리를 가르치려 들었다. 주로 어떻게 죽어야 실패하지 않을 수 있는지, 어떻게 죽어야 고통 없이 죽을 수 있는지, 하는 내용이 주를 이루었지만 불현듯 나의 뇌리를 스치는 것은 그가 내게 표를 던진 여섯 명 중 하나가 아닐까, 하는 생각이었다. 어떻게 돼도 좋다는 식의 사고방식은 아무나 갖는 게 아니었다. 명수는, 죽을 수만 있다면 어떻게 돼도 좋다는 사고방식을 가진 사람이었다.

그러니, 누가 반장이 되든 상관없다는 사고방식이 여섯 명으로 하여금 나를 찍게 한 것이다. 여섯 표는 나에 대한 지지도 격려도 뭣도 아니었다. 그것은 어떻게 돼도 좋다는 사고방식을 가진 염세

주의자들의 결정이었다.

그런 맥락에서 희찬이 역시 자유로울 수 없었다. 녀석이 반장에 뽑힌 것은 내 경우와 마찬가지로 결과 따위는 어떻게 되도 좋다는 식의 사고방식을 가진 아이들 때문이었다. 희찬이는 원래부터 자격이 없는 놈이었다. 까맣게 탄 통닭을 아무렇지도 않게 시설의 아이들에게 먹이는 놈이 과연 반장 자격이 있냔 말이다.

다들 녀석의 됨됨이를 이미 알고 있었지만 결과가 어떻게 되도 좋았기 때문에 녀석을 반장으로 뽑았고 등대호프를 변하지 않는 약속장소로 선택한 것이다. 그러고 보면 어떻게 돼도 좋다는 사고방식은 세상 사람들의 사고방식인지도 모른다. 아내가 나와 결혼한 이유도 비슷했다. 아내는 결혼 따윈 누구와 해도 좋다는 식의 사고방식을 갖고 있었다.

아내는 직장인이면 충분하다고 생각했다. 생계만 책임져주면 다른 것은 바라지 않고 글이나 열심히 쓰며 살겠다는 태도를 견지했다. 서로의 사생활을 간섭하지 않고 욕망을 존중하면서 사는 게, 골빈 부자로 사는 것보다 훨씬 가치 있다는 이야기를 덧붙여 나를 감동시켰다.

우리는 결혼하면서 작은 집을 얻었다. 작은 집이 좋아서가 아니라 우리가 가진 돈으로는 작은 집밖에 얻을 수 없기 때문이었다.

우리가 얻은 집은 연식에 비해 비교적 깨끗했는데 다만 벽 한가운데가 움푹 들어간 게 흠이었다. 마치 누군가 오랫동안 머리를 박아온 것처럼 방화벽 한가운데가 푹 들어가 있어서 그 자리를 볼 때마다 나는 기분이 좋지 않았다. 그랬지만 상관없었다. 우리는 작은 집을 커다란 서재처럼 꾸며놓고 평화롭게 살았다. 아내는 거실 한 가운데 커다란 식탁 겸 탁자를 놓았는데 그 앞에 앉아 글을 쓰다가 가끔 나를 탁자 밑으로 불러 뜨거운 시간을 갖기도 했다.

아내가 거실 중앙을 차지했으므로 나는 거실 한편에 쪼그리고 앉아 TV를 보았다. 신혼 초, 서로에게 적응이 되지 않았을 때 아내는 시끄럽다며 TV를 꺼달라고 성깔을 부리기도 했지만 어느덧 아내는 TV를 켜놓지 않으면 글을 쓸 수 없는 입신의 경지에 이르렀다. 소설이 안 풀릴 때면 자연스럽게 드라마 주인공의 대사를 옮겨 쓰기도 했다. '사랑해요'는 그렇게 해서 탄생한 문장이었다.

내가 집을 나온 이유도 아내의 독특한 사고방식 때문이었다. 아내는 임신한 게 맞느냐는 내 물음에 긍정도 부정도 하지 않았다. 한마디로 그게 뭐가 중요하냐는 투였다. 나는 흥분했고 거의 자제력을 잃었다.

"당신은 내게 왜 임신 사실을 알리지 않았지?"

아내는 더욱 뻔뻔스럽게 나왔다.

"당신은, 뱃속의 아이가 당신 아이라고 생각해?"

"뭐야, 뱃속의 아이마저 내 아이가 아니란 말이야?"

내 항의에 아내는 긍정도 부정도 하지 않은 채 알 듯 모를 듯한 웃음을 흘렸다.

"그게 뭐가 중요해?"

아내는 나를 시험에 들게 했다. 아내가 부정을 저질렀을 거라는 생각 때문에 나는 한동안 우울증에 빠졌다. 그런 한편 아내는 글도 쓰지 않고 빈둥거리더니 며칠 후에는 아이가 유산되었다는 소식을 전해왔다. 무리를 해서 유산이 된 거라고 했다.

"무리를 했다고? 당신은 빈둥거리며 놀기만 했잖아."

"나는 원래부터 몸이 약했다고. 어쨌든 잘 되었어."

"잘 되다니 그게 말이 되는 소리야?"

화가 났다. 아기를 원하지 않던 나였지만 막상 아기가 유산되었다고 하니 참을 수가 없었던 것이다. 딴 놈의 아이일 수도 있었지만 내 아이일 수도 있기 때문이었다. 2세만이 삶의 목적이었던 것처럼 나는 낙담했고 살아야 할 이유를 분실한 생각이 들었다. 내가 화를 삭이지 못해 길길이 날뛰는데도 아내는 아이 따위는 중요하지 않다는 태도를 지켰다. 나는 홧김에 아내를 때렸고 아내는 '화도 내지 않고' 나를 내쫓았다. 아내는 현관문을 닫으면서 내게 말했다.

"말했지? 직장을 가진 사람이면 된다고. 너는 직장을 잃었잖아. 네가 생계를 책임져 주지 않으면 나는 글에 몰두할 수가 없어. TV를 켜놓건 꽹과리를 두들기든 상관없는데 직장을 관둔 건 너의 실수였어."

그랬던 거다. 나는 생계를 책임지는 한에서만 존재의 이유를 획득할 수 있는 그런 인간이었다. 둘 사이에 사랑이라는 감정은 싹튼 적도 없으며 협의해서 헤어진다거나 하는 공식적인 절차도 중요하지 않았다. 나 같은 정도는 문밖으로 내쫓으면 그만이었다.

"그렇다 해도 꼭 아이를 지워야만 했어?"

전화로 다그쳤을 때 아내는 다시 한 번 그게 뭐가 중요하냐며 되물었다.

"그게 뭐가 중요해? 평생 통닭만 튀기는 남자라고 해도 나는 직장을 가진 남자가 좋아."

평생 통닭을 튀기는 남자라고? 아내의 말은 중요한 암시를 담고 있는 것처럼 들렸고 나는 희찬이를 의심하지 않을 수 없었다. 녀석은 드라마 주인공의 아내가 유산한 것과 관련해 말도 안 되는 이야기를 늘어놓고 있었다. 드라마 주인공의 아내를 욕하고 있었지만 그것은 뭔가 중대한 발표를 앞두고 미리 깔아두는 포석처럼 보였다. 녀석이 아내를 만나지 않을 이유가 없었다. 녀석은 여자라면 무조건 침을 흘리는 스타일이었고 남의 여자라면 더욱 정신을 못 차리고 덤벼들었다. 내가 집에서 쫓겨날 무렵 녀석은 뻔질나게 집으로 전화를 걸어왔는데 왜 휴대폰을 놔두고 집전화를 이용하는 것인지 알다가도 모를 일이라고 생각했다. 이제야 의문이 풀리는 느낌이었다. 녀석은 벌써부터 아내와 접선하고 있었던 것이다.

희찬이는 그런 식이었다. 선거에서 이긴 후에는 영숙이를 가로챘다. 아니, 그 모든 것은 사실 영숙의 의도였는지도 모른다. 복수하겠어. 영숙이 쏘아 보내던 생생한 느낌의 눈빛이 뒤통수를 때렸다. 고등학교에 진학한 후에 둘은 보란 듯 팔짱을 끼고 거리를 쏘다녔다. 말려드는 느낌이었지만 나는 그따위 짓거리 집어치우라고 소리를 지르지 않을 수 없었다. 그럴 때 영숙이는 뻔뻔스러운 여자의 얼굴을 하고 예의 그 기묘한 눈빛을 던져왔다.

'권력자가 되지 못할 바에야 권력자와 사귀는 게 당연한 논리 아니겠니?'

그런 내용을 감지하는 순간 여자로선 매력도 없던 영숙이가 대단한 미모를 가진 아이처럼 보였고 깊이 사모하게 되었다. 그래서 가져본 적도 않은 여자를 빼앗겼다는 느낌에 빠져들었으며 질투로 몸살을 앓았다. 엎치락뒤치락 표 경쟁을 하던 때처럼 두 아이가 엎치락뒤치락 몸을 섞는 상상이 나를 괴롭혔다. 한술 더 떠, 상상 속 희찬이는 고개를 돌리며 내게 이렇게 말했다.

'부러우면 지는 거야.'

녀석은 나를 한껏 모멸했고 영숙이는 녀석을 힘껏 끌어안았다. 두 사람은 내 상상 속에서 데굴데굴 굴러 나와 거리에서도 굴러다녔고 흔들리는 버스 안에서도 굴렀다. 두 사람의 허상은 책상 위, 지우개 위, 육모 연필 위, 교과서의 글자 위 할 것 없이 굴렀으며 그림자처럼 나를 따라다녔다.

그래서일까. 그녀가 희찬이의 아이를 임신했을 때 병원까지 따라가 준 사람도 나였다. 영숙의 임신 사실을 알고는 녀석이 단호한 몸짓으로 새벽열차를 타버렸기 때문이었다. 나는 그녀가 어느 건물 2층 산부인과 수술실에 들어가 있는 동안 대기실 의자에 앉아 수술이 성공적으로 끝나기를 기다렸다.

대기실 초록색 융단소파는 몹시 낡아 엉덩이 걸치는 부분은 거의 뚫어질 지경이었고 색깔도 전혀 다른 색으로 변해 있었다. 회색빛이 도는 그 자리에 앉아 여성잡지를 보았던가. 여성잡지를 보았는지, 바지 지퍼를 올리며 진료실 문을 나서는 여성들을 보았는지 기억나지 않았다.

분명한 것은 교복을 입고 그곳에 앉아 있는 남자는 나 하나였다는 사실이다. 어린 것이 어쩌다, 하는 표정으로 여자들이 힐끔거렸고, 나는 그런 사람이 아니에요, 외치고 싶었지만 그런 사람도 못 되는 내 처지가 더 부끄럽게 생각되어 참았다.

그녀는 약간 휘청거리며 수술실 문을 나섰고 한 시간 가량 안정을 취한 후, 아무 일도 없다는 듯 일상으로 복귀했다. 문제는 다음 날 영숙의 언니가 나를 찾아왔다는 사실이었다.

놀랍게도 그녀는 영숙이와 너무도 닮아 있었다. 유난히 검은 머리카락이며, 입술을 밀어내듯 밖으로 뻐드러진 앞니, 이마 위 여드름 자국까지 똑같았다. 영숙의 언니는, 잡아먹을 듯한 표정으로 나를 노려보았고 자기 동생을 어떻게 할 거냐며 달려들었다. 내 팔뚝을 물었고 실신할 지경까지 내 등짝을 때리고 발로 정강이를 걷어찼다.

실컷 때린 후에 영숙이의 언니는 내 입에 담배를 물려주었다. 갈비뼈가 부러졌는지 내 허파는 담배 연기를 제대로 빨아들이지 못했다. 빽빽한 숨을 몰아쉬고 있는데 영숙이의 언니가 삐딱한 눈길로 나를 쳐다보았다.

"네가 그걸 그렇게 잘해?"

이 무슨 날벼락 떨어지는 소리란 말인가? 그때까지만 해도 나는 여자경험이 없었다. 한 번도 안 해봤다고 말해야 했는데 입술이 떨어지지 않았다. 영숙이의 언니는 얼이 반쯤 나가 있는 나를 강제로 덮쳤고 파란 멍이 들 때까지 손바닥으로 볼기짝을 찰싹찰싹 때렸다. 아픔을 못 이기고 비명을 지르자 영숙의 언니는 도리어 자기가 더 크게 울면서 나를 때렸다.

일이 끝난 뒤 영숙의 언니는 울면서 미안하다고 말했다. 방금 애인과 헤어지고 오는 길이라고 고백 비슷한 이야기도 꺼냈다. 네가 동생을 임신시키지 않았다는 것도 알고 있다고 말했다. 임신시키지 않았을 뿐만 아니라 너로선 이번이 처음이라는 것도 알게 되었다고 말했다. 나는 매를 맞고 강간을 당한 것보다 처음이라는 사실을 들킨 게 더 수치스러워 그 자리에 앉아 있을 수가 없었다.

나는 울면서 거리로 뛰쳐나왔다. 다음 날 길에서 영숙이, 어쩌면 영숙의 언니일지도 모를 그녀와 마주쳤을 때, 부끄러워 숨었다.

영숙이는 저간의 사정을 아는지 모르는지, 희찬에 대한 감정 따윈 완전히 잊은 것인지 연신 방긋대는 얼굴로 나와 희찬을 바라보며 웃었다. 과거 따윈 존재하지 않는다는 투거나 과거 따윈 어떤 식이어도 좋다는 투였다.

희찬이는 쉴 새 없이 휴대폰을 들여다보았는데 마치 중요한 약속이 있는 사람처럼 굴었다. 모임 따윈 어떻게 끝나도 좋다는 투였다. 결국 희찬이는 약속이 있다면서 자리에서 일어섰고 다른 구성원도 그럴 줄 알았다는 듯 희찬을 보냈다. 나는 혹시 희찬이가 나를 이곳에 묶어둔 채 아내를 만나는 것은 아닐까, 의심하지 않을 수 없었다. 그러고도 남을 놈이었다. 나는 그렇게 '방해할 수 없는 부재'로 그들 앞에 존재했다.

존재감이 사라졌다는 느낌이 들자 나는 문득 울고 싶어졌다. 자꾸만 놈의 계략에 말려드는 느낌이었다. 내 운명은 어째서 남의 손에 좌지우지될 수밖에 없는 것인가. 목 놓아 울려고 할 때 누군가 어깨를 툭툭 쳤다. 돌아보니 주인 아저씨였다. 새로 튀긴 통닭을 탁자에 내려놓으면서 미안한 표정을 지었다.

"아까 보니 한 분이 자리에서 일어나시더군요."

"그런데요?"

"사실은 저쪽 자리가 매우 불안정한 상태랍니다."

주인이 명수를 가리켰다.

"그러니까 이쪽에 다섯 명이 앉아야만 저쪽에 앉은 한 명을 지탱할 수 있습니다. 그렇게 하지 않으면 베란다가 주저앉을지도 모릅니다."

모두의 얼굴이 흙빛이 되었다. 가장 얼굴색이 변한 사람은 명수였다. 갑자기 탁자를 꽉 잡더니 죽어도 놓지 않겠다는 듯 이를 악물었다. 살고 싶은 티가 역력했다.

"그래서 말씀인데 안주도 새로 나왔고, 자리에서 일어나실 수는 없는 노릇 아닙니까. 괜찮으시다면 다 드실 동안만 제가 이 자리에 앉아 있겠습니다."

우리는 약속이나 한 듯 일제히 고개를 끄덕였고 주인은 희찬이 대신 그 자리에 앉아 통닭과 맥주를 들이켜기 시작했다.

대단한 식욕이었다. 통닭이라는 것을 처음 맛본 사람 같았다. 그의 입은 블랙홀처럼 닭을 삼켰고 탁자에는 뼈가 쌓여갔다. 천천히 드시라고 말을 해야 했지만 손님에게 그런 제안을 하는 것은 도리에 어긋나는 일이었다. 사실은 그가 주인이고 우리가 손님이지만 이런 상황에서는 우리가 주인이고 그가 손님이었다. 다들 입을 열지 못하고 있는데 누군가 내 허벅지를 꾹 찔렀다. 영숙이였다.

'네가 저 사람을 말려 봐.'

네가 기권하는 게 좋겠어, 라고 말할 때와 똑같은 눈빛으로 영숙이가 나를 쳐다보았다.

'내가 왜? 왜 매번 희찬이 때문에 이런 식으로 당해야 하냐고! 지금 그 녀석은 우리 집에 있는 커다란 탁자 밑에서 내 아내와 놀아나고 있는데 왜 나는 그 녀석 치다꺼리하다가 볼일 다 봐야

하냐고.'

나는 고개를 저으며 완강하게 저항했다. 하지만 명수를 포함해 모든 사람의 눈빛이 나를 지원하고 있었다. 그 눈빛은 내가 낙담할 때마다 나를 찾아와 어깨를 두드려 주던, 쓰러지고 싶을 때마다 나를 일으켜 주던, 무언의 격려를 보내주던 여섯 명의 눈빛과 너무도 흡사했다.

'이봐, 우리는 너를 믿고 있어. 너에게 기대하는 바가 아주 크다고!'

아아, 나를 믿어준다고? 나에게 기대하고 있다고? 나는 마술에 걸린 사람처럼 그들의 지지에 굴복하고 말았다. 할 수 있어! 나는 그를 향해 조심스럽게 입을 열었다.

"다 드시려면 멀었습니까?"

"멀긴요, 곧 다 먹을 겁니다. 제가 이러는 것도 다 희생정신 때문입니다. 저 아니었으면 저 분은 벌써 저 아래로 굴러 떨어졌을 겁니다."

그가 손으로 자기 목을 치는 시늉을 하자 명수의 얼굴이 파래졌다. 탁자를 잡은 손에 힘줄이 도드라져 있었다. 녀석들 역시 그 사이 생각이 바뀐 모양이었다. 그를 미워하기는커녕 존경에 마지않는 눈으로 쳐다보고 있는 게 아닌가. 등대호프의 구조 때문에 우리가 위험에 처했다는, 원초적인 원인에 대해서는 깡그리 잊은 모양이었다. 등대호프의 주인은 탐욕스러운 식객에서 위대한 영웅으로 옷을 갈아입고는 우리 앞에 앉아 있었다.

그런 모습, 닭을 뜯는 자세며 튀어나온 뱃구레, 뱃사람을 연상시키는 검붉은 얼굴이 낯이 익었다. 그렇다. 주인은 희찬이와 닮은꼴이었다. 통닭을 욕하다가 마침내 자리를 떠버린 희찬이를 보충하는, 또 다른 모습의 남성상이었다. 세상에는 어째서 이토록 비슷한 사람들 투성이란 말인가. 맨 그놈이 그놈이고, 그놈이 그놈이다.

드디어 기나긴 모임이 끝나고 집에 갈 시간이 되었다. 우리는 명수가 자리에서 일어날 때까지 가만히 앉아 있었다. 혹여 우리가 먼저 일어남으로 해서 명수가 바닥으로 추락하는 일이 생기지 않도록 배려한 것이다.

엘리베이터를 타고 밖으로 나오니 밤공기가 매우 상쾌하게 느껴졌다. 새로 설치한 가로등이 거리에 희미한 빛을 뿌려댔다. 아름답다는 생각이 들었다. 우리는 악수를 나누고 손을 흔들며 등대호프 앞에서 찢어졌다. 조금씩은 후련한 표정들이었고 또 조금씩은 아쉬운 표정들이었다. 나는 집으로 발길을 돌렸다. 갈 데가 없었다. 무엇보다 희찬이가 와 있을 것 같은 예감에 집으로 가지 않고는 배길 수 없었다.

거실에 들어서니 달큰한 땀 냄새가 맡아졌다. 어떤 격렬한 행위가 있었던 걸까. 공기가 왠지 후끈하게 느껴졌다. 탁자 밑으로 수상한 얼룩이 보이는 것도 같았다. 얼룩의 정체를 파악하려는데 갑자기 아내가 나타났다. 생각했던 것처럼 그녀가 화를 내지 않았기 때문에 나는 좀 어리둥절한 기분이었다. 아내는 유산을 거듭하다가 어렵게 임신에 성공한 여자처럼 사뿐사뿐 나를 향해 걸어왔다. 내 앞에 서더니 두 손을 맞잡고 생긋 웃었다.

"나 아기를 낳았어!"

아내는 매우 기쁜 듯 말했다.

"자기, 아기는 유산했잖아."

"하지만 다시 가졌지."

"그 사이에?"

아내가 고개를 끄덕였다.

"누구의 아기인데?"

"그게 뭐 중요해?"

말싸움을 다시 되풀이할 수는 없는 일이었다. 나는 말문을 돌렸다.

"아기는 혼자서 낳았어?"

아내가 고개를 저었다. 그때 누군가 방문을 열고 나왔다. 그를 바라보는 순간 나는 너무 놀라 바닥에 주저앉을 뻔했다. 그는 등대호프 주인이었다. 튀어나온 뱃구레며 뱃사람을 연상시키는 검붉은 얼굴이 그가 확실하다는 것을 말해주었다. 그는 포대기에 둘러싸인 아기를 꼭 껴안고 있었다. 믿을 수 없는 일이었다.

"당신이 어떻게?"

"제가 곁에서 아기 낳는 것을 도와주었습니다. 왜냐하면 이 아기는 제 아기니까요."

"방금 전까지 당신은 우리랑 같이 있지 않았어? 어떻게 그 사이에 여기까지 왔지?"

"모르셨군요. 저는 쌍둥이입니다."

"쌍둥이라고? 당신과 등대호프 주인이 쌍둥이란 말이야?"

"그렇습니다. 당신을 붙들어두기 위해 제 동생이 애를 좀 썼죠."

"당신들이 나를 속이기 위해 연극을 한 것이란 말이지. 그럼 희찬이는 어디에 있어? 희찬이도 한패지?"

"누구, 말씀이십니까?"

"희찬이, 저 여자의 정부, 희찬이를 몰라?"

통닭집 주인의 쌍둥이 형이 싱긋 웃더니 고개를 저었다.

"희찬이는 제 아내의 정부가 아닙니다."

그가 포대기를 번쩍 들어올렸다. 희찬아!

"이 아기 이름이 희찬이지요."

남자가 아기를 들여다보며 말했다. 아내는 아무런 반론도 제기하지 않은 채, 남자와 아기의 얼굴을 번갈아 들여다보았다. 그때 아내의 입에서 흘러나온 고백이란, 촌스러운 나머지 적이 역겹기까지 했다.

"사랑해요!"

그 말을 들은 남자가 헤벌쭉 웃었다.

아내와 사는 동안 한 번이라도 사랑한다는 말을 들은 적이 있던가. 기억이 나지 않았다. 너무 들어서 무덤덤해진 나머지 듣지 않았다고 착각하는 것인지, 정말 한 번도 들은 적이 없는 것인지 전혀 알 수가 없었다. 나는 남자의 손에서 아기를 빼앗았다. 이 아기가 희찬이라구?

포대기에 싸인 아기는 특이하게도 두 눈이 짝짝이였다. 절반은 웃고, 절반은 우는 아기였다. 정말이지 희찬이와 똑같이 생긴 아기였다. 몸만 작은 사이즈로 변신한 희찬이 같았다. 아기가 입을 열더니 또박또박 말했다.

"부러우면 지는 거야."

나는 아기를 집어 던지고 벽에 머리를 쾅쾅 부딪었다. 머리에서 피가 나는 듯했지만 만져보니 피는 나지 않았고 혹만 튀어나와 있었다. 한참을 부딪은 후에 고개를 들어보니 눈앞으로 움푹 들어간 벽이 보였다. 누군가 오랫동안 머리를 박아온 듯 벽이 쑥 들어가 있었다. 내 행위가 벽을 들어가게 만든 것인지, 들어간 벽을 찾아 내가 머리를 박은 것인지는 분간이 되지 않았다.

나는 자해 행위를 그만두기로 했다. 이래 봤자 그들에게 말려드는 꼴밖에 되지 않는 거야. 다리에 힘이 풀렸다. 나는 현관문을 열고 거리로 나왔다. 바람이 차가웠다. 거리는 더러운 가로등 빛에 추잡하게 물들어 있었다.

걷다 보니 이 동네의 랜드마크인 국민은행 앞이었다. 언젠가 영숙이의 언니에게 강간당한 뒤 뛰쳐나왔을 때도 이곳에 이르러 정신이 들었던 기억이 났다. 늦은 시간임에도, 한 떼의 무리가 동창회를 열기 위해 등대호프로 걸어 들어가고 있었다. 나는 그들이 안전한 자리를 잡기 위해 쟁탈전을 벌이는 모습을 상상하며 오랫동안 등대호프를 올려다보았다.

예술가의 탄생

유여사는 달디단 오수에 빠져 있었다. 한번 잠이 들면 꽹과리를 두들긴다 해도 깨어나지 못하는 그녀였지만 작고 조심스러운 소리에는 이상하게 민감했다. 바람에 나뭇잎 흔들리는 소리, 달에 구름 가는 소리, 구렁이 담 넘어가는 소리는 대번에 알아들었으니 그날 한 씨가 붙잡힌 것은 그의 불찰이라고 할 수 있다. 발꿈치를 들고 조심조심 빠져나가는 게 아니었다. 그런 때일수록 과감하게 방문을 걷어찼어야 했다.

한 씨는 바지자락을 잡힌 상태에서 뒤를 돌아보았다. 유여사가 흰자위를 드러내며 노려보고 있었다.

"어디 가?"

"이거 놔!"

한 씨는 다리를 떨었지만 유여사는 그의 바지자락을 더욱 세게 그러쥐었다.

"이대로는 못 가."

두 사람 사이에 힘겨운 줄다리기가 시작되었다. 이거 놔! 못 놔! 끝이 보이지 않던 힘겨루기가 막을 내린 것은 유여사 입에서 비명이 터져 나오던 순간이었다.

"아이고, 배야!"

바지자락을 잡은 손이 부들부들 떨렸다. 태기였다. 예정일을 한 달이나 남겨둔 시점이었지만 그 정도로 힘을 쓴다면 생기지 않은 애라고 해도 나올 법했다.

그녀는 고통을 견디기 위해 몸을 비비 틀었다. 산통은 아랫배가 아닌 어디 먼 곳에서 강림하는 것 같았다. 드럼통 백 개의 무게가 전신을 짓누르는 느낌이었다. 몸이 점점 납작해지고 있었다. 이윽고 뜨거운 물에 빠진 국수가닥처럼 아귀힘이 풀어졌다. 유여사는 아득해지는 의식 속에서 철문 닫히는 소리를 들었다. 한 씨가 가버린 것이다.

"다 끝났다."

유여사는 낮게 읊조린 후 정신을 잃었다.

그러나 그녀의 생각처럼 모든 게 끝난 게 아니었다. 킴벌리에게 있어 그 순간은 시작이었다. 유여사의 다리 사이에 끼인 채 킴벌리는 두 다리를 버둥거렸다. 들어가든가 나오든가 해야 했지만 어머니라는 사람은 출산 도중 기절한 상태. 그나마 킴벌리의 머리가 세상을 향하고 있었던 게 다행이라면 다행이었다.

초유조차 입에 대기 전이지만 만약 그런 힘이 존재한다면 젖 먹던 힘을 다한 게 분명했다. 킴벌리가 자궁벽을 힘껏 걷어차는 순간 뽁, 하는 소리가 좁은 방안에 울려 퍼졌다. 귀만 빠지면 끝이었다. 모가지와 팔다리 정도는 모래밭에 심어진 무처럼 자동적으로 딸려 나오게 되어 있었다.

들락날락하던 유여사의 정신이 돌아온 것은 아기 울음소리 때문이었다. 이게 무슨 소리지? 주위를 둘러보니 새처럼 작은 생물이 방구석에 굴러다니고 있었다.

"어머, 이게 뭐야?"

아기였다. 아기가 주먹을 불끈 쥐고 울고 있었다. 이 애가 어디서 나타난 거지? 워낙 황망 간에 일어난 일이고 보니 유여사는 자신이 아기를 낳았다는 사실을 바로 깨닫지 못했다. 다만 아랫배가 허전한 것이, 꼭 무언가를 잃어버린 느낌이었다. 아기는 아기대로 모체에서 분리된 서러움으로 빽빽 울어댔다. 아기의 울음은 보호자의 손길을 강하게 요청하고 있었다.

'아, 내 아기구나.'

유여사는 비로소 상황이 어떻게 돌아가는 것인지 알았지만 무엇을 해야 할지는 몰라 허둥댔다. 아기가 벗고 있다는 데 생각이 미치면서 유여사는 배내옷을 장만하지 못했다는 사실을 깨달았다.

눈에 들어온 게 두루마리 휴지였다. 유여사는 휴지를 풀어 아기 몸에 감기 시작했다. 휴지를 감아주자 아기는 거짓말처럼 울음을 그쳤다. 좁은 방에 평온이 찾아왔고 유여사는 비로소 아기 얼굴을 찬찬히 들여다볼 여유가 생겼다. 못 생긴 것은 그렇다 치고 휴지를 친친 감은 아기는 한 마리 고치처럼 보였다. 유여사는 한 씨가 가출해버렸다는 사실도 잊은 채 풋 하고 웃었다.

팥죽의 뜨거운 열기가 얼굴에 끼칠 때마다 킴벌리는 유여사의 등판을 앙칼지게 붙들었다. 여차하다간 꼬투리에서 튕겨나간 콩처럼 도가니 속으로 처박힐 판이었다. 포대기의 매듭은 갈수록 헐거워지고 있었다. 팥죽은 입만 가진 짐승이었다. 풀, 하면서 주둥이를 앞으로 내밀었고 떡, 하면서 제 입술을 바깥으로 뒤집고 사그라들었다. 먹잇감이 걸려들면 살도 바르지 않은 채 뼈까지 소화시킬 기세였다.

아랑곳없이 유여사는 도가니 속으로 상체를 반이나 기울이고 죽을 저었다. 살기 위해 발버둥치는 킴벌리의 입장 따윈 생각할 겨를이 없었다. 유여사 역시 살기 위해 발버둥치는 중이었으므로.

유여사가 공장에 다시 나오기 시작한 것은 킴벌리가 백일을 맞던 즈음이었다. 휴지공장 공장장은 유여사가 아기를 업고 일하는 것을 눈감아 주는 대신 그녀에게 죽 젓는 일을 시켰다. 죽 젓는 일은 고되기 그지없다는 휴지공장 업무 중에서도 가장 힘든 축에 속했다. 거무스레한 색을 띠기 때문에 팥죽으로 이름 지어진 것일 뿐 사실 그것은 죽이 아니라 폐지 덩어리였다. 저울로 달아 매입한 폐지는 분쇄기 속에서 잘게 부수어졌고 물세례를 받은 후에 죽처럼 흐물흐물해졌다. 약품이 투입되는 것은 죽이 한참 끓고 난 후였다.

청산가리라는 말도 있고 양잿물이라는 소문도 있었지만 약품의 정확한 이름을 아는 사람은 아무도 없었다. 푸른빛의 약품은 색깔만으로도 위협적이었는데 약품이 피부에 닿으면 살 껍질이 벗겨 나가고 옷에 구멍이 뚫릴 수 있으니 각별히 조심하라는 주의사항이 내려왔다.

유여사는 통이 큰 사람이었다. 기준치를 넘어서는 약품을 사용함으로써 휴지에 눈부신 광채를 안겼다. 휴지는 흰 눈처럼 밝아졌지만 한층 고약한 냄새를 풍기게 되었다. 휴지 냄새는 나사못처럼 휴지공장 근로자들의 골속 깊숙이 파고들었고 뇌수를 흔들었으며 두통을 격발했다. 그 바람에 어느 해에는 휴지공장 근로자들이 두 명이나 도망가는 일이 벌어졌는데 한 씨를 달아나게 만든 것도 바로 이 휴지 냄새였다.

킴벌리는 휴지 냄새 속에서도 무럭무럭 성장해야 좋았지만 사정이 그렇지 못했다. 킴벌리는 만성감기에 걸린 아이처럼 사시사철 콧물을 훌쩍였다. 팔삭둥이인 탓에 발육상태마저 부진해서 또래보다 키가 작았고, 팔다리가 가늘었다. 주먹만 한 얼굴은 언제나 하얗게 질려 있어, 그녀를 사람이 아니라 탈색된 플라스틱 인형처럼 보이게 했다.

그에 더해 킴벌리에게는 심각한 문제가 있었으니 학교 갈 나이가 되도록 말을 하지 못했다. 웬만한 아이들이라면 벌써 말을 배우고도 남아 욕을 배우고, 외설적인 간행물을 소리 내어 읽을 시점이었다. 이리 오라면 오고, 저리 가라면 가는 것으로 봐서 귀머거리가 아닌 것만 확실했다.

"조용히 해. 애 깨겠어."

낯선 목소리였다. 남자였다. 누군가에게 주의를 주고 있었다. 킴벌리가 잠에서 깨어난 것은 바로 그 조용히 하라는 목소리 때문이었다. 목소리의 여운인 듯 어둠 속으로 하얗고 기다란 물체가 흔들리고 있었다. 안착을 거부하는 방랑자의 영혼처럼 속절없이 나부끼는 그것은 휴지였다. 남자는 옷을 전부 벗고 있었는데 완전히 벗기는 미안했는지 머리에 휴지를 두르고 있었다.

"떠나지 않는 거지?"

유여사였다.

"가지 마, 응? 이제 떠나지 마."

유여사가 매달리다시피 사정하고 있었다. 남자는 대답하지 않았다. 이상한 일이었다. 모녀의 삶에 '남자'가 끼어든 적은 한 번도 없었다. 어릴 적, 집을 나갔다는 아버지가 돌아온다면 모를까.

'아버지?'

킴벌리는 그 남자가 아버지일지도 모른다는 생각이 들었다. 아버지? 킴벌리는 아버지라는 단어가 낯설어 속으로 몇 번 더 발음해보았다. 아버지? 어둠 때문에 남자의 얼굴은 윤곽이 잘 잡히지 않았는데 막상 전등 아래에서 대면한다고 해도 그가 아버지임을 확인할 방법은 없었다. 아버지라는 사람은 그녀가 태어나기 직전에 사라져버렸으니. 퍼뜩 그녀의 머리에 떠오른 게 '손'이었다.

'장갑증세'는 휴지공장 근로자들에게서 나타나는 일종의 직업병이었다. 아무리 조심한다 해도 휴지공장에 머무르는 이상, 약품이 함유된 죽을 만지지 않을 도리가 없었고, 죽을 직접 만지지 않는다 해도 휴지까지 만지지 않을 수는 없는 일. 뭔가 이상하다고 생각했을 때는 돌이킬 수 없을 정도로 손이 하얗게 변질된 후였다.

보통의 경우, 어둠이 사람의 모습을 숨기는 것과 달리 흰 손은 캄캄할 때 더 잘 드러났는데 잘못 보면 흰 장갑 두 개가 둥둥 떠다니는 줄 오해할 법했고 실제로 밤길에서 흰 손을 맞닥뜨린 후 귀신이 나타난 줄 착각하고 기절하는 사람도 있었다고 한다.

장갑증세라고 해서 나쁜 점만 있는 것은 아니었다. 그들의 선배 격인 어느 근로자는 전등을 켜지 않고 손만으로 일 년 내내 두 평짜리 방을 밝혔다는 전설도 일대에 전해 내려오고 있었다. 그래서 휴지공장 근로자들은 언제 어디서 만나도 서로를 알아본다고 했다. 밤 기차간 화장실 입구에서 마주쳐도, 야시장 좌판에서 어깨를 부딪어도 손만 보고 서로 얼싸안고 악수를 나눈다는 것이다. 킴벌리는 두 눈을 크게 뜨고 남자의 손을 찾기 시작했다.

남자의 손이 발견된 곳은 유여사의 가슴께였다. 희고 빛나는 장갑 두 개가 유여사의 젖가슴 위에 꼿꼿이 서 있었다. 흰 장갑은 유여사의 가슴을 통째로 떼어내서 공중으로 도약할 것처럼 잔잔하게 진저리를 쳤다.

킴벌리는 벌떡 일어나 만세를 부르고 싶은 심정이었다. 완전무결하게 하얀 손은 아무나 갖는 게 아니었다. 남자는 아버지가 분명했으니 벅찬 가슴을 누르며 킴벌리가 큰 소리로 '아버지'를 외쳐 부르려는 찰나였다.

유여사의 목소리가 그녀의 말문을 막았다.

"대답해 봐. 이제 떠나지 않는 거지?"

"당연하지. 그런데 자기, 돈 좀 갖고 있어?"

"돈? 나 돈 없어. 둘이 먹고 살기도 빠듯한데 돈이 어딨어?"

유여사의 대꾸에 남자는 한숨을 쉬었지만, 몸 흔드는 일은 멈추지 않았다. 멈출 수가 없었다. 유여사가 정지선을 합의해줄 리 만무했기 때문이다. 파도가 밀려오고 나가듯 무성의한 출렁임이 이어졌다. 지금이야. 킴벌리는 마음속으로 '도전!'을 외쳤다.

"아버지?"

순결이란 게 있다면 바로 그런 것일 터, 그때 발음된 '아버지'처럼 깨끗한 단어는 세상에 없었다. 그것은 '아빠' '아파' '파파' '빠빠빠'를 부르는 신생아 최초의 옹알이와는 차원이 달랐다. 옹알이에는 우연이라는 불순물이 끼어 있기 마련이었다. 하지만 그때 킴벌리가 외친 '아버지'는 눈앞의 존재를 향한 명백한 호명행위였다. 그녀가 7년간 고이 간직했던 말의 순결을 아버지에게 바치는 순간, 한 씨는 감격에 겨워 킴벌리를 얼싸 안는 게 아니라 의식 없이 몸 흔드는 일을 계속했다. 킴벌리는 두 손을 나팔처럼 만들어 다시 한번 아버지를 불렀다.

"아버지!"

그때서야 킴벌리 쪽으로 고개를 트는 남자. 남자는 말없이 아이를 내려다보았다. 그런 뒤, 아주 천천히 머리에 두른 휴지를 풀어 내렸다.

"그래."

그래, 라는 대답은 한숨과 함께 토해져 나왔다. 그래, 내가 네 아빠다. 자신의 정체를 인정하는 순간에도 남자는 몸동작을 멈추지 않았다.

"착하지? 이제 자라."

킴벌리는 아버지가 시키는 대로 했다. 부모님 말을 잘 듣는 착한 아이이고 싶어서라기보다 견딜 수 없이 잠이 쏟아졌기 때문이었다.

다음 날 아침, 유여사가 이불 밖으로 얼굴을 내놓고 엉엉 울고 있었다. 방바닥에는 기다란 휴지조각이 뱀이 벗어놓은 허물인 듯

스산하게 널려 있었다. 휴지가 아니라 누군가의 가슴이 갈기갈기 찢겨진 자국 같았다. 킴벌리는 아버지가 두 번째 가출을 했다는 사실을 알게 되었다.

아버지를 부르는 일에 음성적 순결을 바친 이후로 킴벌리는 갑자기 말 많은 아이가 되어버렸다. 7년간 참아온 이야기를 한꺼번에 쏟아내려는 듯 그날 지냈던 이야기며, 곰이 됐어요 붕어가 됐어요 시시각각 변하는 구름에 대한 이야기, 두꺼비집을 통해 들여다 본 전기배선 이야기까지, 눈에 보이는 온갖 것을 묘사하고 설명했다.

유여사는 킴벌리의 그런 변화가 반갑기는커녕 매우 부담스러웠고, 얘기를 들어주는 데 지쳐 아이를 '국민학교'에 집어 넣어버리고 말았다. 급우들 역시 말 많고 못생기고 쪼끄만 아이가 부담스럽기는 마찬가지였다.

킴벌리는 외톨이가 되었다. 외톨이가 되니 말을 할 기회가 영영 사라졌고 킴벌리는 말을 못해 답답증을 앓았다. 말에 대한 그녀의 욕구는 엉뚱한 계기를 통해 해결되었다.

유여사는 터무니없이 적은 급여에 대한 보상으로 공장에서 휴지를 빼돌리고 있었다. 휴지가 사치품으로 분류되던 시절이었다. 공중화장실에 비치된 휴지는 먼저 발견하는 사람이 임자였다. 대학 공부를 마친 인격자라고 해도, 수표로 밑을 닦는 부자라고 해도 휴지만 보면 훔치고 싶은 충동을 느꼈다.

휴지를 훔치는 일은 길거리에서 돈을 줍는 일과 비슷했다. 보는 사람만 없다면 죄의식을 느끼지 않고 저지를 수 있는 일, 생각하기에 따라 횡재했다고 빼길만한 일이었다. 보드라운 휴지로 항문을 닦아보는 게 소원인 노인마저 있었으며, 첫 월급을 타서 부모님께 두루마리 휴지를 사드리는 직장인도 흔했다. 휴지 사용은 상류생활을 흉내 낼 수 있는 가장 손쉬운 방법이었다.

유여사는 평소 휴지공장에서 한 개, 두 개 휴지를 훔쳤는데 그녀의 절도행각은 갈수록 대담해졌다. 품속에 몇 개 감춰오는 것으로는 만족하지 못하고 버젓이 리어카를 불러다 실어 나르기에 이르렀다. 많은 사람이 그녀가 리어카에 휴지 싣는 것을 보았지만 누구도 그녀가 그처럼 엄청난 양을 훔치리라고는 생각하지 못했기에 그저 주문 받은 제품이거니 무심히 넘겼다.

허점을 찌르는 수법으로 유여사는 막대한 양의 휴지를 훔칠 수 있었고 휴지는 점점 그들의 삶 속으로 깊이 파고들었다. 창고, 벽장, 선반, 장독대, 마루 밑 어디에든 휴지가 들어차게 되었다. 아무 문고리나 당기면 휴지가 튀어나왔다. 당장 무슨 수를 내지 않으면 휴지에 깔려 죽을 판이었다.

"어머니, 휴지에 깔려 죽느니 차라리 휴지를 깔고 자요."

킴벌리는 두루마리 휴지를 방바닥에 깐 후 그 위에 이부자리를 폈다. 휴지의 층은 갈수록 높아져 다음 주에는 2층이 되었고 그 다음 주에는 3층이 되었다. 나중에는 10층 높이의 휴지 위에서 잠을 자야 했다. 당시만 해도 그것이 바로 침대라는 물건인 줄은 킴벌리 자신도 알지 못했다. 그렇게 휴지는 침대가 되었고, 의자가 되었고, 화장대가 되었고, 커튼이 되었다. 그랬지만 휴지를 소비하는 데는 한계가 있었다. 기하급수적으로 늘어나는 휴지를 감당하기 위해서는 새로운 활용법을 생각해내야 했다.

초경이 시작되던 날 킴벌리는 휴지와 분무기, 그리고 방망이를 꺼내들었다. 분무기로 물을 축이자 휴지는 촉촉하게 젖어 들었다. 킴벌리는 젖은 휴지를 여러 겹 포갠 다음 방망이로 두들겼다. 휴지가 뜨거워지면, 분무기로 물을 뿌린 뒤 다시 방망이질을 했다. 그 일을 수차례 반복하자, 질기고 보드라운 생리대가 만들어졌다.

킴벌리표 생리대는 여학생들 사이에서 인기가 좋았다. 합리적인 가격과 편안한 착용감이 장점이었다. 킴벌리의 생리대 제조기술은 갈수록 발전했다. 뭉치지도 새지도 않는 제품, 수면 전용 제품이 연달아 출시되었고, 날개 달린 것도 등장했다.

생리대 제작에 몰두하면서 킴벌리는 말에 대한 미련을 떨칠 수 있었다. 작업이란 게 본디 말이 필요 없는 일이었다. 킴벌리는 말을 못해서 안 하는 게 아닌, 하고 싶지 않아 안 하는 사람이 되었다. 말에 대한 어떤 갈망도 없이 그녀는 말을 하지 않았다. 말을 안 할수록 마음이 꽉 채워지는 느낌이었다.

그렇게 유여사는 휴지를 훔치는 일에 열중했고 킴벌리는 생리대 만드는 일에 몰두했다. 생리대의 성공으로 킴벌리는 많은 돈을 쥘 수 있게 되었다. 그 돈으로 킴벌리는 먹고 싶은 것, 입고 싶은 것을 마음껏 살 수 있었다. 돈으로 살 수 없는 것은 없었다. 다만 한 가지, 그녀가 태어나기 직전 집을 나가 7년 만에 휴지를 두르고 나타나서는, 나타난 지 만 하루도 지나지 않아 그녀에게 말문을 틔워주고 사라진 사람, 아버지만큼은 파는 데가 없었다.

"눈을 떠!"

킴벌리는 목소리의 기세에 눌려 번쩍 눈을 떴다. 누군가 킴벌리를 굽어보고 있었다. 백발에 흰 수염을 치렁치렁 늘어뜨린 노인이었다. 이상하게도 사방이 온통 하얀색이었다. 벽도 바닥도 천정도 모두 이불솜처럼 희었다. 어떤 오점도 없이 하얀 빛 앞에서 킴벌리는 눈을 찡그렸다.

"할아버지는 누구세요? 여기는 어디에요?"

"여기는 네 마음속이야."

"마음속이라니요? 이곳은 제 몸보다 더 큰걸요?"

"그나마 겉에서 본 모습이 그렇고 실제 깊이는 알 수 없지."

노인이 벽을 가리켰다. 벽 한 가운데 둥근 구멍이 뚫려 있었다.

"너는 저곳을 통과해야 해."

"왜요?"

"네 마음속이니까."

"왜 저기가 왜 제 마음속이에요? 제 마음은 여기 가슴속에 있어요."

"분명히 말하지만 자기 마음이 어디 있는지는 누구도 알지 못해. 자, 그러고 있지 말고 서둘러!"

노인의 눈빛에는 거역지 못할 힘이 실려 있었다. 킴벌리는 노인이 시키는 대로 더듬더듬 구멍 속으로 기어들어갔다. 바닥이 어찌나 미끄러운지 통로가 빙글빙글 도는 기분이었다.

"무슨 마음속이 이래요?"

"휴지 심지로 만들었기 때문이지. 인간은 누구나 마음 한가운데 이런 휴지 심지를 갖고 있어. 아무리 잘난 사람도 속을 들여다보면 이런 텅 빈 구멍을 갖고 있지."

"무슨 도사 같은 말이에요?"

"맞았어. 나는 휴지도사야. 자, 서둘러. 거의 다 왔어."

끝날 것 같지 않는 동굴 저 멀리서 빛이 쏟아지고 있었다. 킴벌리는 빛을 향해 부지런히 기어갔다. 동굴을 통과해 밖으로 나왔지만 사방이 너무 환해 눈을 뜰 수 없었다. 다시 목소리가 들려왔다.

"축하해. 너는 첫 번째 관문을 통과했어. 이제 두 번째 관문으로 갈 차례야!"

"뭐예요? 미션이 또 있다고요?"

순간 눈앞으로 높다란 산 하나가 떠올랐다. 깎아지른 듯 높은 벼랑 위에 흰 눈이 수북하게 쌓여 있었다. 보기만 해도 으스스한 한기가 느껴졌다.

"저 산을 넘는 거야. 그래야 어른이 될 수 있어."

"저는 어른 따위 되고 싶지 않아요."

"어른이 되지 못하면 아무 것도 되지 못하는 거야. 시키는 대로 해."

킴벌리는 산을 타기 시작했다. 눈이라고 생각했던 것은 마구 풀어 헤쳐 놓은 휴지였다. 바닥을 디딜 때마다 발이 푹푹 빠졌다. 중심이 잡히지 않아 금방이라도 넘어질 것 같았다. 킴벌리는 한 발 한 발 앞으로 나아갔다. 드디어 정상에 도달하여 만세를 불렀다.

"야호, 드디어 정상이에요. 미션을 통과했어요."

다시 목소리가 들렸다.

"수고 했어. 이제 마지막 관문만 통과하면 끝이야."

"뭐가 또 남았다고요?"

킴벌리의 말이 채 끝나기도 전이었다. 온몸이 하얀 괴물이 눈앞에 나타났다. 눈구멍 두 개만 빼놓았을 뿐 얼굴과 목, 몸 전체에 하얀 붕대가 감겨 있었다. 괴물이 손을 들어 킴벌리를 내리치려고 했다. 킴벌리는 잽싸게 몸을 피해 달아났다. 괴물이 쫓아왔다. 쿵쿵쿵 지축이 울렸다. 숨을 데가 없었다. 숨이 넘어갈 것 같았다. 킴벌리는 우뚝 멈춰 섰다. 달아난다고 피할 수 있는 게 아니었다.

그녀는 괴물에게 덤벼들었다. 어깨를 밀쳤을 뿐인데 괴물은 중심을 잃고 쓰러졌다. 그 틈을 타서 킴벌리는 괴물의 기다란 팔을 꽉 깨물었다. 입속으로 텁텁한 먼지 입자가 밀려들어왔다. 붕대라고 생각했던 것은 휴지였다. 휴지괴물이 비명을 지르며 바닥을 데굴데굴 굴렀다. 킴벌리는 그를 뻥 걷어찼다. 의외로 간단했다.

"휴지괴물도 처치했어요. 이제 다 끝났죠?"

킴벌리가 손을 털며 물었다. 대답이 들리는 대신 갑자기 주변이 어두워졌다. 명도가 떨어졌다기보다 분위기가 가라앉은 느낌이었다. 울퉁불퉁한 허공을 벗어나 평지에 안착한 느낌, 공간이 변한 느낌이었다.

눈앞에 하얀 옷을 입은 사람이 서 있었다.

"도사님!"

킴벌리가 외치자 그가 고개를 저었다.

"나는 도사가 아니라 의사란다."

"의사라구요? 제가 어디가 아픈가요?"

"뭐 심하지는 않아."

"제가 어디가 아픈데요?"

"음, 너의 병명은……."

의사는 한참 동안 킴벌리를 쳐다보았다. 그런 뒤 근엄한 목소리로 말했다.

"너의 병명은, 성장통이야."

"그런 병이 세상에 어디 있어요?"

"조용히 해, 애 깨겠어."

누군가 속삭였다. 낯익은 목소리였다. 또 다른 누군가에게 주의를 주고 있었다. 킴벌리가 잠에서 깨어난 것은 바로 그 조용히 하라는 목소리 때문이었다. 목소리의 여운인 듯 어둠 속으로 하얗고 기다란 물체가 흔들리고 있었다. 안착을 거부하는 방랑자의 영혼처럼 속절없이 나부끼는 그것은 휴지였다. 머리에서 목으로 이동했을 뿐 오래 전 그때와 상황이 똑같았다.

리본으로 매듭지은 휴지는 한 씨가 유여사에게 자신을 통째로 바치고 있음을 말해주고 있었다. 킴벌리는 '아버지'를 부르는 대신 슬며시 돌아누웠다. 아버지를 아버지라고 부를 만한 상황이 아니었다. 휴지를 두르는 일이 두 사람만의 이벤트라는 것을 눈치 챌 만큼 킴벌리도 성장해 있었다.

아버지도 이제 나이를 먹은 걸까. 전과 달리 몸놀림이 둔했다. 움직임에 탄력이 없었고 그저 가만히 앉아 꾸무럭거리는 형국이었다. 유여사의 신음소리 역시 심지가 빠진 듯 축 늘어져 있었다. 유여사가 소리를 죽인다고 죽였는데도 한 씨는 연신 타박이었다.

"제발 조용히 좀 하라고! 애 깨겠어."

아랑곳없이 유여사는 두서없이 중얼거렸다.

"너무, 떠나지 않는다고 너무, 말해 줘, 너무!"

"뭐라는 거야?"

"너무, 너무 좋다고. 그러니까 다시는 떠나지 않겠다고 말해 줘."

"알았어. 그런데 자기 돈 좀 있어?"

한 씨의 물음에 유여사가 뻐기듯 대답했다.

"나 돈 있어. 휴지 팔았어."

유여사의 욕심은 밑 빠진 독처럼 한량이 없었다. 리어카 채 끌고 오는 것도 모자라서 브래지어 속, 가방, 모자 등 온갖 수단을 이용해 최대한의 휴지를 훔쳤다. 더 이상 집에는 쌓아둘 곳이 없었다. 모녀는 휴지를 내다 팔기로 했다. 휴지 사려! 그들의 목소리가 골목에 울려 퍼지면 사람들이 하나 둘 모여들었다. 그들은 희고 깨끗한 휴지의 겉모습과 저렴한 가격에 매료되었다. 휴지는 날개 돋친 듯 팔려나갔다.

"정말, 돈을 갖고 있어?"

한 씨가 믿기지 않는다는 듯 재차 물었다.

"속고만 살았어? 우리 그 돈으로 집도 넓히고 같이 살자, 응?"

"그래, 좋았어!"

어둠 속에서 환호성이 울렸다. 킴벌리는 숨을 죽인 채 날이 밝기만 기다렸다. 아침이 찾아오고, 세 사람이 겸연쩍은 얼굴로 대면하기를 바랐다. 하지만 그런 일은 일어나지 않았다. 킴벌리가 잠깐 방심한 사이 그러니까 졸음에 못 이겨 잠깐 눈을 감았다 뜬 사이, 아버지는 사라지고 없었다.

"그것도 인간이라고 넙죽 받아들인 내가 등신이지. 돈까지 훔쳐 달아나? 그 돈이 어떤 돈인데. 리어카 끌고 길바닥에 나가 벌어온 돈이야, 그 돈이."

유여사는 자신을 세 번이나 배반한 것도 모자라 한 씨가 돈까지 훔쳐 달아났다는 데 분통을 터트렸다. 유여사는 소리 내서 엉엉 울었다. 한바탕 운 뒤에 눈물을 닦고는 석유곤로에 솥을 걸었다. 후익, 휘파람 소리를 내며 불길이 치솟았다.

"죽여버리겠어!"

유여사의 눈동자 속으로도 거센 증오의 불길이 타오르고 있었다. 검은 홈드레스의 유여사가 사제로 변신하는 순간이었다. 하얀 홈드레스의 킴벌리는 그녀의 충실한 조수였다.

"얘야, 가서 휴지라는 휴지는 전부 가져오너라."

조수는 사제가 시키는 대로 했다. 침대를 해체하고, 의자를 부수고, 화장대를 엎고, 커튼을 뜯었다. 휴지를 빼내자 집은 텅 비게 되었다.

최초의 제물은 '휴지리본'이었다. 유여사는 잡고 있던 휴지쪼가리를 손에서 놓았다. 휴지는 팔랑팔랑 날아 수면 위를 맴돌았다. 천천히 가라앉던 휴지가 공중부양하듯 다시 떠올랐다. 휴지는 방향을 잃은 물고기처럼 이리저리 옮겨 다녔다. 사랑의 증표가 복수의 출사표로 돌변하는 순간이었다. 솥 안으로 많은 휴지가 던져졌다. 집안 가득 자욱한 수증기와 함께 수상한 냄새가 피어올랐다.

"느이 아버지를 만난 곳이 휴지공장이었다고 내가 말해 줬냐?"

유여사가 이를 악 다물었다. 안색을 바르게 하기 위해 애를 쓰는 것이다. 그러나 그러면 그럴수록 그녀의 표정은 기묘하게 일그러졌다.

"느이 아버지는 휴지공장에서 나는 냄새를 지독히도 싫어했지. 그 냄새를 맡으면 머리가 아프다고 했어. 누구든 그 냄새를 맡으면 머리가 아프지. 느이 아버지는 휴지공장에 나가는 걸 죽기보다 싫어했어. 아니, 휴지 자체를 혐오했지. 휴지만 쳐다봐도 소름이 끼친다고 했으니까."

두 모녀는 느린 속도로 죽을 저었다. 죽을 젓는 속도에 맞춰 유여사의 하소연도 박자를 탔다.

"그렇게 집을 나간 양반이이 갑자기 나를 찾아왔지이. 찾아와선 머리에 휴지이를 둘렀지이. 난 그 인간이 좀 변한 줄 알았지이. 그건, 나를 속이기 위해 쇼를 한 것. 목에 둘렀던 휴지이도 마찬가지이. 내 돈을 뜯어내기 위한 작전, 나를 속이기 위한 작저언!"

작업은 몇 날 며칠 계속되었다. 풀떡풀떡 끓어오르던 휴지가 뜸이 잘 든 죽처럼 먹음직스러워보이던 어느 날 드디어 타오르던 불꽃도 사위고 유여사가 흰죽을 채반에 쏟았다. 채반을 통과한 젖빛의 액체는 다시 베에 걸러졌다. 여러 차례 베를 통과하면서 액체는 투명한 빛을 띠어갔다. 여과과정은 열두 차례나 반복되었다. 마지막으로 걸러진 물은, 맑다 못해 푸른빛을 띠고 있었다. 유여사는 수상한 액체를 박카스병에 담았다.

"이제 다 됐다."

유여사는 박카스병을 지그시 노려보았다.

대야에는 휴지 건더기만 산처럼 남게 되었다. 독기가 완전히 제거된 순수한 물질이었지만 불행히도 쓸모가 없었다. 그것은 처치해야 할 쓰레기에 불과했다. 쓰레기봉투에 담기 위해 휴지 건더기를 움켜쥔 순간, 킴벌리는 움찔 놀라고 말았다. 그것이 손아귀 안에서 꼼지락거렸던 것이다. 착각인가 해서 다시 한 번 쥐어보았다. 틀림없이 움직이고 있었다. 부풀었다 꺼지기를 반복하는 게 마치 숨을 쉬는 것 같았다. 살아 있는 뱀을 나무토막인 줄 알고 집어든 기분이었다. 킴벌리의 가슴이 뛰기 시작했다.

버스가 멈추어 선 곳은 서울 변두리의 허름한 시장가였다. 생태도 팔고 배추도 파는 그런 곳이었다. 순대국도 팔고 여자들 옷도 팔고 애기들 신발도 파는 그런 곳이었다.

"똑똑히 보아 두어라."

유여사가 킴벌리의 손을 잡아끌었다. 모녀는 슈퍼마켓 건물 2층으로 올라갔다. 청소를 막 마쳤는지 복도가 흥건하게 젖어 있었다. 계단 바로 옆에 화장실이 있었다. 커다란 탁자가 그곳을 지키고 있었는데 '사용료 50원'이라고 쓰인 팻말과 함께 돌돌 말린 휴지 뭉치가 여러 개 놓여 있었다. 당시 흔하게 볼 수 있었던 유료 화장실이었다.

한 씨는 '사용료 50원' 너머에 앉아 꾸벅꾸벅 조는 중이었다. 누군가 화장실 안에서 휴지를 달라고 외쳤다. 졸던 한 씨가 휴지 뭉치 하나를 집어 들며 안으로 들어갔다. 한 씨는 한쪽 다리를 절고 있었다.

"애초부터 두 뭉치를 사들고 갔어야지. 에이, 냄새 하고는, 뭘 처먹었기에 ……."

투덜거리며 나오는 한 씨를 유여사가 불러 세웠다.

"다리가 왜 그래?"

유여사와 마주친 한 씨는 마음껏 놀라지도 못하고 고개부터 푹 숙였다.

"다리는 멀쩡해. 철제 빔이 떨어지는 바람에 발가락이 으깨어졌을 뿐이야."

"칠칠맞기는, 눈은 또 왜 그래?"

한 씨의 눈 한쪽이 완전히 찌그러져 있었다.

"4년 전, 공사판에서 그라인더에 베였어. 그날 밤, 봤을 텐데."

킴벌리가 끼어들었다.

"나 참 엄마, 그날 아버지 얼굴 못 봤어?"

유여사의 얼굴에 당황하는 빛이 떠올랐다. 유여사가 칼을 뽑듯 가방 속에서 박카스병을 꺼내들었다. 병속에서 액체가 일렁이고 있었다. 그것은 피로회복제가 아니었다. 휴지 제조과정을 거꾸로 되밟아 가면 최종적으로 남는 것, 휴지 삶은 물을 농축하고 또 농축해서 얻어낸 엑기스, 그것은 한 줌의 독이었다.

"이런 등신, 죽어라."

유여사가 한 씨의 멱살을 움켜쥐었다. 한 씨는 화장실 안으로 질질 끌려 들어갔다. 둔탁한 소리와 함께, 아악 살려줘! 날카로운 비명이 새어 나왔다. 한 씨가 두 손으로 자기 목을 부여잡고 밖으로 튀어 나온 것은, 볼일 보던 사람들이 난데 아닌 비명에 놀라 바지춤을 쥐고 뛰쳐나온 것과 동시였다. 한 씨의 입술을 타고 푸른색 액체가 흘러내리고 있었다.

"나는 휴지가 싫었어."

한 씨가 고개를 저었다. 유여사는 그런 그의 멱살을 무자비하게 고쳐 잡았다. 한 씨가 캑캑거렸다.

"휴지가 정말 싫었다고!"

"마저 마셔, 마시라고!"

유여사는 한 씨 입에 강제로 약물을 부어 넣었다.

"그런 위인이 왜 화장실 앞에서 휴지는 팔고 있어?"

"어쩔 수 없었어. 내 맘대로 되지 않았다고! 사는 게 내 맘대로 되지 않았단 말이야!"

"달아날 때는 언제고 꼴 좋다. 콱 죽어라!"

유여사는 망설임 없이 병을 기울였다. 이윽고 화장실 바닥에 나동그라지는 한 씨. 두 손을 싹싹 빌며 화장실 안을 헤매더니 소금벼락을 맞은 지렁이처럼 몸을 배배 비틀었다. 유여사는 그런 한 씨를 지켜보다가 남은 약을 변기에 쏟아버렸다.

"킴벌리 씨, 어떻게 휴지공예를 시작하게 되었습니까?"

전시장은 발 디딜 틈이 없었다. 기자들의 질문공세가 시작되었다.

"우리가 가진 것은 휴지뿐이었으니까요."

"가진 게 휴지뿐이었다는 것은 무슨 뜻입니까?"

"말씀 드린 그대로입니다. 지금 제가 입고 있는 이 드레스도 휴지로 만든 것이죠."

기자들의 시선이 킴벌리의 몸을 감싸고 있는 드레스로 옮겨 갔다.

"휴지로 만든 옷이라고요?"

"그렇습니다. 이 옷을 만드는 데 전부 여덟 롤의 휴지가 들어갔습니다. 드레스에 매달린 리본과 코사주까지 전부 휴지로 만들었죠."

킴벌리가 제자리에서 한 바퀴 돌았다.

"믿어지지 않으시겠지만 이 휴지의 원료는 폐지랍니다."

사람들 사이에서 탄성이 터져 나왔다. 가슴팍에 진주조개 모양으로 붙어 있는 레이스며, 허리를 휘감고 자연스럽게 떨어지는 주름이 실크를 소재로 했다고 해도 믿어질 만큼 고급스러웠다. 여기저기서 플래시가 번쩍였다. 킴벌리의 입가에 미소가 떠올랐다. 불순물이라고는 찾아볼 수 없는, 휴지처럼 하얗게 탈색된 미소였다.

두 번째 개인전치고는 대단한 취재 열기였다. 첫 번째 개인전을 마친 후, 세계미술대전에 나가 대상을 거머쥔 영향이 컸다. 킴벌리의 첫 번째 개인전은 인사동에 있는 작은 카페에서 이루어졌다. 우연히 카페를 찾았던 예술잡지 기자가 그녀의 작품을 취재해 갔다. 매스컴의 홍보 효과는 상상을 초월했다. 으깬 휴지를 조형하여 만든 작품이 그토록 세간의 이목을 끌 줄은 킴벌리 자신도 예상하지 못한 바였다. 킴벌리가 한효순이라는 본명을 버리고 서양식 이름을 갖게 된 것도 그 즈음이었다. 새 이름을 갖게 된 데는 유여사의 입김이 한몫했다.

"세상에, 효도 못 받아 환장한 년같이 이름을 그렇게 지을 게 뭐냐. 효순이가 뭐야, 효순이가. 네가 이렇게 유명해질 줄 알았더라면 좀 더 그럴듯한 이름을 붙여주는 건데 말이다."

"어머니, 이름은 중요하지 않아요. 왜냐하면, 작가의 이름 정도는 바꾸면 그만이니까요. 저는 킴벌리로 하겠어요."

유여사가 눈을 깜빡깜빡했다.

"킴벌리? 어디서 많이 듣던 이름인데, 혹시 휴지 만드는 회사 이름 아니냐?"

"꼭 그렇지는 않아요. 미국에는 아주 많은 킴벌리가 있어요. 킴벌리가 아니라 힐러리라고 해도 제게 뭐라고 할 사람은 아무도 없어요."

그녀의 말대로 킴벌리라는 이름은 아주 흔해서 휴지를 생산하는 다국적 기업 '킴벌리-클라크'사나 '플레이보이'지의 창업자 휴 헤프너의 전부인인 킴벌리 콘래드가 항의를 해오는 일은 벌어지지 않았다. 킴벌리라는 이름은 '메리'나 '샐리'처럼 누구나 가질 수 있는 이름이었다. 하지만 그녀 작품의 모델은 오직 한 사람만이 될 수 있었다.

"킴벌리 씨, 작품의 모델이 아버지라는 말이 사실입니까?"

기자가 물었다. 킴벌리의 입가에 고요한 미소가 머물렀다. 일그러진 표정과 애꾸눈, 구부정하고 왜소한 체구를 가진 인형은 확실히 한 씨였다. 한 씨는 킴벌리가 창조한 세계에서 노동 현장의 근로자였고, 수레를 끄는 행상이었고, 힘센 아내에게 쥐어 박히는 공처가였으며, 공구를 손에 쥔 채 너럭바위에 앉아 저 푸른 바다를 하염없이 바라다보는 수리공이었다.

"킴벌리 씨, 아버지를 소재로 하게 된 데 특별한 사연이 있다고 들었습니다. 어떤 사연입니까? 아버지는 살아계십니까? 살아계신다면 어디에서 무엇을 하고 계십니까?"

쏟아지는 기자의 물음에 킴벌리는 대답 대신 인형 하나를 손으로 쓰다듬었다. 리어카를 끄는 형상의 인형이었다.

킴벌리가 전시장에서 마이크를 들고 있을 무렵 한 씨도 골목 어귀에서 마이크를 집어 들고 있었다. 한 씨는 마이크를 입이 아닌 목 언저리에 갖다 댔다.

"음음, 음음, 마이크 시험 중, 마이크 시험 중!"

한 씨는 죽지 않았다. 그가 잃은 것은 육성뿐이었다. 목소리를 잃는 대가로 인간이 된 경우는 인어공주 외에 한 씨가 유일하다고 했다. 휴지의 독성 때문에 성대가 망가지기는 했지만 언어능력까지 잃은 것은 아니었다. 듣기는 좀 거북해도 기계장치를 통과한 목소리는 휴지를 파는 데 지장이 없었다.

"알지? 우리가 가진 것은 휴지뿐이야."

유여사가 한 씨에게 리어카 손잡이를 쥐어주며 당부했다. 한 씨는 마이크를 고쳐 잡았다.

"음음, 휴지 사려, 음음, 휴지 사려!"

유여사가 버럭 소리를 질렀다.

"굶었어? 좀 더 소리를 크게 내 봐!"

한 씨가 목에 바짝 마이크를 갖다 댔다. 휴지 사려, 휴지 사려!

탁한 기계음이 허공에 거친 스크래치를 남겼다.

소설적 패배의 역설

〈조개가 된 남자〉, 〈문상〉, 〈딸기의 밤〉을 중심으로

임요희

패자 이야기

구약성서가 유대인의 역사서가 될 수 있었던 가장 큰 이유는 이스라엘 백성이 이방의 땅을 성공적으로 점거, 그 자리에 자손을 퍼트렸기 때문일 것이다. 이름만 등재되었을 뿐인 여부스, 아모리, 기르가스, 히위, 알가, 신, 아르왓, 스말, 하맛 등 무수한 혈족들은 전쟁의 패자로서 단지 '이방인'이라는 단어로 요약 기록되었다.

근대 이후 전 지구적인 자본주의적 생산체제 아래서 '승자'란 전쟁에 승리한 자가 아니라 생산수단을 선점한 자다. 유리한 생산수단을 통해 부를 확장하고, 부를 향유한다. 근대의 '패자' 역시 전쟁에 패한 자가 아니다. 근대의 패자는 부를 확장하거나 부를 향유하는 일에 무지한 자다.

그들은 과거 패자들처럼 신체적으로 노예의 삶을 살지는 않는다. 하지만 바로 그렇기 때문에 근대 패자의 불행은 감춰진다. 자유롭게 부자유를 선택하라! 강요된 선택 속에서 그들은 자유 없는 자유인의 삶을 살아간다.

가난한 자에게 현실은 어리둥절하기만 하다

1930년대는 도저하게 밀려오는 자본주의의 물결에 공포감을 갖던 시기였다. 산업이 발달하면서 젊은이들은 도시근로자의 삶을 선망하게 되었고 윤락업소와 매춘, 환락산업이 활기를 띠어갔다. 집안이 유복하지도 않고, 노동에도 소질이 없는 지식인층은 룸펜, 무위도식자 취급을 받으며 거리를 떠돌았다. 이상의 '날개'로 대표되는 당시 소설에는 시대와 호흡하는 수많은 무위도식자 주인공들이 등장한다. 1930년대 소설가들은 시대적 불행을 드러내기 위해 무위도식자들을 소설 속 주인공으로 내세웠다.

1980년대, 냉전 이데올로기 시대에 활동했던 소설가은 당대성으로 무장한 소설 속 주체를 내세워 자본주의 체제를 회의했고 1990년대 이후의 소설가들은 날로 위세를 드높여가는 자본주의적 생산체제 속에서 극도의 소외감을 겪는 주체를 소설 속 주인공으로 등장시켰다. 자본주의에 대한 거부감은 근대 이후 거의 모든 소설가들의 공통적인 관심사라고 할 수 있다.

그렇다면 2010년 이후 최근을 살아가는 소설 속 주인공들은 어떤 모습일까.

내 소설 〈조개가 된 남자〉 속 '남자'는 사장의 허락 없이는 에어컨을 켜지 못하는 열악한 환경에서 근무한다. 수은주는 점점 올라가고 급기야 사무실 한쪽의 냉장고가 불판에서 익어가는 조개구이처럼 입을 쩍 벌린다. 냉장고에 넣어둔 껌이 열기로 인해 부풀고 급기야 사무실 바닥으로 뭉게뭉게 흘러나온다. 껌에 압사당해 죽을 것 같은 지경에 이르러서야 남자는 에어컨의 전원을 켠다. 기온이 떨어지면서 모든 게 정상화되지만 그 순간 사장이 나타나고 남자는 에어컨을 켰다는 이유로 치도곤을 당한다. 한번만 더 에어컨을 틀었다가는 '모가지'다. 더위 속에서 숨 막혀 죽느냐, 에어컨을 켜고 모가지를 당하느냐 하는 딜레마에 빠진 남자.

버젓이 에어컨을 설치하고도 전원을 누르지 못하는 상황은 비단 소설 속에서만 일어나는 일이 아니다. 일반 가정에 대하여 정부에서 부과하는 전기누진세율은 가혹하다. 지난해 여름, 36도를 넘나드는 기록적인 무더위로 부득이하게 에어컨을 튼 집이 많았다. 에어컨 없이는 잠을 잘 수가 없었기 때문이다. 아니 숨을 쉴 수조차 없었기 때문이다. 그래야 고작 열흘이다. 열흘 동안 에어컨을 풀가동시킨 대가로 그들이 물어야 하는 전기료가 30만 원이 넘는다.

사정이 이러하니 짠돌이 사장님이 친히 에어컨을 감시하는 것도 무리가 아니다. 회사의 매출보다 직원의 손길로부터 에어컨을 지키는 일이 그에게 있어 더 중요한 것처럼 보인다. 이야말로 주객이 전도된 상황이다. 회사의 매출을 높이기 위해 설치한 에어컨인데 거꾸로 에어컨을 지키기 위해 매출 따윈 어떻게 돼도 좋은 상황으로 바뀌고 만 것이다. 마치 행복한 삶을 위해 필요했던 화폐가 어느덧 화폐를 모으기 위해 행복을 양보하는 삶으로 양상이 바뀐 것과 같다.

> 남자는 의자를 밀면서 김부장이 있던 자리로 갔다. 김부장이 앉아 있던 의자를 밀쳐낸 뒤 그 자리에 몸을 밀어 넣었

다. 뭔가 이상하다고 느낀 건 그 순간이었다. 아무리 애를 써도 고개가 돌아가지 않았다. 제 맘대로 벌어지던 입처럼, 고개도 스스로 고정되기로 결정한 걸까. 그런 상태에서 남자가 할 수 있는 일은 한 가지밖에 없었다. 남자는 묵묵히 기안서를 작성하기 시작했다.

김부장은 고개도 돌리지 않고 열심히 기안서를 들여다본 결과 기안서 속으로 쑥 빨려 들어가버렸다. 이제 부하직원인 '남자'가 그 자리를 대신하게 되었다. 그러나 남자가 김부장의 자리에 도달해서 알게 된 사실은 그가 기안서를 보기 위해 고개를 돌리지 않았던 것이 아니라 고개가 돌아가지 않았기 때문에 기안서를 볼 수밖에 없었다는 사실이다. 남자는 어처구니없는 상황 속에서 묵묵히 기안서를 작성하기 시작한다.

이 시대 젊은 논객들의 말을 빌리자면 '평범한 노동자로 살기 위해서는 비범한 존재방식을 취'[1] 할 수밖에 없는 세상이다. 35도가 넘는 무더위 속에서 꿋꿋하게 기안서를 작성하는 그들이 초인이 아니라면 대체 누가 초인이라는 말인가. 자본주의적 생산 질서는 우리로 하여금 다른 곳으로 눈 돌리지 못하게 한다. 눈을 돌리는 순간 우리의 삶은 절멸을 맞이하게 된다. 우리는 살기 위해 돈을 버는 게 아니라 돈을 벌기 위해 살고 있으므로. 그럼에도 대다수가 이런 부조리한 상황에 대하여 회의하지 않는다. 회의는커녕 생존을 위협당할 상황에서조차 대중은 개인

1) 한윤형, 최태섭, 김정근, 《열정은 어떻게 노동이 되는가》, 웅진지식하우스, 2011, 35쪽.

의 무능함 혹은 불운만 자책한다. 자본의 현란한 기술력이 시스템의 오류를 인식할 수 없게 만들어 놓았기 때문이다.

소설가에게 역할이 있다면 정상적으로 보이는 일이 과연 정상인지 되돌아보게 해주는 일이다. 즉 소설가는 구겨지고 왜곡된 시각을 반듯하게 펼쳐서 보여주는 사람이다. 소설 속 주체가 기이한 현실 앞에서 어리둥절한 표정을 지을 때, 독자는 그 어리둥절함에 대해 또렷한 정신으로 사고할 수 있을 것이다.

끄덕이며 인내하기

〈문상〉에는 일곱 명의 인물이 등장한다. 이들 각자는 문상(문화상품권)이라는 매개를 통해 하나로 연결되는데 문상은 과거 도서상품권이라는 이름으로 유통되던 소액의 유가증권이 명칭이 바뀌면서 그 기능이 확대된 것이다. 온오프라인 구분 없이 만능열쇠로 통용될 만큼 쓰임새가 다양한 문상은 화폐를 대신해 상거래의 새로운 지평을 열었다고 할 수 있다. 이 소설은 결코 가볍지 않은 문상의 권위를 통해 소시민 사이에 존재하는 소박한 욕망과 그로 인한 좌절의 흔적을 보여주고자 하는 의도에서 시작되었다.

일곱 인물 중 종대, 준섭, 민아 세 사람은 성공을 소망하지만 악착같이 달려가지 못한다. 그럭저럭 하루를 살아내는 데 만족하는 그들의 태도는, 현실을 벗어나기가 쉽지 않음을 말해준다. 역설적으로 말하자면 바로 그렇기 때문에 그들이야말로 세상을 멀쩡하게 유지시켜 주는 주체일지도 모른다. 우리는 실컷 놀면서 행시에 패스하고 싶어 하고, 되지도 않은 시집을 백만 부쯤 팔고 싶어 하며, 남편의 행운에 편승하여 고급관리의 사모님이 되고 싶어 한다. 그러나 그 모든 일이 실현되는 현실이란 존재하지 않는다.

열정은 시간이 흐르면서 초기의 불꽃같은 번쩍임을 잃는다. 그러나 너무 많이 왔기에 돌아가지는 못한다. 목표를 향한 부단한 경주 대신, 낭떠러지에 떨어지지 않기 위해 기계적으로 노를 젓는 삶을 살 뿐이다. 다른 방법이 있겠는가. 강물은 흐르고 우리 팔의 힘은 이미 빠진 것을.

절망의 노래 혹은 희망의 비명

〈딸기의 밤〉의 '그녀'는 가난한 소설가로 반지하 셋방에 거주한다. 출판사 사장은 그녀에게 잘 팔리는 소설, 이를테면 피가 튀고 살이 으깨지는 내용의 소설을 써달라고 주문한다. 안 그래도 그녀는 하루라도 빨리 돈을 벌어 습하고, 어둡고, 탁한 그곳을 벗어나야 할 입장이다. 하지만 장르소설이라니, 왠지 망설여지는 그녀. 한편 비슷비슷한 처지의 이웃들은 그녀를 향해 이유 모를 적대감을 표출한다. 그들의 행복이란, 어느 날 갑자기 고급빌라로 이사 가는 것이 아니라 다세대주택의 맨 밑바닥 층에서 위층으로 한 계단씩 상승하는 것에 있다. 그래야만 자신보다 못한 처지의 이웃에 대하여 성공을 과시할 수 있으며 행복이 실감나기 때문이다. 이런 상황에서 그들은 그녀가 반지하 세입자임에도 다세대주택가의 역학관계에 대하여 외재적으로 존재한다는 사실을 깨닫고 무언가를 빼앗긴 것처럼 억울해한다. 그녀는 그들이 기를 쓰고 올라가도 밟을 수 없는 곳에 위치함으로써 그들의 정체성에 위협을 가하는 자로 존재하는 것이다.

한 평론가의 말대로 '가난이 위험한 것은 그 고통의 결과가 인간으로서 존중되어야 마땅할 위엄과 품위의 파괴로 이어지[2]'기 때문이다. 그녀는 '팔리지 않는' 소설가로서 사회적으로 정당한 지위를 누리지 못하며, 서민사회에서조차 별종이라는 인식 때문에 왕따를 당한다. 그녀의 이웃은 야비한 린치를 통해 그녀의 신체를 파괴하고 정서적 모욕을 안기는 것도 모자라 그녀를 저열한 싸움판에 끌어들이고자 한다. 아무리 노력해도 상대의 위치에 도달할 수 없는 자들로선 상대를 바닥으로 끌어내리는 것만이 상대와 같아지는 방법이기 때문이다. 하지만 그녀는 이웃에 대하여 물리적으로 저항하는 대신 나 홀로 비명을 지른다. 인간의 불안을 읽는 존재로서 자신이 싸워야 할 대상은 그들이 아니라는 것을 알기 때문이다. 그녀는 사회적 약자에 대하여 패배를 택함으로써 소설가로서의 정체성을 유지한다.

패자에서 승자로 다시 승자에서 패자로

완성된 한 편의 소설을 인간개체에 비유할 수 있다면 소설쓰기의 영역도 육체, 정신, 영혼 이렇게 세 가지로 나눌 수 있을 것이다. 먼저, 소설의 '몸' 만들기, 즉 형식의 정치함은 아무리 강조해도 지나침이 없다. 중식당에 가면 흔하게 볼 수 있는 물건 중에 용상龍象이 있다. 도자기를 구워 만든 것에서부터 나무를 조각한 것, 옥을 파낸 것 등 재료는 가지가지지만 실제로 용이

2) 이명원, 《연옥에서 고고학자처럼》, 새움, 2005, 21쪽.

존재하기라도 한 것처럼 정교하게 제작되었다는 공통점을 지니고 있다. 뿔, 비늘, 표정, 발, 발톱, 눈동자, 수염에 이르기까지 상상적 동물의 모양새가 '리얼'하기가 이루 말할 수 없다.

소설쓰기란 용을 만드는 일과 비슷한 것이 아닐까. 용은 현실상의 동물이 아니다. 소설 역시 실화가 아니다. 하지만 일군의 조각가들은 용을 눈으로 보기라도 한 것처럼 사실적으로 조각한다. 소설가 역시 허구의 산물인 소설을 집필함에 있어 독자로 하여금 고개가 끄덕여지는 모양새를 만들어내야 한다. 러시아 형식주의자들이 강조하듯 형식은 내용을 담는 그릇이 아니라 역동적인 열림이다. 소설에 있어 형식은 내용에 앞서며, 내용을 창출하고, 내용을 움직인다.

한편, 진보적 이론가인 가라타니 고진은 소설의 '정신'에 대해 이야기한다. 그는 자신의 주저를 통해 '오늘날의 상황에서 문학(소설)이 일찍이 가졌던 것과 같은 역할을 다 하는 일은 있을 수 없다'[3]고 주장했다. 문학의 지위가 높아지는 것과 문학이 도덕적 과제를 짊어지는 것은 같은 것인데 오늘날의 문학은 정치적인 것, 윤리적인 것을 짊어지지 않으려 한다는 것이다. 이 말은 문학이 정치적이고 윤리적인 부분을 도외시한다면 문학으로서의 근거를 잃는다는 뜻일 것이다. 현실을 직시하라. 이것이야말로 '리얼리즘'의 강령이 아닌가.

이 지점에서 우리는 자연스럽게 소설의 '영혼' 문제로 이야기의 바통을 넘길 수 있다. 바흐찐은 문학의 윤리와 문학인의 윤

3) 가라타니 고진, 조영일 역, 《근대문학의 종언》, 도서출판 b, 2006, 86쪽

리를 동일시하지 않는다.[4] 바흐찐은 다만 문학인의 책임을 강조한다. 문학인의 책임이라니 어쩐지 가슴에 묵직하게 와 닿는 말이다. 문학인의 책임 이 한 마디만 갖고도 많은 이야기를 전개할 수 있겠지만 이 글에서는 '최소한의 행위'로 이해하고 싶다. '최소한의 행위'란 소설가가 가두에서 화염병을 던지는 일도, 시국선언문을 쓰는 일도 아닐 것이다. 글쟁이로서 최소한의 행위는 자기지시적인 것이다. 소설가는 어떤 상황에서도 소설을 써야 한다.

단순화의 위험을 무릅쓰고 말하자면 모더니즘 소설은 세련된 것을 윤리로 한다. 당대의 현실보다는 삶의 자의식에 더 큰 관심을 갖는다. 한편 리얼리즘은 현실의 충실한 반영을 덕목으로 삼는다. 모더니즘과 리얼리즘은 한 지점에서 만나지 못할 것처럼 보인다. 그러나 빛나는 고전의 목록을 보면 리얼리즘이라는 외연 속에 글자 그대로의 리얼(실재)을 포함시킴으로써 아름다움을 획득한 소설이 대다수라는 것을 알 수 있다. 기술적 자본주의 체제 속에서 벌레로 취급받는 근대적인 주체를 진짜 벌레로 그릴 때, 곧 문자를 축자적으로 받아들일 때, 리얼리즘은 모더니즘으로 전도된다.

〈조개가 된 남자〉, 〈문상〉, 〈딸기의 밤〉은 현실의 비참함을 바탕으로 하고 있다. 내 소설 속 주체들은 35도가 넘는 뜨거움 속에서 조개구이로 변신하고, 햄버거를 사먹기 위해 양주값에

---

4) 미하일 바흐친, 김희소 · 박중소 역, 《말의 미학》, 도서출판 길, 2006, 26쪽. "인간은 예술 속에 있을 때에는 삶 속에 있지 않고, 삶 속에 있을 때에는 예술 속에 있지 않다. 그것들 사이에는 어떤 통일성도 없으며, 개성의 통일성 속에서 내적으로 서로에게 속속들이 스며들지도 못한다. 그렇다면 개성을 이루는 요소들의 내적 결합을 보장하는 것은 무엇인가? 그것은 오로지 책임의 통일이다 ……무책임을 정당화하기 위해 '영감'에 의지하는 것은 소용없는 일이다. 삶을 무시하고, 그 자신이 삶에게 무시당하는 영감은, 영감이 아니라 사로잡힘이다 ……:예술과 삶은 하나가 아니다. 그러나 그것들은 내 안에서, 나의 책임의 통일 안에서 하나가 되어야 한다."

맞먹는 돈을 내던지며, 신체가 훼손된 채 버젓이 밥을 짓고 청소를 한다. 과거 카프카의 '벌레'는 등에 상처를 입고 절명했지만 현대를 사는 내 소설 속 벌레들은 그런 사치조차 부리지 못한다. 돌처럼 굳은 몸으로 기안서를 작성하며, 두통약에 의지한 채 편의점 근무를 서고, 눈구멍에서 붉은 피를 쏟으며 소설을 쓴다.

근대가 패자의 주검 위에서 형성되었다면 현대는 패자의 '산 죽음'을 통해 유지되고 있다. 산주검은 다세대주택의 반지하처럼 세상을 지탱해주는 든든한 기반이다. 오늘도 세상은 '힘내!'라고 외치면서 산주검의 열정을 뽑아먹는다. 조금만 더 하면 '행시'에 붙을 수 있어! 오늘 회식은 조개구이일세! 언젠가는 당신도 이름난 소설가가 될 것입니다! 포기하지 않는 여러분들, 만세! 나는 내 소설 속 주인공이 죽음을 통해 평안에 들기를 바라지 않는다. 살아남아 끝까지 모욕당하고, 오욕의 세월을 살아가기를 원한다. 불판 위 조개가 되어 세상의 뜨거움을 견디기를(조개가 된 남자), 목숨과도 같은 책값을 충동적으로 내던지고, 수치를 무릅쓰고 모르는 사람에게 시집을 사달라고 빌기를 주문한다(문상). 또한 이웃의 어이없는 핍박에 대하여 바보처럼 피 흘리기를 바란다(딸기의 밤). 나는 그들이 죽을 만큼 피 흘리고 처절하게 고통당하기를 원한다. 나는 그들이 쉽게 죽기를 바라지 않지만 섣불리 희망 갖는 것도 원하지 않는다. 산 채로 죽음의 삶을 살아가기를 바란다. '산주검[5)]'으로 살기를 원한다. 나는 산주검을 재-생산하는 현실세계에 '현실'을 보여주고 싶다.

중요한 것은 '그럼에도 불구하고' 나 역시 괜찮은 소설가를 꿈꾼다는 것이다. 이런 도착을 어떻게 이해해야 할까. 그럼에도 불구하고 쓰지 않으면 안 된다는 것을 안다. 심지어 주제넘게 상상한다. '생생함'이라는 한 곡선과 '현실'이라는 또 다른 곡선이 공중 높은 곳에서 충돌, 스파크를 일으키는 나의 멋진 소설을. 소설의 풍만한 육체가 고집스러운 정신과 만나 화학적 변환을 통해 세련된 영혼으로 재탄생되는 광경은 매우 아름다울 것이다…….

> 글쓰기의 욕망이란 애초 우리가 살고 있는 현실 질서와의 싸움에서 패배한 자가 그 패배의 상처로부터 자신을 구해내기 위한위로와 그를 패배시킨 현실을 자기이념의 질서로 거꾸로 지배해 나가려는 강한 복수심에서 비롯된다.

이즈음에서 소설에 대한 이청준의 유명한 전언을 상기해 보자. 현실에게 복수하되 비현실적인 방법을 사용하는 게 아니라 '현실의 자기이념의 질서'로써 그것을 무너뜨리겠다고 했다. 중세봉건제를 무너뜨린 것은 마녀나 이방신의 공격이 아니었다. 중세봉건제를 멸망시킨 것은 기독교적 내세강박 곧 자기이념의 질서였다. 곧 표면적인 적은 '현실/현실의 질서'이지만 싸움의 진짜 적은 따로 있으며 그게 바로 독자라는 것이다. 배재시

---

5) '산죽음(living-death)'은 생리적 죽음과 상징적 죽음 사이에 놓인 죽음이다. 라캉 식으로 말하면 '두 죽음 사이의 구역', '비극이 연출되는 구역'이다. 딜런 에반스, 김종주 외 역, 《라캉 정신분석 사전》, 인간사랑, 2004, 374쪽. 헤겔 식으로 말해 '세계의 밤'이고, 주체성의 자기 철회이며 주체성의 절대적 위축이다. 슬라보예 지젝, 이성민 역, 《까다로운 주체》, 도서출판b, 2004, 251쪽. 키르케고르 식으로 하면 '절망'이 될 것이다. '어떤 경우에 있어서도 결코 죽을 수가 없는, 소망이 없는 상태' '고민에 가득 찬 모순' '죽는 것이면서 죽지 못하는 것' '죽음을 죽이는 것'이다. 쇠얀 키르케고르, 임춘갑 역, 『죽음에 이르는 병』, 다산글방, 2007, 33쪽.

6) 조르조 아감벤, 박진우 역, 《호모사케르》, 새물결, 2008.

킴으로써 암암리에 끌어들인다는 논리인데 이야말로 한강에서 뺨 맞고 종로에서 화풀이하는 격이라고 할 수 있다.

그럼에도 이 싸움판은 매우 흥미진진하다. 이청준은 독자를 이기기 위한 방편으로 '세련된 전술'을 꼽았다. 세련된 전술이란 '글 쓰는 자의 시선을 깊이 숨기는 것'이라고 했다. 한 마디로 음흉을 떨라는 이야기인데 이 지점에서 아감벤이 촉발한 '호모사케르'[6]가 떠오르는 것은 우연이 아닐 것이다. 소설가는 현실 질서에서의 패배를 자인한 자다. 호모사케르가 몫 없음으로 인해 보편자 자리를 획득했듯 소설가는 세상 안에 자리 잡지 못함으로써 세상을 들여다볼 권리를 얻었다.

재밌는 것은, '소설은 무엇인가, 소설가는 어떤 사람인가'라는 물음에 대해서는 소설가 자신, 아무 저항 없이 받아들이지만 '어떤 소설이 진짜 소설인가, 누가 진짜 소설가인가'로 질문을 전도시키면 하나같이 촉각을 곤두세운다는 사실이다. 소설가 집단 내부에서 승자와 패자를 양산하려는 불순한 시도이기 때문이다.

소설가 일반 속에서 진짜 소설가를 가려내는 일이 금지되어 있듯 소설가는 자신의 창조물에 대하여 뚜렷한 윤곽을 만들어내는 일이 금지되어 있다. 용의 형상을 리얼하게 그려내되 용에 관하여 보편적 규범성을 끌어들여서는 안 된다는 뜻이 되겠다. 소설가가 보편성에 직접적으로 다가서는 순간, 소설은 소설로서의 생명력을 잃고 시시한 교훈의 나라로 흘러들어 가버릴 것

6) 조르조 아감벤, 박진우 역, 《호모사케르》, 새물결, 2008.

이다. 그리하여 소설을 쓰는 주체는 부득불 자기생존을 위하여 다만 어딘가 이상하고 불온한 소설 속 주체를 만들어 낼 수 있을 뿐이며, 자신이 창조해 낸 인물이 태엽을 감아놓은 인형처럼 뒤뚱뒤뚱 스스로를 향해 걸어가는 것을 마음을 졸이며 지켜볼 따름이다.

소설가는 의기양양한 승자의 위치 대신 무능력한 관찰자, 수동적이고 나약한 패자의 자리를 점해야 한다. 이것이야말로 소설가의 한계인 동시에 소설가가 독자를 제압할 수 있는, 즉 독자에 대하여 승리를 거둘 수 있는 가장 '세련된 전술'이 될 것이다. 소설가의 힘은 현상적 현실을 물리적으로 변화시키는 데 있는 것이 아니라 독자의 정신을 고양, 그들의 관점을 다양한 위치로 이동시키는 것에서 나온다.

결론적으로 소설가의 진짜 적은 내부의 적인 셈이다. 소설가 자신이 적이 된다는 이 말은 소설가의 과도한 감상, 앞서는 의욕, 넘치는 정력, 도를 넘는 욕심이야말로 소설가가 가장 경계해야 할 대상이라는 이야기이다. 소설가는 제논의 역설처럼 진실에 대하여 무한대로 가까워지려는 노력을 경주할 수 있을 뿐이다. 즉 소설가는 승자의 자리를 과감히 거절할 때만이 진짜 승자가 될 수 있다. 소설가의 정체성은 '정체성의 위기'를 껴안는 데서 나온다.

끝으로 키르케고르가 아브라함으로 대표되는, 비경제적 희생의 제의를 치루는 단독자를 향해 던진 질문을 귀담아 들어보자. 이 말을 소설가에게 적용하면 안 되는 걸까.

비극적 영웅은 한층 확실한 것을 얻기 위하여 확실한 것을 버린다. 그러면 보는 사람의 눈은 안심하고 그를 주시할 수 있다. 그러나 보편적인 것이 아닌 한층 높은 그 무엇을 붙들기 위하여 보편적인 것을 버리는 자 - 그는 과연 무엇을 하고 있는 것인가?

작가의 말

당신의 이야기를 썼다면 미안하다.
당신의 불안을 상기시켰다면 더욱 미안하다.
고의였고 처음부터 그럴 생각이었다.
알고 있지 않나.
소설가가 원래 그런 사람이라는 거.
당신이 흔들리길 바란다.
연질의 젤리처럼 앞으로 뒤로 휘길 바란다.
마시멜로처럼 폭신폭신해지길 바란다.
후회하지 않는다. 당신을 괴롭힌 것을.
당신을 위태로움 속에 버려둔 것을.

- 2017년 여름, 임요희

눈쇼

1판 1쇄 2017년 8월 25일

지은이 임요희
펴낸이 손정욱
마케팅 라혜정 황문경 박연진 김명기
관 리 김윤미
디자인 서승연
펴낸곳 도서출판 답
출판등록 2015년 2월 25일 제 312-2015-000063호
주 소 서울시 마포구 포은로 56. 2층
전 화 02 324 8220
팩 스 02 3141 4934

이 도서의 국립중앙도서관 출판예정도서목록(CIP)은
서지정보유통지원시스템 홈페이지(http://seoji.nl.go.kr)와
국가자료종합목록시스템(http://www.nl.go.kr/kolisnet)에서
이용하실 수 있습니다.

이 책은 2014년 한국문화예술위원회 아르코 문학창작기금을
지원받았습니다.

ISBN 979-11-87229-09-4

값 13,500원